1/4 D'ORA .... £ 3,10

1/2 ORA .... £ 5

1 ORA .... £ 7,20

ASCIUGAMANO E
SAPONE .... £ 0,

Ord. N871 ANNO 1927 (VI) E.F.

NARRATORI MODERNI

Dello stesso autore in edizione Garzanti:
Una finestra vistalago
Un amore di zitella
La signorina Tecla Manzi
La figlia del podestà
Il procuratore

ANDREA VITALI

OLIVE COMPRESE

GARZANTI

Prima edizione: agosto 2006

ISBN 88-11-66583-3

www.garzantilibri.it

OLIVE COMPRESE

I personaggi e le situazioni raccontate in questo romanzo sono frutto di fantasia. I luoghi, invece, sono reali.

PRIMA PARTE

1.

Maria Isnaghi non aveva mai visto un morto in quarant'anni di vita.

Lo vide la sera del 12 novembre 1936, giovedì.

Non solo lo vide, lo toccò.

La toccò, anzi.

Per comprendere che la vedova Fioravanti era morta per davvero le sollevò un braccio che poi ricadde pesantemente sul letto e scivolò verso il pavimento. Il capo della defunta allora si reclinò, le labbra si dischiusero leggermente come se la Fioravanti volesse dire ancora qualcosa.

La Isnaghi non aveva bisogno di altro per lasciarsi invadere dal terrore. Appoggiò la scodella con la minestra che teneva in mano sul comodino e scappò, a passo di corsa.

Uscì sul ballatoio, nel buio. Aveva una specie di nebbia davanti agli occhi. Sentiva la bocca secca. Aveva freddo. Inciampò in un secchio, cadde, si sbucciò un ginocchio. Alzandosi si strappò il grembiale che indossava. Tirava anche un po' di vento, che le scompigliò i capelli.

Rientrò nella cucina di casa sua, dove c'era solo il marito Agostino seduto, davanti a un mezzo bicchiere di vino, alla periferia di un agonico cerchio di luce emanato da una lampadina che, nuda e cruda, pendeva da un filo gibboso.

L'uomo la guardò.

Capì, vedendola smorta, che era successo qualcosa.

Ma parlava poco, non le chiese niente.

«È morta», soffiò lei, e un nuovo brivido le corse su per la schiena, al pensiero che l'aveva addirittura toccata.

Agostino fece cenno di aver capito e finì il vino.

Non trovava niente di strano nel fatto che una di novantatré anni fosse morta.

«Il prevosto», alitò Maria.

Bisognava chiamarlo, avvisarlo. C'era da dare gli oli santi, la benedizione. C'era senz'altro qualche preghiera da dire, lei era così confusa... non aveva mai visto un morto. E quella sera l'aveva anche toccato.

Agostino si tirò indietro sulla sedia, facendola scricchiolare. La donna pensò alle ossa dei morti, si sentì svenire.

L'uomo si alzò. Aveva gli occhi rossi e lucidi.

«Aspetta», disse.

«Ma...»

L'uomo non aprì bocca, con la testa le fece cenno di entrare in cucina.

«Cosa c'è?» chiese Maria.

Nessuna risposta.

Doveva aspettare e basta.

Agostino si avviò a sua volta fuori dalla cucina.

Alla Maria non venne nemmeno in mente di chiedergli dove andasse, cosa dovesse fare. Conosceva suo marito e sapeva che per quella sera aveva parlato fin troppo.

Era un uomo così, non si perdeva mai in chiacchiere.

Due passi sul ballatoio, e il buio s'era bello e inghiottito l'Agostino.

Dieci minuti più tardi tornò a casa.

Reggeva per la coda un gatto, morto: il gatto della vedova Fioravanti.

Lo buttò nel lavandino.

«Adesso chiamalo», spiccicò.

Intendeva il prevosto.

2.

All'Agostino la vedova Fioravanti non era mai stata simpatica né antipatica.

L'aveva sul gobbo da tre anni. Da quando, finalmente, aveva trovato un posto fisso, magazziniere alla filanda Gavazzi. Grazie allo stipendio aveva potuto affittare quella specie di casa in via Manzoni, due stanze col cesso in comune sul ballatoio e vista sul cortile, sopra l'asilo infantile. Sino ad allora aveva fatto lavori saltuari e abitato a Ombriaco, una frazione di Bellano.

Due stanze anche lì. Ma senza cesso e senza luce, umide e col pavimento in terra battuta. Pur di andarsene da quel posto l'Agostino, verso la metà del 1933, aveva cominciato a prendere in considerazione l'idea di emigrare in Libia, al pari di molti altri italiani che stavano partendo alla volta della Cirenaica e della Tripolitania. La sola idea aveva fatto venire qualche capello grigio alla Isnaghi.

Il posto alla filanda aveva fatto tramontare quel progetto.

Dopo una settimana che erano nella loro nuova casa il prevosto era andato a visitarli.

Prima aveva benedetto l'abitazione.

Poi aveva fatto loro i complimenti per aver dato all'intera comunità un esempio di carità cristiana.

«Raro», l'aveva definito il sacerdote.

«Quale carità?» aveva chiesto l'Agostino.

Il prevosto aveva insistito.

«Siete modesto», aveva detto, sorridendo.

L'Agostino non aveva risparmiato parole.

«Sono ignorante», aveva risposto, «non capisco.»

Il prete aveva abbozzato.

«Non dite così», aveva sussurrato. «Forse ve ne siete dimenticato.»

Di solito l'Agostino non dimenticava niente.

«Forse c'è qualcosa che non so», aveva detto e poi aveva emesso un sospiro lungo. Di stanchezza, perché parlare lo affaticava davvero.

«Dite?» s'era sorpreso il prevosto.

E poi: «Questi Fabbricieri», aveva sospirato a sua volta.

Era il Consiglio dei Fabbricieri a occuparsi dell'amministrazione dei beni materiali della parrocchia. Nemmeno il prevosto, che in sostanza era il padrone, osava mettere in discussione le decisioni di quell'augusto consesso. Le due stanzacce che l'Agostino aveva affittato erano della vedova Fioravanti che però le aveva cedute alla parrocchia stringendo coi Fabbricieri un preciso accordo: l'affitto andava nelle casse della chiesa a patto che gli inquilini si occupassero di lei. Aveva già quasi novant'anni all'epoca e non era più in grado di badare alla casa, farsi da mangiare e quant'altro.

Per un po' le due stanze erano rimaste sfitte. Non che fossero mancati potenziali inquilini, ma, quando i Fabbricieri avevano palesato il particolare tipo di accordo con la vedova, nessuno se l'era sentita di accollarsi un tal peso.

Carta canta, però, come aveva ben detto la Fioravanti. Il contratto era comunque valido, inquilini o no, dal momento in cui era stato stipulato, e come tale andava rispettato.

Così, volenti o nolenti, in quell'arco di tempo i Fabbricieri s'erano dovuti sobbarcare la spesa di una servotta che facesse i mestieri in casa della vedova e le preparasse qualcosa da mangiare.

Ben di rado i Fabbricieri combinavano un cattivo affare: quello con la vedova ne aveva tutti gli aspetti e prometteva di durare nel tempo. A tutto danno, anche, dell'immagine di infallibilità di cui godeva il Consiglio nella considerazione del signor prevosto. Ma non solo, anche presso la Curia, che spesso ne aveva lodato l'operato.

Era stato per quello, per riparare al danno d'immagine, che il Consiglio aveva a un certo punto preso una drastica decisione: affittare le due stanze senza dir niente del codicillo. Agostino e Maria, ignorandolo, erano caduti nella rete. E c'erano rimasti impigliati perché, quando dopo una settimana dall'insediamento il signor prevosto aveva loro reso visita svelando l'arcano, i due s'erano guardati in faccia valutando, senza parlare, l'alternativa, che era quella di rifare i bagagli e mettersi di nuovo in cerca di un'abitazione.

Era stata la Maria a prendere la decisione: per nulla al mondo sarebbe tornata ad abitare in frazione e l'idea di mollare quelle stanze dove aveva già cominciato a fare il nido le metteva tristezza.

Così aveva accettato, riflettendo che la vedova Fioravanti avrebbe occupato quel tempo che lei avrebbe dedicato a un figlio, se l'avesse avuto.

L'Agostino non aveva obiettato. Dove c'è un piatto di minestra per due ce n'è anche per tre. E riguardo alle faccende di casa non gli sarebbe toccato sborsare un centesimo, visto che ci avrebbe pensato sua moglie.

Quasi subito, però, aveva cominciato a concepire un odio profondo per il gatto della Fioravanti, nei confronti del quale invece la vedova nutriva un amore smisurato essendo ormai l'unico essere vivente che condivideva le lunghe ore della sua solitudine.

3.

Più di una volta, e soprattutto la sera, l'Agostino si era sostituito alla moglie nel portare alla vedova una scodella di minestra di riso e prezzemolo o di riso e latte, che era la dieta alla quale la vecchina si era adattata da anni.

In quelle occasioni l'uomo aveva potuto verificare che il loro impegno quotidiano era rivolto, più che alla vedova, al gatto, nel cui stomaco finiva la maggior parte della minestra poiché la Fioravanti ne sorbiva sì e no due cucchiai, dopodiché si dichiarava sazia.

Allora bisognava prendere la scodella o il piatto che fosse e deporlo di fianco al letto dove la Fioravanti giaceva, in modo che il gattaccio avesse tutto il comodo di cenare in santa pace.

Solo dopo, alla fine del pasto, quando la bestiaccia aveva lappato per bene anche l'ultima goccia di pietanza, era possibile ritirare la stoviglia, lustra come uno specchio, augurare la buonanotte alla Fioravanti e tornarsene a casa.

L'Agostino, generalmente, percorreva il ballatoio verso casa a suon di bestemmie e, pur se non diceva niente, sua moglie comprendeva le ragioni del malumore che gli faceva rizzare le sopracciglia quando tornava dalle visite alla vedova.

Passi fare i servi di un'anziana bisognosa.

Ma mettersi a disposizione di un animale vanitoso e grasso come un maiale era davvero troppo.

D'altra parte, s'era spesso chiesta la Maria, cosa potevano fare?

Niente, s'era sempre risposta: tirare avanti e mandare giù.

Pure l'Agostino s'era posto le stesse domande.

S'era dato, però, una diversa risposta.

Non ricordava bene nemmeno lui quando l'aveva deciso: in ogni caso, alla morte della vecchia, avrebbe preso il gatto e l'avrebbe ammazzato come un coniglio. Dopodiché, considerato che era stato ingrassato a latte e riso, proprio come si fa con un maialino, l'avrebbe anche mangiato.

In salmì, la morte sua.

4.

Quando il signor prevosto entrò in casa Isnaghi, dopo aver dato l'ultima benedizione alla vedova Fioravanti e recitato quello che alla Maria, che aveva voluto accompagnarlo, era sembrato una specie di *de profundis*, erano da poco passate le dieci della sera.

L'Agostino aveva di già spellato l'animale lungamente odiato e dopo averlo valutato con attenzione aveva stimato il peso del gatto attorno ai cinque chilogrammi. Ne sarebbe venuto un salmì coi fiocchi, roba da invitare qualcuno per fare onore alla tavola.

Per intanto l'aveva messo nell'acquaio, sotto il getto dell'acqua fredda, perché così bisognava fare coi gatti, affinché perdessero il sentore di selvatico.

Passato lo sconcerto per aver visto e addirittura toccato il primo morto della sua vita, alla Maria era venuto un dubbio, una preoccupazione: loro due, adesso, che fine avrebbero fatto?

Non le era sembrato delicato chiederlo al sacerdote davanti al corpo ancora caldo della vedova: così aveva insistito perché accettasse un bicchiere di qualcosa in casa loro.

Grappa o marsala.

La grappa, spiegò la Maria, era nostrana: la faceva di nascosto uno di Ombriaco, amico dell'Agostino, mica per farne commercio, la teneva per sé e per pochi altri amici.

Il signor prevosto accettò un marsalino di provenienza ignota, ma quest'ultimo particolare la Maria non lo rivelò. Era una bottiglia che avevano trovato tre anni prima nella credenza della cucina quando erano entrati in quella casa. Bottiglia già per metà vuota allora, tale era rimasta sino a quella sera.

Pure l'Agostino accettò di sedere al tavolo per fare compagnia al signor prevosto.

Prima, però, chiuse il rubinetto dell'acqua e tirò la tenda che isolava l'acquaio dal resto della cucina: occhio non vede cuore non duole.

Infine sedette e prese un dito di grappa.

Anche la Maria bevve.

Solitamente non beveva nemmeno vino, ma quella sera le serviva un po' di coraggio per entrare in argomento.

Mandò giù un sorsetto di grappa, divenne immediatamente cremisi e sparò la domanda che si sentiva pesare all'altezza dello stomaco.

Il sacerdote ingollò l'insapore marsala.

Poi rassicurò la donna: non vedeva ragioni perché non potessero continuare ad abitare lì.

«Avete un regolare contratto», commentò.

«Appunto», scappò detto alla Maria.

Già una sorpresa, da quel regolare contratto, l'avevano avuta tre anni prima. Il suo timore era che, con la morte della Fioravanti, ne arrivasse qualche altra.

«Avete la mia parola», assicurò il sacerdote che poi, con un sospiro, si levò dalla sedia e annunciò che per lui s'era fatta l'ora di tornare in canonica.

Educatamente sia l'Agostino sia la Maria si alzarono e accompagnarono il sacerdote alla porta di casa.

Sulla soglia il prete si fermò bruscamente.

«Ma la vedova Fioravanti non aveva un gatto?» chiese.

Gliene parlava sempre quando l'andava a trovare. Se lo ricordava bene anche perché in quelle occasioni la bestia aveva l'abitudine di andare a nascondersi sotto il suo sottanone.

Quella sera però non l'aveva visto.

«Sarà in giro», rispose subito l'Agostino.
Si sapeva, no?, come sono i gatti.
Animali notturni.

5.

Uscito il prevosto: «Andiamo a dormire», disse l'Agostino.

Più che altro un ordine.

La Maria obbedì. Ma dormire, ne era certa, sarebbe stato difficile. Con quello che aveva passato! Aveva visto il primo morto della sua vita, l'aveva toccato! L'aveva visto muoversi, spalancare la bocca!

Ne aveva di pensieri che le avrebbero turbato il sonno. E non solo quelli.

Perché, nell'ora che era seguita al ritrovamento della Fioravanti, la Isnaghi s'era sentita prigioniera di quella visione, in balìa di essa. Le era sembrato che da quel momento in avanti non avrebbe più potuto cacciarla dalla mente, da sotto gli occhi. Per tutta la vita.

Invece no.

Col passare dei minuti l'immagine aveva perso intensità, precisione. Il pensiero forza e peso. E gli altri pensieri, quelli soliti, normali, erano tornati a farsi avanti.

Tra gli altri, quello.

Perché no?, si chiese mentre si avviava alla volta della camera da letto.

C'era qualcosa di male?

Se il prevosto l'avesse saputo le avrebbe detto che non era da buona cristiana?

Doveva forse chiedere il parere a suo marito?

Nemmeno a pensarci. L'Agostino era lontano mille miglia da quelle cose.

Toccava a lei decidere. Doveva pensarci in fretta, quella notte stessa. E pazienza se ci avesse perso il sonno.

La Isnaghi si coricò riflettendo a occhi chiusi.

Sì o no?

Doveva o non doveva, la mattina successiva, andare da Eufrasia Sofistrà a chiedere i suoi consigli?

E del gatto?

Doveva dirlo?

No, rifletté sbadigliando.

Del gatto, con quella donna, era meglio tacere. Si sapeva che li amava, che erano la sua unica, vera, grande famiglia.

6.

Nel 1936 la Sofistrà era ormai un relitto. Magra impicca, il viso una ruga, due vesciche le tette che un tempo svettavano orgogliose, le caviglie gonfie. Aveva sessantacinque anni ma ne dimostrava dieci di più. Come dieci, ma in meno, erano i centimetri che aveva perso col passare degli anni. Abitava in una sordida soffitta nella Pradegiana, circondata da un esercito di gatti, la sua unica, diceva, vera, grande famiglia. Era l'ombra, insomma, della donna che era approdata a Bellano nel luglio 1901 con lo *Straordinario spettacolo di arte funambolica dei fratelli Sofistrà* che, proprio a Bellano, la domenica 16 luglio, aveva conosciuto il suo ultimo atto.

La tappa bellanese non era in programma. I Sofistrà avevano appena calcato le piazze di Varese, Como e Lecco, ottenendo lusinghieri successi di pubblico, e contavano di raggiungere Sondrio, darvi uno spettacolo o due e quindi partire alla conquista dei Grigioni. Ma la vista di quel paese ricco di negozi, alberghi e osterie, popoloso e indaffarato, aveva fatto brillare nei Sofistrà l'idea che fosse un'ottima piazza e avevano deciso di fermarsi.

I Sofistrà erano due soli, maschio e femmina, lei, appunto, Eufrasia, Aniceto lui. Avevano compiti precisi. L'Eufrasia intratteneva il pubblico prima dell'esibizione leggendo la mano a chi, per un piccolo prezzo, glielo chiedeva e mettendo così a frutto un'arte che, secondo quanto dichiarava il manifesto, aveva appreso da una zingara ungherese. Poi, a esibizione conclusa, le toccava girare col piattino per raccogliere gli oboli.

L'onere dello spettacolo vero e proprio toccava ad Aniceto. Era lui che evoluiva camminando con un'asta in mano, oppure montando un velocipede opportunamente modificato, su un cavo d'acciaio tirato a più di quaranta metri dal suolo e senza nessuna protezione. Il 16 luglio 1901, durante lo spettacolo pomeridiano, sotto gli occhi di una numerosissima folla che gremiva la piazza della chiesa e quelli del signor prevosto che, discretamente, osservava dalla finestra della sua camera da letto, qualcosa non era andato per il verso giusto.

Forse era stato un colpo di vento. Forse un fatale momento di distrazione. Fatto sta che il velocipede del Sofistrà si era capovolto. L'evento aveva provocato un mormorio di meraviglia nella folla sottostante, convinta di stare assistendo a un numero di incredibile audacia. Invece no.

Perché il funambolo s'era trovato a testa in giù senza volerlo. E, magari, avrebbe potuto salvarsi se il manubrio del velocipede non si fosse sfilato così che quello era caduto nel vuoto, le mani avvinghiate alle manopole tanto che c'era voluto del bello e del buono anche dopo, per liberarlo da quell'ultima, inutile stretta.

Eufrasia, all'età di trent'anni, quanti ne aveva allora, s'era così trovata sola al mondo.

Il mortale incidente del fratello, l'efferata dinamica della sua fine l'avevano piombata in uno stato di confusione. Per giorni era rimasta assente, amorevolmente assistita dalle suore dell'orfanotrofio di San Rocco. Anche in paese il tragico epilogo dello spettacolo d'arte funambolica aveva destato molta impressione. La chiazza sanguinolenta che era rimasta, quasi al centro della piazza, là dove Aniceto era malamente atterrato, era stata per giorni meta di pellegrinaggio da parte di chi non aveva assistito allo spettacolo e tentava di immaginare il tragico volo.

Addirittura, dai giornali locali la notizia era arrivata sino alla stampa nazionale. Il «Corriere della Sera» ne aveva dato conto, titolando *Tragica fine di un artista di piazza*. Le suore che assistevano la sfortunata Eufrasia davano quotidianamente conto delle sue condizioni al prevosto, passandogli anche altre informazioni, quelle che riuscivano a carpire alla donna nei rari momenti di lucidità.

Notizie sconfortanti. Che era sola al mondo. Che non aveva mai conosciuto i genitori. Che lei e suo fratello erano sempre vissuti con quello che raccattavano nelle piazze.

Che non aveva idea, una volta guarita, di dove andare e cosa fare.

Quest'ultima notizia, in verità, non era mai uscita dalla bocca della Sofistrà. Era stata piuttosto una delle suore di San Rocco che, vista la situazione, era volata a quella conclusione e l'aveva confidata al prevosto. Il quale, partecipandola alla comunità durante una predica, aveva innescato una vera e propria gara di solidarietà.

Quando Eufrasia si era rimessa aveva trovato ad attenderla una lunga serie di proposte. Di lavoro, ma anche matrimoniali. Le aveva valutate: operaia, apprendista sarta, balia, dama di compagnia, sorvegliante...

Che futuro le garantiva ciascuna di quelle occasioni?

Il futuro, le aveva sempre detto la sua maestra, stava nella mente di Dio e nelle linee delle mani.

Aveva allora chiesto qualche giorno per sistemare le sue cose: vendere il carro con cui aveva girato per le piazze, il ronzino che l'aveva trainato, le carabattole che conteneva. Poi, a distanza di una settimana, era salita dalle suore per ringraziare e metterle al corrente che aveva trovato lavoro presso l'albergo ristorante del Sole, di proprietà di Barnaba Vitali.

Le suore non avevano commentato, ma avevano arricciato le labbra pelose. Il Vitali infatti non compariva nella lista di coloro che s'erano offerti di aiutare la ragazza.

Chissà, s'erano chieste, cosa aveva determinato quella scelta.

7.

Nemmeno se fosse stato un gatto il signor prevosto quella sera sarebbe uscito di casa.

Niente di meglio che scaldarsi per bene vicino al fuoco e poi infilarsi sotto le coperte per un bel sonno.

E invece...

D'altronde, la missione era la missione.

Uscendo dalla casa dei due Isnaghi il prete trovò ad accoglierlo un'aria immobile e fredda nella quale due precisi profumi sembravano incisi: quello del fumo di camini e stufe a legna e quello della neve.

Da un paio di giorni, in effetti, l'aria di neve teneva in scacco l'intero panorama.

Il lago era immobile, di un grigio compatto, silenzioso, pesante e la montagna, nera, sembrava guardare in su, verso la massa densa delle nuvole che non si decidevano a sgravarsi.

Era un po' presto per una bella nevicata. Fosse arrivata per davvero voleva dire avere neve tra i piedi fino a febbraio, forse marzo.

Ma tant'è, pensò il prevosto mentre, frusciando per via del sottanone e a passi lunghi, filava alla volta della canonica.

Al tempo non si poteva comandare.

La perpetua l'aveva aspettato alzata. In cucina la stufa spandeva un calore consolante. La legna, ciliegio, scoppiettava e mandava il suo profumo.

Il sacerdote gradì una tazzina di caffè riscaldato e accettò anche un bicchierino di cordiale che la perpetua insisté a fargli bere.

«Stare in giro di notte», disse la donnetta, «e con questo freddo...»

Il signor prevosto bevve, di gusto, anche il cordialino dopodiché decise di mettere fine all'agonia della perpetua e andarsene a letto.

Donna curiosa, mica per niente l'aveva atteso in piedi anche se lui, mentre usciva dalla canonica un'ora e mezza prima, l'aveva lasciata libera di coricarsi.

«Non c'è bisogno che mi aspettiate», aveva detto.

Glielo avesse detto subito che la defunta era la vedova Fioravanti, la perpetua sarebbe già stata nel suo letto, beatamente addormentata. Tuttavia da quando, un paio d'anni prima, l'avevano chiamato per benedire un morto che poi morto non era visto che s'era risvegliato, il prevosto preferiva andarci cauto, controllare di persona. La perpetua, con quel tarlo, non ce l'avrebbe fatta a prender sonno.

Glielo disse.

Di modo che l'indomani lei avrebbe potuto vivere il suo attimo di gloria informando sull'identità della defunta la corte di beghine che frequentava la prima messa del mattino, quella delle sei.

«La vedova Fioravanti?» ribatté la perpetua, una nota di inquietudine nella voce.

Al signor prevosto scappò uno sbadiglio.

Non aveva voglia di indagare su tanta meraviglia, in fin dei conti la Fioravanti aveva vissuto per ben novantatré anni.

Perché stupirsi così?

Non disse niente e si avviò verso la sua stanza, al secondo piano.

8.

Anche la perpetua dormiva al secondo piano della canonica.

La sua camera da letto era sul fondo del corridoio. All'estremo opposto c'era quella del sacerdote. Tra di loro due altre camere che servivano per eventuali ospiti, ma che per la maggior parte dell'anno restavano chiuse, trasformate in una sorta di magazzino. In una la perpetua conservava noci, castagne e mele, che spandevano il loro dolce profumo.

La stanza era la più piccola delle quattro. L'arredo era modesto: un letto in ferro per salire sul quale la donna aveva bisogno di uno sgabello, un armadio massiccio, severo, una cassapanca dove la perpetua teneva scarpe e ciabatte, un comodino, nessuno specchio e un solo quadro alla parete: Santa Rita da Cascia, alla quale la donna era devotissima.

Per consuetudine sia il sacerdote sia la perpetua, quando si coricavano, chiudevano la porta della camera da letto.

Il prevosto, infatti, russava.

La perpetua no, ma aveva il sonno leggero.

Una volta in camera la donna cercò di comportarsi come se quella fosse una sera come tante altre - anche se sapeva bene che, ormai, non era più così.

Si spogliò, si mise una pesante camicia da notte, si buttò sulle spalle uno scialle, si infilò un paio di pedalini di lana grezza, si inginocchiò sotto il quadro di santa Rita e disse le orazioni.

Poi si segnò. Tante volte quanti erano i suoi morti, otto: i genitori, due sorelle, due fratelli e due nipotini morti entrambi di crup. Si alzò, andò a controllare che le persiane dell'unica finestra della camera che dava sulla piazza della chiesa fossero chiuse.

Quindi salì sul letto nel quale dormiva distesa sulla schiena, le coperte tirate fin sotto il naso e le mani incrociate sul davanti: la consolava il pensiero che, se fosse morta nel sonno, cosa tutt'altro che rara, l'avrebbero trovata già bella e composta anche se fosse stata rigida come un baccalà, così che il beccamorto non avrebbe dovuto faticare per farle assumere una posa dignitosa.

Spenta la luce disse però un *pateraveglorìa* chiedendo la grazia di non farla morire almeno per quella notte.

Sul soffitto, mercé il buio incompleto, alla perpetua parve da subito che si andasse componendo una figura. Come se un'infiltrazione d'acqua, guidata da un pensiero maligno, si stesse allargando a disegnare qualcosa.

Non qualcosa di vago.

Gli occhi spalancati della perpetua videro bene che quei giochi di luce stavano tratteggiando il volto della vedova Fioravanti.

Dovette trattenersi dal gridare, col rischio di disturbare il signor prevosto.

Chiuse gli occhi.

Pregò ancora, affinché il sonno se la prendesse.

Ma non fu così semplice.

9.

Mai il prevosto era entrato nella camera da letto della sua perpetua.

La donna, chiusi gli occhi, era stata prossima ad addormentarsi più di una volta. Ma, nel momento stesso in cui il sonno sembrava lì per prendersela, lei aveva reagito d'istinto, ricacciandolo là da dove era arrivato.

La suggestione creata dalla notizia della morte della vedova Fioravanti, ma anche quel diabolico gioco di mezze luci e mezze ombre che avevano disegnato sul soffitto della stanza un verosimile profilo della defunta, avevano ingenerato in lei la fantasia che fosse giunta anche la sua ora, nonostante il *pateravegloria*.

E che quello che cercava di ghermirla non fosse sonno ma piuttosto l'oblio della gran seminatrice.

L'istinto di sopravvivenza le aveva suggerito di resistere, anche a costo di passare una notte di veglia.

Per vincere la tentazione, certamente diabolica, di abbandonarsi a un sonno che desiderava sopra ogni altra cosa, la perpetua aveva deciso di trascorrere le ore di quella notte recitando rosari: a metà del secondo però era crollata di schianto e s'era addormentata.

Non altrettanto invece aveva fatto il fantasma della vedova Fioravanti. Che, anzi, gradendo la completa libertà che il sonno della donna gli aveva offerto, aveva cominciato a ballare una danza macabra.

Proprio di danza s'era trattato, e silenziosa, muta, poiché nell'incubo la perpetua non aveva percepito il benché minimo accordo di violino o pianoforte.

Tuttavia la perpetua aveva cominciato a sognare che la vedova Fioravanti, vestita di una tunica bianca ma con due enormi ali d'uccello al posto delle braccia, la obbligava a ballare insieme con lei. Un passo dopo l'altro, la danza aveva lo scopo di avvicinare la perpetua a una bara dove, era evidente, la Fioravanti voleva rinchiuderla, forse per vendicarsi.

Tuttavia, ogniqualvolta la danza si avviava alla sua orrorifica conclusione, la perpetua emetteva un grido di spavento e spingeva lontana da sé la vedova e le sue ali.

Nulla sapeva il signor prevosto delle tribolazioni che la sua perpetua stava passando durante quella notte.

Se non che qualcosa la stava realmente turbando.

Perché, erano circa le due della notte, uno di quei gridi attraversò l'intero corridoio per quanto lungo fosse e lo svegliò.

La perpetua aveva appena, e per l'ennesima volta, allontanato da sé l'orripilante creatura metà donna e metà uccello.

Il sacerdote, dapprima, credette a sua volta di aver sognato.

Fu lì per tornare ad appisolarsi, quando risentì l'urlo.

In sostanza aveva dovuto aspettare che si compisse un nuovo giro di danza.

Fu certo allora di non aver sognato o immaginato il grido.

Cosa diavolo stava succedendo nella camera della perpetua?

Mai il sacerdote aveva osato entrarci.

Ma quella sera gli sembrò necessario.

Indispensabile.

E osò.

10.

C'era odore di urina nella camera.

Il sacerdote girò l'interruttore della luce ed ebbe appena il tempo di occhieggiare il pitale posto a lato del comodino, pieno sino all'orlo.

Svegliata improvvisamente, la perpetua saltò sul letto, gli occhi sgranati.

«Cosa succede?» chiese.

Ma non aveva ancora chiaro dove fosse, chi gli stesse davanti.

«Lo chiedo a voi», interloquì il sacerdote.

Resasi conto della sua presenza nella stanza, la perpetua tornò a cacciarsi sotto le coperte.

«Vi sentite male?» domandò il sacerdote.

«Io?» ribatté lei.

Benedetta donna!, sorrise il prete.

«Voi! Chi altri sennò?»

Chi aveva gridato, lamentandosi nel sonno, tanto forte da riuscire a svegliarlo?

Per quello era lì, spiegò il sacerdote. Era preoccupato. Se stava male non aveva che da dirlo.

Aveva bisogno del dottore? Sarebbe andato lui in persona a cercarlo.

«Macché dottore», ribatté seccamente la perpetua.

Il signor prevosto la guardò con una grave espressione di dubbio in viso.

Alla perpetua non sfuggì.

«Si vede che avrò fatto un brutto sogno», disse a mo' di giustificazione.

Un incubo magari: del quale – bugia! – aveva già perso la memoria.

Forse le era rimasto sullo stomaco qualcosa, non aveva digerito la cena.

«Via, un pancottino!» obiettò il sacerdote allargando le braccia.

D'accordo, ammise la perpetua, ma con dentro un rosso d'uovo.

«Allora va tutto bene?» cercò di concludere il prete.

«Benissimo», lo assicurò la perpetua.

Altra bugia.

Ma mai e poi mai avrebbe confessato al prevosto quello che la turbava.

E pazienza se, per fare ciò che doveva assolutamente, prima di ogni altra cosa, fare, l'indomani mattina avrebbe dovuto rinunciare – da quanti anni? dieci? quindici? forse dall'ultima volta che era stata malata – ad assistere alla prima messa del mattino.

11.

Non c'era, infatti.

Dall'altare, la mattina successiva, l'occhio del prevosto colse quel vuoto. Il posto all'estrema sinistra della terza fila di panche nel settore riservato alla donne era vacante.

Quello era il posto fisso della perpetua e per la prima volta, da quanti anni? dieci? quindici? forse dall'ultima volta che era stata malata, lei non c'era.

Un bel mistero!

Oddio, che fosse bello era tutto da vedere, ragionò il signor prevosto. A partire dalla notte appena passata, notte da tregenda.

Quei versi, quelle grida!

Anche dopo.

Dopo che lui, uscito dalla camera della perpetua, s'era coricato di nuovo, avendogli assicurato la donna che andava tutto bene.

Lui aveva fatto finta di crederle, ma il dubbio che gli avesse mentito scientemente gli era rimasto. Figurarsi, quindi, se aveva potuto riprendere sonno come se niente fosse.

Infatti, poco dopo le tre del mattino, il concerto era ricominciato.

Gli era venuta la tentazione di tornare a spiare nella camera della perpetua per vedere cosa diavolo stesse succedendo, ma non ne aveva fatto niente.

Aveva abbozzato, pazientemente sopportando i gemiti della donna, proponendosi di affrontare l'argomento al mattino.

Alle cinque e trenta, quando era sceso in cucina, la perpetua era già lì.

Smorta come al solito, modestamente vestita come sempre, nessun segno della tribolata notte appena trascorsa.

Con gli stessi gesti da pittima aveva proposto il caffè di cicoria da bere dopo la messa.

Lui s'era sentito preso in contropiede da quella affettata normalità. La perpetua era stata brava a comportarsi come se non fosse successo niente e, con gli stessi gesti di sempre, s'era buttata addosso il cappottone grigiofumo, s'era nascosta la testa sotto un foulard e senza far parola era uscita.

Tutto come al solito.

Solo che, adesso, lì in chiesa non c'era.

12.

La Maria Isnaghi c'era invece. Solito posto. Ma era come se non ci fosse. Distratta, la testa altrove.

Sempre quel dubbio, andare o no dalla Sofistrà?

La notte non le aveva portato consiglio.

L'occasione era ghiotta.

Ma avrebbe fatto peccato, avrebbe poi dovuto confessarlo, sarebbe incappata nell'ira del prevosto?

Era tentata, inutile negarlo.

Le tentazioni però, il signor prevosto lo diceva spesso, erano opera del diavolo, assumevano le forme più varie. Anche quelle di un uomo. O di una donna. Della Sofistrà, perché no? Anzi, chi meglio di lei, soggetto di cui, spesso, aveva sentito parlare sottovoce, sussurrare, come se fosse un argomento proibito, una persona dalla quale stare alla larga.

La stessa Fioravanti era stata tra le prime a raccontarle della disgrazia che aveva colpito il fratello e di come poi l'Eufrasia s'era stabilita in paese. Prima cameriera all'albergo ristorante del Sole e poi moglie del proprietario.

La Maria non aveva mai capito se fossero fole, fantasie di una vecchia o la verità.

Sta di fatto che il Barnaba Vitali, quella domenica del 1901, prima dell'incidente, era stato tra i primi a farsi avanti. Le aveva porto la mano senza fare parole. Eufrasia l'aveva presa ma, mettendo in atto gli insegnamenti della sua maestra ungherese, che in realtà era nativa di Busto Arsizio, aveva furtivamente studiato il soggetto.

«Osserva le persone, annusale, guarda i particolari. Il loro futuro è scritto in faccia, nei vestiti, negli odori.»

Il Vitali era uomo di rara bruttezza. Pallido, scavato, mesto. Un nasone al centro del viso, solitario come una vela. Due occhi infossati. Uno che a incontrarlo di notte c'era da farsela addosso. Trent'anni, trentadue, aveva calcolato Eufrasia. Nessuna ruga intorno agli occhi, un po' di calvizie. Vestito bene, elegante. Profumato, ma anche... Nella trama del profumo aveva percepito un sottofondo di cucina e di tabacco. Un cameriere, forse? Ma l'aveva visto camminare, non aveva i piedi piatti. Un cuoco? Difficile, aveva più l'aspetto del beccamorto. Aveva guardato le mani, prima il dorso. Nessun anello, celibe. Unghie bianche, tagliate a regola d'arte. Dita gialle di fumo. Era passata al palmo della mano. Nessun callo, niente lavori manuali, il suo cliente stava bene.

Infine.

Quando l'aveva guardata Eufrasia Sofistrà era rimasta di stucco.

Mai aveva visto una cosa del genere.

Mai, nella sua carriera di divinatrice, le era capitata sotto gli occhi una linea della vita tanto breve.

Breve, come la prima messa del mattino. Non restava molto tempo alla Maria Isnaghi per decidere.

Non le restava altra persona cui chiedere consiglio se non il signor prevosto.

Che in quel momento cominciò: «In nomine Patris...» ma meccanicamente, distratto, la testa altrove anche lui, «introibo ad altare Dei», a celebrare la messa, l'occhio fisso sul posto della perpetua che continuava a restare vacante perché lei era in via Loreti al 13, davanti alla porta di casa di Crociati Anselmo.

13.

I

Tutte le mattine, quando usciva di casa per andare a caccia, Anselmo Crociati, classe 1888, tiratore scelto del ventunesimo reggimento di fanteria del Regio Esercito Italiano, incontrava il signor prevosto. L'Anselmo lo considerava un segno di buon augurio.

Cinque e dieci, massimo cinque e un quarto, fucile in spalla, il Crociati usciva dalla sua casa in via Loreti e per imboccare la mulattiera che, costeggiando l'Orrido e il cimitero, saliva verso le vigne di Ombriaco e Pradello, traversava la piazza della chiesa. Il prevosto usciva anche lui dalla canonica a quell'ora per recarsi in chiesa.

«In bocca al lupo», diceva. Oppure: «Come va la caccia?».

L'Anselmo era uno spiccio, non gli piaceva raccontare balle. Se rispondeva che la caccia andava bene era vero. E per dimostrarlo, non appena li aveva, faceva arrivare al prevosto certi mazzetti di uccelli che il sacerdote gradiva particolarmente.

Così era sempre andata negli anni trascorsi e il Crociati menava vanto di quello che una volta il prevosto gli aveva detto: cioè, che era il suo miglior fornitore di cacciagione.

Di mestiere l'Anselmo faceva il muratore, lavorava in proprio, il da fare non gli mancava mai, soprattutto durante la bella stagione. Scapolo, quello che guadagnava gli garantiva un'esistenza più che dignitosa.

Nel corso dell'estate appena trascorsa, mentre stava tirando su i muri di una stalla dalle parti di Biosio, uno schizzetto di calce viva gli aveva centrato l'occhio destro. A furia di impacchi con acqua di malva il gonfiore, nel giro di qualche giorno, s'era ridotto e l'occhio sembrava essere andato a posto.

Per dire la verità, non proprio a posto del tutto. Ogni tanto gli aveva fatto ancora male. Spesso gli era sembrato che per vederci bene dovesse sgranarlo.

Passata l'estate, il Crociati aveva cominciato a preparare cartucce e fucile. La stagione della caccia si stava avvicinando e per il muratore significava passare da un lavoro all'altro, poiché dal commercio delle prede che catturava traeva i soldi necessari a sbarcare il lunario durante la brutta stagione.

Il 1° settembre 1936, giorno di apertura della caccia, aveva incrociato come al solito il signor prevosto che si era limitato al classico: «In bocca al lupo».

«E crepi», aveva risposto ridendo il Crociati.

La mattina non era granché favorevole per immaginarsi grossi carnieri, troppo calda l'aria, vano sperare di poter fare fuoco su tordi e allodole. I merli che banchettavano nelle vigne avrebbero fatto le spese di quella prima uscita.

Era stato mentre puntava uno di quegli uccelli che Anselmo Crociati si era reso amaramente conto di quanto, con aperto il solo occhio destro, vedeva malissimo. L'immagine si sfocava, i contorni si confondevano. Il merlo, per l'appunto, s'era ridotto a un puntino scuro e vago.

Aveva comunque sparato. L'uccello era volato via chiocciando come se volesse prenderlo per il sedere.

Poco dopo mezzogiorno Anselmo era tornato a casa con la cartucciera vuota, il carniere anche. A maggior onta, nelle orecchie gli risuonavano i complimenti dei contadini che aveva incrociato via via, i quali, avendolo sentito sparare come se fosse stato in guerra, gli avevano battuto le mani sulla spalla.

«Mattina grassa, eh?»

Contenti, almeno loro, perché quegli uccelli voraci erano una vera maledizione per le vigne.

Chiuso in casa l'Anselmo aveva fatto il bilancio della giornata: ventisette cartucce sparate, nessuna preda.

La mattina dopo era ripartito.

Solita storia.

Come sempre aveva incrociato il prevosto il quale, anziché «In bocca al lupo», gli aveva chiesto: «Cominciata bene la caccia?».

Lui aveva mentito, rispondendo sì.

Poi, salendo, gli era venuto il dubbio che notizie circa la fucileria cui aveva dato vita la mattina addietro fossero giunte anche all'orecchio del prete e che il sacerdote si fosse aspettato un primo mazzetto di volatili.

Quel dubbio l'aveva definitivamente inquietato, contribuendo a rendere scandalosa la media di abbattimenti della seconda giornata: trenta colpi, un volatile ferito e irreperito.

Il Crociati aveva anche tentato di sparare tenendo entrambi gli occhi aperti, com'era costume di certi cacciatori suoi conoscenti: non c'era stato niente da fare.

Dopo l'ennesimo tralcio di vite falciato e con quel nuovo cappotto nel carniere, il muratore era tornato a casa.

Non gli restava altro che rivolgersi al dottore affinché gli desse una medicina in grado di restituire all'occhio destro la primitiva acuità.

II

Il dottore s'era quasi arrabbiato.

Non che ci volesse molto a farlo uscire dai gangheri, era un caratterino così.

Però in quel caso aveva avuto più di una ragione.

«Quindi», aveva esordito dopo aver ascoltato il Crociati.

Non solo il muratore aveva aspettato la bellezza di un paio di mesi prima di rivolgersi a lui.

Ma anche, adesso, aveva la bella pretesa che lui lo guarisse, voleva una medicina.

«E che medicina vi dovrei dare?» aveva chiesto.

«Non lo so, il dottore siete voi», aveva ribattuto il Crociati.

«E nemmeno io lo so», aveva tuonato il medico.

Non lo sapeva nemmeno lui dove andare a trovare una medicina in grado di guarire un occhio bruciato dalla calce viva. Non c'era medico al mondo, non c'era oftalmologo in grado di restituire la vista a un occhio avviato alla cecità.

«Cecità?» aveva magonato il Crociati.

«Certo! La calce viva brucia!»

Ledeva le congiuntive, la cornea, la retina. Le sue lesioni erano irreparabili.

«Irreversibili!»

Era vero che il professor Serotini della clinica oftalmica di Pisa e il professor Nutarelli degli Spedali Riuniti di Brescia avevano scritto e pubblicato articoli sulle possibilità della chirurgia in situazioni analoghe. Ma erano interventi attorno ai quali non c'era il pieno accordo del corpo accademico e sui quali gli stessi due chiarissimi professori avevano dichiarato che ancora molto restava da fare prima di poter garantire un qualche risultato.

Al Crociati, in sostanza, non restava altro da fare che arrendersi al destino.

«Per fortuna madre natura ce ne ha dati due, di occhi», aveva concluso il dottore.

Un pensiero, allora, era nato nella mente del muratore.

Ecco cosa doveva fare, imparare a sparare mirando con l'occhio sinistro.

Semplicissimo. Tanto che se ci avesse pensato prima avrebbe anche risparmiato i soldi della parcella.

III

Tra il dire e il fare.

Tra il dire, cioè usare l'occhio di sinistra per mirare, e il fare, cioè all'atto pratico applicare questa risoluzione, il Crociati aveva avuto almeno un centinaio di volte la tentazione di rompere in due la sua amata doppietta, fracassarla contro un tronco, gettarla in una valle e poi, magari, dietro lei lui, così da farla finita e non vedere più tordi, fringuelli, merli e allodole che si rifiutavano di cadere sotto le sue fucilate.

Aveva perso sonno, appetito e voglia di donne, sbattendo il muso, un'uscita dopo l'altra, contro il mare che c'era tra il dire e il fare.

D'altronde, come cazzo si faceva a poggiare il calcio del fucile sulla spalla di destra e mirare con l'occhio di sinistra?

Impossibile.

Lo poteva ben dire dopo aver sparato colpi su colpi senza nemmeno capire dove andassero a finire.

Decretato il fallimento, il Crociati aveva avuto un'altra pensata: immaginarsi mancino e comportarsi come tale. Solo così l'occhio buono sarebbe stato in linea col mirino.

Ma anche così, tra il dire e il fare...

Prima di tentare nuove uscite sul campo s'era esercitato nel chiuso di casa sua per abituarsi all'innaturale movimento di portare l'arma alla sinistra, ripetendo il movimento centinaia di volte al fine di renderlo il più naturale possibile.

Quando s'era sentito abbastanza sicuro aveva deciso di tentare la prima uscita nelle nuove vesti di cacciatore mancino.

Era una mattina di metà ottobre, l'orario il solito. S'era ricordato degli usuali incontri col prevosto solo quando, ormai nella piazza della chiesa, se l'era trovato davanti.

«Anselmo», l'aveva salutato il sacerdote, un tono stupito: erano quindici giorni che i due non si vedevano. «Come va questa caccia?»

Il Crociati s'era ingolfato. Aveva masticato, per tutta risposta, una bugia: una costipazione bronchiale l'aveva tenuto a letto. Poi era ripartito a passi lunghi e rosso in viso per la vergogna.

Era evidente che il signor prevosto non aveva voluto essere indiscreto, ma la domanda era rimasta nell'aria.

Come mai non gli aveva ancora portato un mazzetto di uccelletti? Proprio lui, il suo miglior fornitore di cacciagione!

Era stata un'altra mattinata disastrosa.

Niente allodole, ormai il tempo buono per il passo era andato. Qualche tordo bottaccio, pochi anche di quelli e resi esperti da chissà quante fucilate. Inoltre l'Anselmo aveva avuto la fastidiosa sensazione di essere spiato, come se qualcuno lo seguisse per ridere delle strane pose che era costretto ad assumere.

A un certo punto aveva incrociato un voletto di tordi sasselli che, posati su un melo, s'erano messi a bacchettare i frutti grinzosi che nessuno s'era degnato di raccogliere.

L'Anselmo aveva lungamente mirato e, al momento di sparare, chiuso entrambi gli occhi. L'ispezione effettuata subito dopo lo sparo ai piedi della pianta aveva svelato che, ancora una volta, aveva fatto cilecca.

Gli era venuto quasi da piangere ma aveva resistito.

Perché, nonostante l'evidenza di quelle mattine passate a raccogliere padelle e a tranciare rami e tralci, non riusciva a immaginare la propria vita senza la caccia.

Smettere di andarci voleva dire smettere di vivere.

Quindi, ricacciando le lacrime, aveva deciso che avrebbe continuato, avrebbe insistito, fregandosene delle delusioni. A testa bassa, continuare e continuare, sino a che l'innaturale posizione di sparo col sinistro fosse diventata spontanea, o quasi.

Ormai, quella era una stagione in perdita.

Se almeno fosse riuscito a salvare la faccia col signor prevosto...

Più sereno, dopo la decisione di non mollare, ci aveva dato dentro come un matto anche nei giorni seguenti, ma sempre con lo stesso, identico risultato.

E finalmente era arrivato, memorabile, l'11 novembre, mercoledì mattina.

Per quello la perpetua era lì, davanti alla porta della sua casa.

IV

Non che fosse stato un giorno fortunato nemmeno quello. Sempre meno uccelli in giro, giusto qualche viscarda.

L'Anselmo aveva fatto tre colpi, tre bolli.

Mentre era sulla strada del ritorno, masticando una bestemmia dietro l'altra, l'aveva visto.

Era in cima a un palo di legno di quelli della luce, piantato all'incrocio di due mulattiere, quella che scendeva dalla frazione di Pradello e l'altra, un sentiero più che altro, che usciva dai boschi delle Fasole.

Un colombaccio!

S'era fermato per guardare meglio.

Un colombaccio in cima a un palo della luce?

Stranissimo, quasi impossibile.

Si era avvicinato di una decina di passi, tenendosi al coperto e trattenendo il respiro.

No, aveva diagnosticato quando, fattosi più sotto al

palo, aveva avuto l'agio di vedere meglio: non era un colombaccio. Un piccione piuttosto, un torraiolo. Uno di quelli che stavano nella piazza della chiesa o sui tetti delle case e che, ogni tanto, andavano in campagna per variare la dieta.

Bello grosso però, grasso.

Un boccone prelibato che ci sarebbe stato bene sulla tavola del signor prevosto al quale poco sarebbe importato se si trattava di colombaccio o piccione.

L'Anselmo aveva fatto due altri passi avanti.

Poi un passo ancora e, crac!, aveva calpestato un ramo secco il cui rumore nello spezzarsi era sembrato riempire il silenzio che gravava sull'universo mondo.

L'uccello, invece, niente. Era rimasto lì, in posizione.

Forse, aveva ragionato l'Anselmo, fermo, immobile, senza respirare, forse era ferito...

Avanzare ancora anche di un solo passo, aveva pensato, voleva dire chiedere troppo alla fortuna.

Era ora, aveva deciso, di tentare la sorte.

L'aveva mirato.

Prima col destro, niente da fare, il piccione era sembrato fondersi col palo della luce.

Poi col sinistro.

Aveva tirato il grilletto.

Esaurito il rumore del botto aveva sentito il leggero fruscio della pioggia di pallini che era caduta nella verzura circostante.

Il piccione era ancora lì, in cima al palo.

Che l'avesse mancato era evidente. Ma non s'era spostato.

Che mistero era?

Non era comunque quello il momento per indagare. Aveva o no l'occasione per ritentare il tiro su una preda viva, o pressappoco?

S'era rimesso in posizione. Di nuovo mirato. Sparato.

E quello, finalmente, era caduto dal palo come una

pera matura infilandosi a testa in giù in un ciuffo d'erba mentre poche piume l'avevano seguito leggere nella corsa verso il basso a sostegno del fatto che il piccione non era morto di spavento ma colpito dal piombo sparato da Anselmo Crociati testé rinato a vita nuova.

14.

Fu il Crociati in persona che le aprì. Aveva una papalina in testa, stava ancora dormendo. D'altronde era venerdì, a caccia non si poteva andare.

«Cosa volete?» chiese alla perpetua.

Voleva niente, disse lei.

Tranne informarlo di una cosa: che il suo piccione lei l'aveva dato alla vedova Fioravanti giovedì, ieri mattina e quella, la sera stessa, era morta.

Il Crociati si grattò la testa.

«Ma io cosa c'entro?» chiese.

La perpetua si guardò alle spalle.

Era necessario che stessero a parlare lì sulla soglia?

Il Crociati, a malincuore, la fece entrare.

Una volta dentro la perpetua diede uno sguardo circolare all'ambiente e deplorò tra sé il disordine in cui versava la casa.

«Adesso ve lo spiego», disse poi.

E cominciò.

15.

A lei non sfuggiva quando il signor prevosto aveva dei pensieri, disse la perpetua.

«Gli vengono le rughe sulla fronte», chiarì.

Bon. Lunedì mattina quando era sceso in cucina per salutare e poi andare a dire la messa, sulla fronte del sacerdote non c'era traccia di rughe.

Ma dopo, durante la celebrazione, ce n'erano eccome. Le aveva ben viste lei dalla sua postazione fissa, terza fila all'estrema sinistra. Non aveva la minima idea del perché. Ma aveva fatto conto di scoprirlo presto. Spesso infatti il prevosto la metteva a parte dei suoi dubbi: mica per averne consigli o altro. Lo faceva, parola sua, perché parlando ad alta voce, e davanti a qualcuno giusto per non sentirsi come un matto, gli sembrava di chiarirsi le idee e sgravarsi il cuore.

Invece aveva sbagliato i conti.

Muto per tutto il giorno.

Martedì l'aveva visto poco, giusto alla messa del mattino. A mezzogiorno il signor prevosto aveva pranzato fuori casa.

Capitava infatti il compleanno del notaio De Cusi ed era tradizione che il sacerdote pranzasse a casa del notabile dove convenivano anche altri sacerdoti, prevosti in Varenna, Perledo, Corenno e Dervio.

Il notaio era un grande esperto di storia della chiesa, autore di spocchiose pubblicazioni sulle vicende di più di una parrocchia del lago di Como. La Società Storica Comasca lo teneva in gran conto e si augurava di poterlo nominare presidente una volta che il De Cusi si fosse liberato dei suoi numerosi impegni di lavoro. Prete mancato però, il notaio preferiva circondarsi di sacerdoti non appena gliene capitava l'occasione e amava dichiarare che, una volta chiuso lo studio, se ne sarebbe andato a trascorrere il resto della vita presso un convento, dedicandosi anima e corpo ai suoi diletti studi.

Stante il numero e la qualità delle portate che erano state servite, cucinate dal cuoco Secchia, fiore all'occhiello del ristorante Il Cavallino, non poteva fare meraviglia se, la sera, nessuno dei commensali avesse ancora un buco nello stomaco dove infilare un solo cucchiaio di minestra.

Pure il signor prevosto, sbrigata la funzione serotina, aveva sorbito un infuso di erba liva e s'era infilato a letto.

Così era arrivato mercoledì.

16.

Mercoledì, cioè l'altro ieri, il giorno del piccione.

Anselmo Crociati fece un conto. La perpetua aveva ancora due giorni interi da raccontare. Cercò di forzare la situazione.

«Non si potrebbe saltare direttamente al nocciolo della questione?» chiese, dando alla richiesta un tono tra lo scocciato e lo spiritoso.

Se avesse colto l'uno o l'altro oppure tutte e due le sfumature, la perpetua non lo diede a vedere.

«Bravo», rispose, «così perdete la parte più importante.»

«Davvero?» fece il Crociati incredulo.

«Proprio», ribadì la perpetua.

Che, aggiunse, conosceva bene i suoi doveri.

Nelle cose di chiesa comandava il signor prevosto. Lei non osava metterci il becco. Ma sul resto era lei a decidere. Come sul mangiare. E non le era sfuggito che, da qualche tempo, il sacerdote non perdeva occasione per togliersi la scarpa sinistra e liberare il piede dalla sua stretta.

Non era, quello, il tentativo di lenire un dolore?

Senza perdere tempo s'era rivolta al dottore, raccontandogli tutto.

Gotta, aveva diagnosticato quello.

Raccomandandole che, prima di tutto, era necessario intervenire drasticamente sull'alimentazione.

Basta carne!

«E la selvaggina?» aveva chiesto lei.

«Veleno!» aveva risposto il dottore.
Quindi era per quello che il piccione, dopo averlo cucinato, lei l'aveva dato alla vedova Fioravanti.
«Ho capito», disse il Crociati.
«Non credo», affermò la perpetua.
Ne mancava ancora un pezzo perché l'uomo potesse rendersi conto della sua presenza lì.
Ed era storia di ieri, giovedì.

17.

«Ieri mattina, proprio mentre stavo strappando dal piccione qualche peluzzo che vi era sfuggito», disse la perpetua, «è suonato il campanello.»

Non quello della canonica. Quello che avvisava che in chiesa c'era uno che desiderava confessarsi.

Ogni tanto succedeva. Per le confessioni il prevosto aveva fissato degli orari, però poteva capitare che qualcuno avesse urgenza e allora, se la cosa era proprio così seria, poteva approfittarne. Poi, se il sacerdote capiva che era stato solo un trucchetto per evitare di fare la fila, dopo averlo confessato dava al furbo una penitenza che lo teneva inchiodato in ginocchio per un paio d'ore: così a quello passava la voglia di prendere in giro la gente.

Una volta che il signor prevosto si era accomodato nel confessionale, quello aveva subito detto che non aveva peccati sul gozzo. Doveva comunicare una cosa volendo, però, restare nell'anonimato.

18.

Il finto peccatore era partito a macchinetta raccontando che circa una settimana prima gli avevano chiesto una tolla di acido che serviva per scrostare certe parti delicate di macchine...

«Per farne che?» l'aveva interrotto il prevosto, deciso a non perdere tempo.

«Non sono sicuro, ma...» era stata l'esitante risposta.

«Chi ve l'ha chiesta?» aveva stretto il sacerdote.

Era stato un amico, cioè, più che un amico, un conoscente...

«Altolà!» aveva intimato il prevosto. «Giovanotto, mettiamoci d'accordo. Io sopporto questa manfrina ancora un minuto. Poi se non vi decidete a parlare chiaro me ne vado e amici come prima.»

Attraverso la grata era passato prima un sospiro e poi, in un soffio: «Va bene, dirò tutto».

A chiedergli l'acido era stato l'Evaristo Sperati, il Risto.

Un bel soggetto, aveva osservato il sacerdote. «E come mai l'ha chiesto a voi?»

«Perché... perché...» s'era impappinato quello.

«Perché?» aveva telegrafato il prevosto.

«Perché sapeva che potevo procurarmelo», era stata la risposta. Risposta da scemo, il prete non aveva mancato di notarlo. Sarebbe tornato sull'argomento. Per intanto aveva lasciato che l'uomo proseguisse nel racconto.

«Avanti!»

Una volta consegnata la tolla, aveva detto quello, lui

non ne aveva saputo più niente né aveva mai più visto il Risto. Sennonché, proprio il giorno prima, mercoledì, di sera, era venuto a scoprire una cosa. Ed era proprio per quello che aveva passato una notte insonne e s'era deciso a chiedere consiglio al signor prevosto chiamandolo in chiesa con la scusa di una confessione urgente.

Aveva saputo infatti che quell'acido era stato utilizzato per cercare di sterminare i piccioni che volavano sul cielo del paese!

19.

Piccole masse scure, disseminate sulla piazza della chiesa.

Il prevosto le aveva notate lunedì, dalla finestra della sua camera da letto, nella luce incerta dell'alba. Gli erano sembrate sassi, ciottoli di fiume che qualche bellospirito aveva messo lì per chissà quale ragione.

Erano piccioni invece.

Morti stecchiti. Rigidi per il freddo.

Il sacerdote ne aveva raccolti sei lunedì, tre martedì, quattro il giorno prima.

Una moria di piccioni. Il freddo forse, o qualche malattia.

Un dispiacere, comunque, rughe erano comparse sulla sua fronte. Lui amava quelle bestie. Alcuni, addirittura, li aveva riconosciuti dal piumaggio variegato: erano quelli che, vinta la diffidenza, andavano a cercare qualcosa da beccare sul terrazzino del suo studio tanto che spesso lui, di nascosto dalla perpetua, si ficcava nelle tasche del sottanone qualche briciola o mollica di pane per darne a quelle bestie.

Gli piaceva anche guardarli volare, liberi, alti nel cielo: si beava, ammirando le loro sterzate improvvise e le repentine picchiate. Li guardava, e si sentiva invadere da un sentimento di festa, di gioia.

Vederli morti era stato un vero dispiacere. Che, però, aveva tenuto per sé. Nemmeno alla perpetua aveva osato dirlo. Figurarsi, essere in ambasce per una decina di piccioni morti! Chissà cos'avrebbe pensato di lui! Chissà cosa avrebbero detto i fedeli del loro pastore afflitto per la morte di quattro uccelli! S'era tenuto il dispiacere per sé, ma mai e poi mai avrebbe immaginato che all'origine della moria dei suoi amati volatili ci fosse un acido.

20.

Micidiale tra l'altro, aveva detto l'uomo.

Tanto che quando lui lo usava...

«Cioè», s'era corretto.

Insomma, sulle istruzioni era scritto a chiare lettere che, quando lo si usava bisognava proteggere gli occhi e le mani e tenerlo assolutamente fuori dalla portata dei bambini. Sull'etichetta c'era anche il teschio della morte con le tibie incrociate.

E, una volta...

«Una volta?» lo aveva incalzato il prevosto.

Quello era stato lì per dire che una volta un operaio del cotonificio ci aveva quasi lasciato la pelle dopo averne bevuto accidentalmente due dita da un bicchiere. S'era rimangiato la storia appena in tempo.

«Niente niente», aveva ripreso e subito, per deviare la curiosità del prete, era partito a spiegare com'era possibile usare quell'acido volendone fare un veleno mortale.

Funzionava benissimo con le volpi, aveva spiegato. Che, come si sapeva, sono animali furbi.

Figurarsi coi piccioni, che sono bestie stupide! Un gioco da ragazzi.

Bisognava prendere un po' di chicchi di granturco, metterli a bagno per un paio di giorni nella camomilla, per fare che si rammollissero e si gonfiassero un poco. Poi si mettevano a mollo per un'oretta non di più in una miscela di acqua con un dito, due al massimo dell'acido in questione e infine andavano lasciati a macerare in un'altra mistura di acqua tiepida e marmellata di sambuco: il tutto, in conclusione, doveva asciugare per bene. Così facendo i chicchi ritenevano l'acido mortale, coperto però dal sapore dolciastro della camomilla e rivestito dal colore amaranto del sambuco che attirava l'occhio degli uccelli.

Due, tre chicchi, e il piccione poteva recitare il *de profundis*.

Il signor prevosto aveva sospirato.

«Perché?» aveva chiesto.

Perché uccidere i piccioni? Che senso aveva? Che male avevano fatto?

Dall'altra parte della grata erano arrivati un sospiro e una risposta.

«Non lo so.»

Ma ci teneva che il sacerdote sapesse che lui non c'entrava, l'avevano messo di mezzo e basta: colpe, in sostanza, non ne aveva.

D'accordo, aveva sussurrato il prevosto.

Ma, se non sapeva spiegargli perché avevano fatto una cosa del genere, poteva almeno chiarirgli come aveva fatto a scoprirlo.

«Lo so perché lo so», s'era affrettato a dire quello. «E vorrei che voi prendeste atto di queste mie parole per il futuro nel caso, che ne so, scoppiasse qualche scandalo. Io non c'entro e al momento buono, dovesse succedere, voi mi sarete testimone.»

Il signor prevosto aveva mandato oltre la grata un bel sorriso di scherno.

«Testimone di cosa?» aveva chiesto. Come poteva essere sicuro che lui gli stesse raccontando la verità e non una bugia di comodo? Come aveva fatto a sapere quelle cose? Chi gliele aveva dette?

A meno che non avesse collaborato anche lui a quella strage di innocenti della quale aspettava ancora di conoscere il motivo.

«No», aveva quasi gridato l'uomo.

«E chi me lo assicura?» aveva opposto il sacerdote. «Come fate a sapere tutte queste cose?»

L'uomo, a quel punto, era stato tentato di fuggire. Aveva rinunciato solo perché era sicuro che, in quel caso, il signor prevosto l'avrebbe rincorso e così l'avrebbe riconosciuto.

«Lo so perché me l'hanno detto», aveva soffiato sulla grata.

«Chi?» aveva chiesto seccamente il sacerdote. «Il Risto forse?»

Silenzio, dapprima, dall'altra parte della grata. Poi un profondo respiro.

«No.»

«E allora chi?»

La prima volta quello aveva risposto con un tono di voce talmente basso che nemmeno lui s'era sentito.

Il prevosto gli aveva ingiunto di ripetere.

«La Luigina.»

«La Luigina...» aveva balbettato il sacerdote senza più fiato per continuare.

«Proprio lei», era arrivata la conferma. «La Luigina U...»

«Ho capito, ho capito!» aveva allora esclamato il sacerdote, lasciando poi correre un minuto di pesante silenzio.

«Voglio augurarmi che tu mi abbia detto la verità», aveva poi soffiato nei buchi della grata.

Il misterioso peccatore era rimasto senza parole. Cosa significava quel repentino passaggio dal voi al tu?

L'aveva intuito.

Ne aveva avuta la certezza poco dopo, quando il sacerdote gli aveva chiesto, e col tono di chi già conosceva la risposta, in quali circostanze aveva avuto quelle confidenze da parte della Luigina U...

«Dimmi!» aveva tuonato.

Sull'uomo era calato un estremo imbarazzo. Poteva

forse rispondere al signor prevosto che lui, ogni tanto, dalla Luigina ci andava visto che ormai sua moglie gliela mollava con molta, troppa parsimonia?

«Eee...» aveva bofonchiato.

«Vergogna!» aveva esclamato il prevosto. Un padre di famiglia! Padre di due figli, uno di otto anni, l'altro di quattro, aveva specificato il prevosto. Come poteva abbassarsi a fare cose del genere?

Solo per quello s'era guadagnato una penitenza coi fiocchi.

E che non lo facesse mai più!

«Va bene», era stata la risposta di Andrea Serperelli, trentottenne meccanico in forza al cotonificio.

«E adesso dimmi!» aveva imposto il sacerdote.

«Cosa?»

«Ha fatto tutto da solo lo Sperati?»

«No.»

«Ce n'erano altri?»

«Sì.»

«Quanti?»

«Tre.»

«I nomi!»

«I nomi?»

«I nomi degli altri tre», aveva chiarito il prevosto.

Il Serperelli aveva compreso di non avere scelta.

«Dipende da me», aveva aggiunto il prevosto, «dire o meno da chi ho saputo queste cose.»

Li aveva fatti.

Ludovico Navacchi, Stefano Liberati, Andrea Valenza.

Oltre, naturalmente, all'Evaristo Sperati, l'ideatore della strage di piccioni che per mesi avevano infastidito la Luigina Uselànda.

21.

Era stato il segretario comunale Eugenio Coppes, la cui natura di crapulone era ben nota, a battezzare la signorina Luigia Piovati col soprannome di Uselànda.

In verità, non era andata proprio così. Ma il merito era comunque suo.

Era successo tre, quattro anni prima quando la donna s'era presentata presso gli uffici comunali dovendo rinnovare il documento di identità.

La Piovati aveva un caratterino imprevedibile, balzano, le piaceva provocare. Così, al momento di dichiarare la professione davanti all'impiegata del comune cui mancava solo il velo per sembrare in tutto e per tutto una suorina, aveva fatto una delle sue scenate.

«Lo sanno tutti il mestiere che faccio», aveva detto, «quindi è inutile che me lo venite a chiedere.»

L'impiegata era arrossita violentemente: anche lei sapeva quale fosse il turpe lavoro della Piovati, ma non era possibile dichiararlo per iscritto su un documento ufficiale.

«Se non avete il coraggio di farlo», aveva insistito la Piovati, «metteteci quello che più vi aggrada. Tanto la sostanza non cambia.»

L'impiegata, imbarazzatissima, s'era allora rivolta al segretario Coppes che era uomo di mondo e che, avendo seguito sin dall'inizio la scenata, aveva capito che per uscirne a testa alta e non offrire alla Luigina altri motivi per dare scandalo, ci voleva un colpo di genio.

Il colpo di genio era arrivato.

«Ornitologa vi va bene?» aveva chiesto alla donna.

La Piovati aveva reagito con una sonora risata e tanto per avere l'ultima parola aveva fatto i complimenti al segretario.

«Avete vinto una consulenza gratis», aveva detto, ed era finita lì.

Da quel giorno in avanti però la Luigina aveva preso l'abitudine di qualificarsi così con coloro che non la conoscevano mentre, tra la cerchia dei suoi abituali clienti, quella parola tanto azzeccata era stata tradotta in dialetto, «uselànda», e sembrava calzare molto meglio.

22.

La Luigina esercitava in casa. Riceveva su appuntamento, giorno e notte, senza problemi di orario. Anche al mattino presto, non aveva difficoltà. Tra le cinque e le sette, per esempio, si metteva a disposizione degli operai del cotonificio: sia di quelli che uscivano dal turno della notte sia di quelli che andavano a cominciare il primo del mattino, e in quell'arco di tempo era anche capace di sistemarne una decina.

Abitava poco distante dalla canonica. Una casaccia buia e umida incastrata tra le carceri mandamentali e il forno dei Panozzi.

Fino a che ci aveva abitato da sola tutto era filato liscio.

Però, pochi mesi prima, nell'appartamento sopra il suo s'era insediata una famiglia di siciliani: il padre, manovale delle ferrovie, la moglie, casalinga, e un bambinello di sette, otto anni.

I problemi erano cominciati quasi subito. Perché, da quando i siciliani s'erano accasati sopra la sua testa, come diceva la Luigina, il suo terrazzino aveva cominciato a coprirsi di merde di piccioni.

Un bello schifo.

Quelle bestiacce lordavano anche i fiori con cui la Luigina abbelliva il terrazzino e a lei toccava pulire due, tre volte al giorno.

Così non poteva durare.

Tra un appuntamento e l'altro la Luigina aveva studiato la situazione, aveva cercato di capire come fosse possibile che i piccioni andassero a farla proprio da lei e alla fine le era sembrato di aver risolto il busillis.

Aveva notato infatti che la moglie del siciliano metteva sul davanzale della finestra briciole e molliche di pane così che i piccioni andavano a beccarle: arrivavano lì, si poggiavano sul davanzale, beccavano e scagazzavano di sotto, cioè sul suo terrazzino.

Non aveva perso tempo e, un giorno, era salita da loro e aveva cercato di far capire a quei mao mao che i piccioni le sporcavano il terrazzino e facevano morire i fiori: quelli niente, però.

Alla Luigina avevano dato l'impressione che non fossero nemmeno in grado di parlare italiano, non l'avevano fatta entrare in casa e l'avevano guardata come se provenisse da un altro pianeta.

Allora se l'era legata al dito. Ma cosa si credevano? Aveva continuato a spiarli. E aveva maturato la convinzione che quelli i piccioni se li mangiassero.

Ogni tanto infatti la siciliana lasciava aperta la finestra in modo che un piccione entrasse in cucina. Dopodiché si scatenava l'inferno. Colpi dell'accidente! La Luigina aveva capito, non si sbagliava. La padrona di casa, infatti, scopa in mano, inseguiva il volatile per tutta la cucina menando colpi a destra e a manca sinché non lo abbatteva per poi metterlo in padella.

La fame l'aveva patita anche lei, aveva pensato la Luigina.

Ma la merda era merda e s'era stufata di passare lo straccio con l'aceto sul suo terrazzino per colpa di quei bru bru.

Non avevano voluto capirla con le buone?, s'era detta la Luigina.

Peggio per loro, l'avrebbero capita con le cattive.

Aveva cominciato a studiare il modo di vendicarsi.

L'idea buona era venuta al Risto, una sera della settimana precedente. Sera di umidità e silenzi, di noia e freddo. Sera piena di voglie che si condensavano in un'idea vaga, andare via, lasciarsi alle spalle quel paese che sembrava un cimitero gigante o, alla meglio, una casa di riposo.

I quattro avevano tirato tardi, contandosi le solite balle, sino a che il padrone del caffè dell'Imbarcadero non li aveva invitati ad andare a casa: l'ora di chiusura era passata da un pezzo. Erano usciti ma anziché andare a dormire avevano incrociato passi stracchi in piazza Grossi, sotto lo sguardo obnubilato del poeta, divertendosi a mollare di tanto in tanto scoregge che erano risultate essere l'unico rumore nell'opprimente silenzio che gravava sopra le loro teste.

Nessuno si voleva decidere a fare il primo passo, salutare e andare a letto. Forse in ciascuno dei quattro c'era la paura di ritrovarsi soli, senza sonno a dover fare i conti con un domani che avrebbe offerto ancora noia e basta.

Allora il Risto aveva lanciato l'idea.

Perché non andiamo dalla Luigina?

Tutti e quattro?

Tutti e quattro, certo! Cosa c'era di strano? La Luigina non rifiutava niente e nessuno.

E poi, aveva chiarito il Risto, non era obbligatorio trombare. Si poteva stare lì da lei, cacciare ancora qualche balla, farsi raccontare dalla donna qualcosa di divertente sui clienti più strani o insospettabili: insomma, era un modo come un altro per tirare un orario decente per andare a letto.

In fin dei conti, aveva dichiarato il Risto, quello della Luigina era l'unico locale pubblico ancora aperto a quell'ora in quel paese di merda!

S'erano avviati, in fila indiana, abbandonando la piazza e infilandosi nel budello delle contrade, dirigendosi ridacchiando verso la casa della Uselànda.

La quale, in quel momento, stava alacremente lavorando con straccio, acqua e aceto per rimuovere le macchie che le merde di piccione avevano lasciato sul suo terrazzino.

Era stata una giornata piena.

L'autunno era sempre così. D'estate gli uomini si allontanavano. Non tutti. La maggior parte, però, sì. Ma, al giungere dei primi freddi, al calare della prima umidità, ricominciavano a ricordarsi di lei e tornavano a trovarla.

Nel corso della brutta stagione le chiedevano soprattutto sveltine. Toccate e fughe. Cosa che a lei, in verità, andava più che bene poiché, visto che il prezzo era sempre quello, più gente riusciva a voltar via più, alla fine della giornata, il suo cassetto sorrideva.

Così era stata quella giornata: piena, uno via l'altro. E la Luigina aveva dovuto trascurare il suo terrazzino.

Quando i quattro ciondoloni avevano bussato alla sua porta lei era impegnata in un'operazione di drastica pulizia.

Al vederli si era un po' inquietata.

«Quattro?» aveva detto.

Per quanto avesse un fisico resistente alle fatiche, nemmeno lei era fatta di ferro. Aveva taciuto comunque. Anche quelli erano soldini, valeva la pena sacrificarsi.

Prima però...

Aveva posto una condizione: prima doveva finire quella pulizia che aveva appena cominciato.

Doveva farlo per forza, aveva spiegato, perché se no, dopo aver dato retta, come usava dire lei, ad altri quattro piselli, non avrebbe avuto più né la voglia né soprattutto la forza per fare altro.

Era stato a quel punto che il Risto si era inserito e aveva voluto sapere.

Come, perché, che cosa...

La Luigina aveva raccontato tutta la storia e le voglie, peraltro tiepide, dei quattro s'erano del tutto raffreddate mentre la Piovati era andata snocciolando fatti e ipotesi.

Era finita che la donna aveva messo in tavola una bottiglia di rosolio e ciascuno aveva proposto una soluzione. L'idea buona era infine venuta al Risto che l'aveva sottoposta alla Luigina e questa, dopo averla accettata, aveva promesso che se l'avessero davvero liberata da quegli uccelli schifosi sarebbe stata sua cura occuparsi poi dei loro. E gratis.

23.

La verità si dispiegò improvvisamente sotto gli occhi di Anselmo Crociati.

Smise di ascoltare la perpetua che continuava a parlare. Rivide invece la mattina di mercoledì.

Il piccione sulla cima del palo.

Immobile, quando lui aveva accidentalmente calpestato un ramo secco.

Ma anche dopo, quando aveva sparato.

Due botti.

Il primo, col quale l'aveva mancato.

Il secondo, col quale l'aveva invece beccato ma solo perché la bestia non era più in grado di difendersi, volare, fuggire.

Aveva sparato contro un animale già condannato, intossicato dalla micidiale esca preparata da qualche dissennato.

Tutto il lavoro fatto nel chiuso della sua casa non era servito a un cazzo, quel piccione abbattuto non era stato l'inizio di una vita nuova ma la prosecuzione della vecchia, guercia.

Quando la perpetua finì di perorare la sua causa e con voce di corvo gli chiese se avesse ben capito perché era andata da lui, l'Anselmo rispose sì.

«Ma io cosa c'entro?» aggiunse subito.

«E io?» oppose immediatamente la perpetua.

Lei c'entrava meno di tutti. Non aveva fatto altro che il suo dovere. Aveva ricevuto il piccione, l'aveva cucinato, l'aveva consegnato alla vedova Fioravanti.

Tutto lì. E non voleva responsabilità.

Toccava a lui andare dal signor prevosto a dirgli che il piccione che la Fioravanti aveva mangiato il giorno prima probabilmente era pieno di un acido velenoso.

Il Crociati restò senza parole.

La perpetua si strinse nelle spalle.

«Se voi non l'aveste portato in canonica non sarebbe successo niente», pigolò.

L'Anselmo sbuffò.

«Ma è roba che potrebbero arrivare i carabinieri», osservò poi.

La perpetua allargò le braccia: era cosa che non la riguardava. E la messa, ormai, stava per finire.

24.

«... amen», disse il prevosto.

La Maria Isnaghi si riscosse. La messa era finita e lei era ancora al punto di partenza.

Adesso il momento di osare era arrivato. Ma le mancò il coraggio.

Non voleva incappare in una scomunica del signor prevosto o cose del genere, proprio come era successo alla Sofistrà nel 1905, due anni dopo il matrimonio e due mesi dopo la morte del marito.

Secondo quanto le aveva raccontato la Fioravanti, infatti, don Evandro Scapelli, il prevosto di allora, l'aveva affrontata nell'ingresso dell'albero ristorante del Sole, di cui Eufrasia era divenuta padrona a tutti gli effetti. Voleva spiegazioni precise. Aveva appena ricevuto, in busta chiusa, una consistente offerta in denaro per celebrare una messa al mese per dieci anni alla memoria di Barnaba Vitali. Don Scapelli non era soggetto in vendita. Il denaro gli faceva comodo, per i suoi bisogni e per quelli della parrocchia, ma in quella busta aveva annusato odore di zolfo e non era disposto ad accettare soldi dal demonio.

Aveva chiesto alla Sofistrà se rispondesse a verità ciò che da più parti gli avevano raccontato e cioè che leggesse il destino degli uomini nelle mani, nei fondi di caffè, nelle chiare d'uovo, nelle carte e in chissà cos'altro, sostituendosi di fatto a Colui che gli uomini metteva al mondo e dal mondo toglieva seguendo imperscrutabili disegni.

«C'è qualcosa di male?» aveva ribattuto la Sofistrà.

«Tutto», aveva risposto seccamente il prevosto. E aveva restituito la busta coi soldi chiarendo che la parrocchia non poteva accettare denaro coniato nella zecca del demonio e invitando la Sofistrà a redimersi immediatamente. Cosa che Eufrasia non aveva fatto dando inizio a una lenta parabola discendente che l'avrebbe condotta chissà dove se non fosse comparsa a un certo punto Dilenia Settembrelli, moglie dell'attuale podestà.

Ma lei, pensò la Maria Isnaghi, non aveva amiche o amici potenti che la potessero soccorrere, nessuno l'avrebbe aiutata.

Niente da fare.

Decise di rinunciare al progetto, si avviò all'uscita.

Il prevosto in persona la richiamò. Anziché rientrare subito in sagrestia, il sacerdote scese tra i banchi.

«Scusate, Maria», disse.

La Isnaghi era all'altezza del fonte battesimale.

Arrossì.

Che il prevosto le avesse letto nel pensiero?

Sorrideva, però.

«Devo chiedervi una cortesia», le disse.

Rassettare un po', spiegò, la casa della Fioravanti. Spolverare, metterla in ordine, prepararla alle visite di rito.

«Ieri sera», aggiunse il prevosto, «mi sono scordato di chiedervelo.»

Che lo facesse, disse, come un favore fatto a lui personalmente.

«E anche alla povera Fioravanti.»

Che dall'alto dei cieli, sicuramente, l'avrebbe ricompensata.

La Isnaghi sussultò.

Ecco il segno, si disse, quello che aspettava.

Come poteva ricompensarla infatti la vedova Fioravanti se non facendole avere un piccolo colpo di fortuna?

«Certo», rispose la Isnaghi.

Subito.

Quasi subito.

Perché, visto che ormai era in ballo e decisa, conveniva andare prima dalla Sofistrà.

Partì di lena, mentre il prevosto, curioso di sapere come mai non fosse stata presente alla messa, entrava in canonica chiamando a gran voce la perpetua. Che, per tutta risposta, mimando una gran fretta, fece capolino dalla cucina e, anticipando la curiosità del sacerdote, disse:

«C'è lì uno che vi aspetta», facendo cenno verso il salottino dove venivano fatti accomodare i visitatori.

«Uno?» chiese il sacerdote.

«Sì», confermò la perpetua. «È quello che va a caccia, che ogni tanto porta gli uccelli...»

«L'Anselmo?»

«Proprio.»

«E cosa vuole, cos'è successo?»

«Non chiedetelo a me, reverendo», sbottò la perpetua, ritirandosi strategicamente in cucina.

25.

«È un sogno?» chiese la Sofistrà.

«No», rispose la Maria Isnaghi, il fiato corto, un po' la fatica delle scale un po' l'emozione di trovarsi per la prima volta in quella casa. Che poi, più che una casa era un buco, un solaio riadattato, con tre rampe di scale per raggiungerlo, una sola finestra sulla corsa dei tetti della Pradegiana e piattini con avanzi di cibo dappertutto: per i gatti, la vera famiglia dell'Eufrasia.

Che:

«Ahi!» fece.

«Perché ahi?» chiese la Maria.

Perché, spiegò la Sofistrà, la realtà era spesso bugiarda, traditrice. Il sogno invece aveva l'innocenza dei bambini, raramente imbrogliava. Nel caso specifico, inoltre, continuò a spiegare la donna, c'era ben poco da divinare.

«La morte, una donna anziana, il prete...»

Cose banali!

«Non c'è qualche particolare suggestivo?»

Per esserci, c'era, pensò la Isnaghi: il gatto morto, ucciso dall'Agostino. Ma non le sembrava davvero il caso di dirlo a una che teneva i gatti in conto di esseri umani.

«Va bene allora», concluse la Sofistrà. «Vedrò di fare il possibile.»

Dopodiché comunicò:

«10, 34, 41».

«E quanto ci volete giocare?» chiese.

La Isnaghi cacciò un biglietto da cinque lire.

«Su quale ruota?» si informò, avvertendo che lei sconsigliava vivamente le ruote meridionali trovandole piuttosto partigiane.

«Milano?» buttò lì la Isnaghi.

«Mi sembra un'ottima scelta», affermò la Sofistrà.

Che infine chiese alla Maria due altre lire per la consulenza e un'altra mezza liretta a titolo di rimborso spese: era lei infatti che, tutti i venerdì, raccolte le giocate, se ne andava col treno a Lecco dov'era il botteghino del lotto.

26.

Come come come?

Tre colpi di fucile sparati in serie e dritti al bersaglio.

Anselmo Crociati aveva appena messo al corrente il signor prevosto del fatto che il piccione che gli aveva portato la mattina precedente era probabilmente pieno della stessa porcheria che aveva ucciso gli altri.

Come l'aveva saputo?

Il Crociati, tanto per farla breve e soprattutto non tradire la perpetua che gli aveva fatto promettere di non tirarla in ballo, rispose che l'aveva saputo direttamente dalla Uselànda della quale, essendo scapolo, era cliente abituale, cosa peraltro non vera.

Come aveva saputo che il piccione in oggetto fosse finito sul desco della vedova Fioravanti?

L'Anselmo si trovò costretto a mentire ancora.

Raccontò che, poiché la sera era generalmente stanco e non vedeva l'ora di beccare il letto, a trovare la signorina Piovati andava generalmente alle prime luci dell'alba. Così aveva fatto quella mattina e, una volta venuto a conoscenza della moria dei piccioni, era partito, a passo di corsa, alla volta della canonica per avvisare la perpetua del pericolo, sottraendola così al dovere quotidiano di assistere alla prima messa. Era stata lei, una volta informata, a dirgli che il volatile era finito nel piatto della vedova. E lui, per scrupolo, aveva pensato bene di dirlo al sacerdote. Teneva a far presente, però, che non aveva colpe specifiche. Per cui, nel caso che il signor prevosto intendesse informare i carabinieri... insomma, ormai, ciò che era stato era stato, indietro non si poteva tornare...

«Ma come!» lo zittì il sacerdote.

Come poteva illudersi di tener fuori i carabinieri da quella storia? Come poteva pensare di non essere chiamato in causa? Che razza di coscienza aveva?

Il Crociati aveva, sulla coscienza, la certezza che abbattere piccioni torraioli era proibito dalla legislazione venatoria. Ma lo turbava soprattutto il pensiero che se i carabinieri avessero voluto sottoporre a revisione il suo permesso di caccia probabilmente non glielo avrebbero più restituito.

«E mi chiedi di far finta di niente!» tuonò il prevosto.

Subito, invece, bisognava andare in caserma.

Si rendeva conto, o no, che lì c'era di mezzo un reato?

27.

«Uno?» disse il maresciallo maggiore Ernesto Maccadò, comandante la piazza di Bellano.

Quando il prevosto era entrato in caserma il maresciallo Maccadò non era ancora arrivato. Non abitava nell'appartamento soprastante, benché ne avesse diritto, ma un po' fuori paese, in località Calchera. Delizioso angolo con casa a picco sul lago e un pezzo di giardino dove la signora Maccadò s'era rigenerata dopo aver patito, sin quasi a esaurirsi, nel corso del primo anno di permanenza a Bellano; quando, fresca sposa, aveva abitato l'appartamento sopra la caserma messo a disposizione dell'Arma.

Pure al maresciallo quella casetta andava a genio. Meno gli piaceva sborsare i soldi dell'affitto quando avrebbe potuto abitare altrove, e gratuitamente. Sua moglie, tuttavia, al solo balenare dell'ipotesi di un cambiamento si adombrava, come se il sole calabrese sotto il quale era maturata tramontasse. E il Maccadò cassava il discorso, stringeva la cinghia e, per non consumare la suola delle scarpe, andava e veniva da casa alla caserma con la bicicletta d'ordinanza, qualunque tempo facesse.

Quella mattina tirava un vento novembrino che portava con sé, dalla cima delle prealpi, minutissimi fiocchi di neve gelata. Per quello il maresciallo era giunto con qualche minuto di ritardo, avendo raggiunto la caserma a piedi. Se n'era scusato e aveva immediatamente invitato il prevosto nel suo ufficio mettendosi a disposizione.

Per tutta la durata dell'esposizione del sacerdote aveva preso appunti senza fiatare.

Alla fine aveva fatto un po' di conti.

«Uno?» sbottò quindi, tirando le somme.

Almeno tre ne vedeva, di reati.

Omicidio colposo, maltrattamento di animali, circonvenzione d'incapace. Volendo, anche chi aveva procurato ai quattro deficienti l'acido poteva essere perseguito: furto, complicità, favoreggiamento.

Il maresciallo si fregò le mani. Era contento e non fece niente per dissimulare la sua gioia.

Li aspettava al varco, quei quattro idioti, per saldare un conto che aveva aperto la notte del 9 agosto 1934.

28.

La notte del 9 agosto 1934, attorno alle due, l'allora segretario del fascio Amilcare Camozzetti l'aveva tirato giù dal letto poiché dalla finestra della casa di Gioietta Ribaldi, 82 anni, maestra di pianoforte, svanita come una nuvoletta, e che abitava in via Plinio, di fronte a casa sua, aveva sentito uscire nientemeno che le note dell'*Internazionale*.

Precipitatosi insieme al Camozzetti nella casa della Ribaldi il Maccadò aveva effettivamente trovato la vecchina seduta al pianoforte mentre eseguiva l'innominabile inno. Ma, anche, i quattro deficienti, e piuttosto alticci. I quali, a una precisa domanda del maresciallo, cosa ci facessero lì, avevano dichiarato di essere passati sotto quella finestra per caso, di ritorno da Pradello, dove avevano gozzovigliato all'osteria del Cacciatore. Udite le note proibite erano saliti in casa della maestra per tentare di soffocare lo scandalo, ma non c'era stato niente da fare, la Ribaldi s'era dimostrata sorda a ogni richiamo.

«E lo spartito come avrà fatto ad averlo?» aveva indagato il Maccadò.

Due anni prima, quando la maestra aveva cominciato ad andare via di testa, le era venuto il vizio di suonare a ogni ora del giorno e soprattutto della notte, con infinito rompimento di scatole dei vicini. L'unico modo per farla smettere era stato sottrarle le centinaia di partiture che aveva in casa: senza uno spartito sotto gli occhi, era come se nella sua testa non ci fosse più traccia di note.

«Mistero», avevano risposto in coro i quattro mentre il Camozzetti faceva a pezzi l'*Internazionale*.

Mistero, aveva borbottato il Maccadò. Lui ai misteri non credeva, né gli piaceva essere svegliato alle due del mattino per farsi prendere in giro.

A maggior scorno del maresciallo la faccenda s'era risaputa e un pomeriggio, qualche giorno dopo, incrociando per caso il collega di Mandello del Lario nei corridoi della tenenza di Lecco questi, ridendo, gli aveva domandato se gli avessero suonato altre serenate notturne.

Un paio di mesi più tardi era successo un altro fattaccio. Sempre di notte, dalla torre campanaria della prepositurale era partita una serie di scoppi come se qualcuno, armato con un moschetto 91, sparasse a chissà che. Il sagrestano Bigè era stato il primo ad accorrere e poi, gridando che il diavolo s'era insediato in chiesa, aveva tirato giù dal letto prevosto e, ancora, maresciallo.

Quando quest'ultimo era giunto sulla scena del delitto la sparatoria s'era esaurita ma aveva comunque avuto l'agio di chiarire che qualcuno, nella torre del campanile, aveva chiuso, rivestito di castagnole cui aveva dato fuoco, Evaristo Bezzi, detto Penìn, di professione bevitore.

«A chi può essere venuta in mente una simile idiozia?» s'era chiesto il prevosto parlando a voce alta.

Il Maccadò aveva taciuto. Ma il giorno seguente aveva appurato, interrogando il proprietario dell'osteria del Lasco, che i quattro la sera avanti avevano circuìto per bene il Penìn, pagandogli da bere sino a non poterne più. Dopodiché se n'erano andati con lui.

Altro, l'oste non sapeva.

Il Maccadò aveva messo nel conto anche quella assieme con le numerose segnalazioni che gli erano pervenute da parte di Matteo Scambiati, mutilato della prima guerra mondiale e custode del convitto per le operaie del cotonificio, per le molestie che le ragazze subivano a opera dei quattro.

«Denunciateli», l'aveva invitato più volte il Maccadò.

Ma il custode s'era sempre rifiutato: in fin dei conti non molestavano lui e se le ragazze, piuttosto che esporsi, preferivano subire, peggio per loro.

Per non dire di tanti altri piccoli fatti che infastidivano molto però il podestà e la cittadinanza tutta: sfregi ai monumenti di Tommaso Grossi e Sigismondo Boldoni, toppe di porte e portoni che venivano riempite di mastice, pesci infilati nelle cassette postali, gigantesche scritte con la biacca che inneggiavano, dai muri delle contrade, a quella cosa là.

Il Maccadò aveva tentato anche la carta dell'accomodamento e affrontato la madre del Risto che, della compagnia, era il più anziano e sembrava essere il cervello, se di cervello si poteva parlare.

La donna, che si nutriva di prosopopea, davanti al maresciallo e alle sue parole non aveva battuto ciglio.

«Se avete delle prove che il mio ragazzo sia colpevole», aveva infine dichiarato, «esibitele. Se no, caro maresciallo, lo vostre sono solo parole al vento!»

Quella risposta era stata un colpo quasi letale per il Maccadò. Tuttavia, a denti stretti, aveva dovuto ammettere che la vecchia carampana non aveva tutti i torti.

Prove gli ci volevano.

E aveva creduto di averle finalmente in mano quando, nella primavera del 1936, l'Impero era riapparso sui colli fatali di Roma.

29.

Occasione d'oro per ladruncoli e malintenzionati d'altro genere: così aveva ragionato il maresciallo Maccadò la mattina del 9 maggio 1936 quando il podestà di Bellano Ermete Bonaccorsi gli aveva annunciato che quella sera il discorso di proclamazione dell'Impero sarebbe stato diffuso mediante due enormi megafoni collegati alla radio e impiantati sul balcone del palazzo municipale.

Il maresciallo aveva subito pensato alla folla che avrebbe invaso la piazza e alle case conseguentemente sguarnite: un'occasione d'oro, appunto, per ladruncoli e malintenzionati.

L'aveva anche detto al podestà.

«Vedrete che non succederà niente», aveva ribattuto quello.

Il maresciallo aveva finto di essere d'accordo. Ma aveva sperato che il tempo gli fosse alleato. Era una mattina uggiosa infatti. Se sui colli di Roma era riapparso l'Impero, sul monte Muggio stazionava invece una nuvolaglia compatta, avanguardia di un bel temporale. Il Maccadò aveva sperato sino a mezzogiorno. Quando aveva visto sul lago l'onda gentile della breva, s'era sentito tradito. A metà pomeriggio il cielo era sereno, le nuvole ricacciate indietro, la cima del monte Muggio splendente di un verde lussureggiante.

Allora aveva chiamato nel suo ufficio i carabinieri Malamonica e Bottasana e ordinato il servizio serale, raccomandando di tenere d'occhio i punti critici: oltre la piazza, un paio di osterie covo di teste calde e l'uscita del turno di mezzanotte degli operai del cotonificio.

Nonostante la sua preoccupazione la serata era filata via abbastanza liscia: schiamazzi, un paio di risse, qualche ubriaco. La maggior parte dei bellanesi, però, come aveva pronosticato il podestà, s'era comportata bene, riversandosi in piazza con l'unica intenzione di festeggiare, anche se non tutti avevano ben presente cosa fosse successo e per quale motivo le campane della prepositurale e delle chiese di frazione avessero suonato a festa a partire dal tardo pomeriggio. La conta dei danni avrebbe potuto dirsi conclusa solo il giorno dopo, aveva ragionato il Maccadò.

Ma anche la mattina seguente niente era sembrato turbare il solito tran tran della caserma, a conferma della fausta previsione del podestà. Attorno alle nove del 10 maggio, vista la calma piatta che regnava, il maresciallo aveva deciso di scendere al caffè dell'Imbarcadero per bersi un caffè.

Era stato lui, così, e non il carabiniere Malamonica che era di piantone, ad aprire il portone della caserma al sorvegliante Enea Anomali che doveva sporgere una denuncia per furto.

Furto di carbone, parecchi quintali.

Enea Anomali, sorvegliante del deposito merci della stazione ferroviaria, aveva denunciato il furto di parecchi quintali del carbone che era giunto il pomeriggio precedente tramite ferrovia. Quanti, non sapeva dirlo: aveva fatto una stima a occhio.

«Sospetti, tracce, indizi?» aveva chiesto il Maccadò.

«Niente», aveva risposto l'Anomali.

Pure lui, aveva spiegato, aveva partecipato ai festeggiamenti, allontanandosi un paio d'ore, forse tre, dal deposito, col beneplacito del capostazione. Era stato in quell'arco di tempo che i ladri avevano messo a segno il colpo.

«E io dove li vado a prendere adesso?» era sbottato il maresciallo.

L'Anomali aveva allargato le braccia. Il Maccadò l'aveva congedato dicendo che avrebbe fatto tutto il possibile. Sapeva bene, però, di aver appena detto una cazzata e che avrebbe potuto prendere quella denuncia e archiviarla immediatamente.

Cosa che avrebbe fatto se non si fosse messa di mezzo Eufrasia Sofistrà dei cui consigli Dilenia Settembrelli, la moglie del podestà, non poteva fare a meno.

30.

I

Dilenia Settembrelli non era di Bellano. Era nata a Carbonate, nel Varesotto. Si era separata dal suo piccolo paese all'età di diciannove anni, nel 1898. Non era stata una separazione consensuale, tutt'altro. Ma, nell'estate di quell'anno, sul territorio che comprendeva anche Carbonate, s'era abbattuta un'epidemia di tifo. Le autorità sanitarie avevano consigliato, a chi poteva, di abbandonare la zona. Dilenia era stata destinata a una sorella della madre che abitava a Rancio di Lecco. Ma la mattina stessa della partenza la ragazza s'era rifiutata di mettersi in viaggio.

«Follia!» avevano commentato i genitori che già presentavano i primi segni dell'infezione.

«Io mi salverò!» aveva ribattuto Dilenia.

Glielo aveva detto, quella notte stessa e in sogno, sua sorella Euforbia che era morta di tubercolosi tre anni prima. Levandosi dalla bara e col sorriso sulle labbra le aveva dettato quelle profetiche parole. In effetti la Settembrelli l'aveva scampata. Non così i due genitori. Pure il fratello l'aveva fatta franca. Ma, una volta rimessosi in piedi, aveva deciso di chiudere con la vita dei campi e di andarsi a cercare altrove la fortuna.

Davanti alla prospettiva di restare sola Dilenia s'era sentita persa, incapace di decidere sul da fare. Euforbia le era corsa di nuovo in aiuto. Sempre in sogno, dalla bara e col sorriso sulle labbra le aveva detto: «Vai!» imperativo che Dilenia aveva inteso come un invito a raggiungere Lecco.

Nella cittadina lariana non l'attendeva certo una vita di agi. La zia Gerbera aveva sette figli, quattro femmine e tre maschi, e un marito magnano che si lamentava spesso di come il lavoro fosse sempre più scarso. Nel giro di un mese Dilenia aveva trovato da lavorare presso la filanda Bonaccorsi, sita in Rancio, così da contribuire come le cugine e i cugini alle finanze domestiche. Era stato, quello, un periodo di monotonia quasi dolorosa. La sveglia al mattino presto, il lavoro, la breve pausa per pranzare, di nuovo il lavoro sino a sera inoltrata, il riposo notturno, sorta di colata di piombo su pensieri ed emozioni. Euforbia non s'era più fatta sentire dalla bara in cui riposava invidiata, in certi giorni, da Dilenia, che si chiedeva quanto avrebbe potuto resistere ancora in quella vita.

La notte tra il 3 e il 4 aprile 1902, quando Dilenia era a Lecco da circa tre anni, Euforbia era tornata a farsi, per dire, viva.

In quella terza apparizione non era sembrata particolarmente sorridente. Il messaggio tuttavia era stato chiarissimo: «Resta a casa!»

Dilenia aveva esitato prima di decidersi a ubbidire. C'era da perdere il posto, infatti, non presentandosi al lavoro. Tuttavia, aveva ragionato, non c'è due senza tre: quindi anche quel terzo messaggio dall'aldilà doveva avere, come i precedenti, una sua precisa ragione.

Precisissima, s'era rivelata. E duplice.

Perché non solo quella mattina presso la filanda Bonaccorsi s'era sviluppato un incendio che era costato la vita a tre operaie e il ferimento di un'altra decina.

Ma, verso sera, alla porta di casa s'era presentato il figlio del padrone, Ermete Bonaccorsi. Aveva una notizia tremenda da comunicare: l'operaia Dilenia Settembrelli non si trovava più, dispersa. I vigili del fuoco temevano che, forse intossicata dai fumi dell'incendio, fosse svenuta e giacesse sotto le travi che erano crollate colpendo anche altre operaie. Come per la Settembrelli, infatti, anche di un altro paio ragazze non si avevano notizie.

La zia Gerbera l'aveva ascoltato per un po' poi l'aveva tranquillizzato: Dilenia era viva e vegeta, non essendosi presentata al lavoro a causa di dolori fortissimi che le avevano squassato il ventre. Quindi aveva chiamato la ragazza affinché il figlio del padrone si rendesse conto che non le stava propinando frottole.

Era stato così che i due s'erano conosciuti.

Agli occhi di lui Dilenia era apparsa circonfusa da un'aura di fortuna, poiché non poteva chiamarsi in altro modo la sorte che, pur in forma di coliche intestinali, l'aveva tenuta lontana dal pericolo.

Agli occhi di lei Ermete aveva invece incarnato il vero motivo dell'ordine che dall'aldilà le aveva spedito Euforbia: conoscere l'uomo, quello che, otto mesi più tardi, l'avrebbe impalmata.

L'incendio della filanda aveva messo col sedere per terra i Bonaccorsi. Fatti due conti, il vecchio aveva deciso di chiudere con gli affari: aveva anche una certa età e poteva ancora contare su un piccolo capitale per vivere, modestamente, di rendita.

Al figlio Ermete, quale buonuscita dall'azienda di famiglia, aveva fatto dono di un posto fisso.

«Una garanzia contro la malasorte», aveva affermato.

Glielo aveva trovato grazie all'amicizia di Natale Zai, direttore della filanda Tavazzi di Bellano.

«Vice direttore!»

Con la prospettiva, se avesse ben operato, di diventare nel giro di pochi anni direttore, visto che lo Zai, oltre che suo amico, era anche suo coetaneo, quindi non più di primo pelo.

Ermete aveva accettato di buon grado l'offerta senza

immaginare che da quel paese non si sarebbe mai più spostato né che ne sarebbe diventato il podestà.

A quell'epoca la Sofistrà era a Bellano da un paio di anni.

II

La Settembrelli era arrivata a Bellano nel tardo giugno 1903, al fianco del marito Ermete. Secondo i dettami della moda lui indossava la finanziera. Lei una veletta lunga fino alla cintura che le permetteva di nascondere il viso corrucciato per le gravi ambasce in cui, da qualche tempo, si trovava.

Ermete, infatti, circa un mese dopo il matrimonio, le aveva fatto intendere, coi dovuti modi, che per un annetto, meglio forse due, sarebbe stato bene non pensare di mettere al mondo figli. Tuttavia s'era ben guardato dal rinunciare a consumare, ripetutamente, il matrimonio. Così che la sposina s'era trovata tra l'incudine e il martello: da una parte il legittimo diritto del consorte, dall'altra il fine di ogni buon matrimonio cristiano. S'era aspettata un aiuto da Euforbia che però non era arrivato: il fatto l'aveva vieppiù inquietata, insinuandole nel pensiero il sospetto di aver frainteso il suo ultimo messaggio e che adesso fosse arrabbiata.

Poiché la direzione della filanda offriva un appartamento, in comodato gratuito, al solo direttore, mentre gli altri dirigenti, vice direttore compreso, dovevano arrangiarsi, i Bonaccorsi, nell'attesa che tappezzieri e mobilieri finissero di approntar loro la nuova dimora, avevano dovuto soggiornare in albergo per quasi un mese. La scelta era caduta sull'albergo ristorante del Sole. Scelta non casuale. L'albergo era stato raccomandato loro dal direttore Zai in persona, che col suo proprietario era in amicizia da anni e condivideva una sviscerata passione per la pesca: a fiocina, soprattutto, cosa che spingeva spesso entrambi a trascorrere le ore della notte sul lago, in barca, infilzando lucci, persici e anguille.

Presentandosi al banco della reception Ermete Bonaccorsi aveva fatto strada alla moglie che l'aveva seguito stancamente, affaticata dal viaggio e da quei giorni di trambusto, e pensierosa.

Il facchino, un lungagnone rosso di capelli, era immediatamente scattato.

«Chiamo subito la signora», aveva detto.

Al suo apparire la Settembrelli non aveva saputo trattenere un grido di stupore e spavento insieme.

Ecco perché Euforbia non s'era più fatta viva in sogno.

La stava aspettando lì, a Bellano, dietro il bancone del ristorante del Sole.

Sotto le mentite spoglie di – come aveva detto presentandosi – «Eufrasia Sofistrà».

Stessi occhi, stessi capelli, stesso ovale del viso, altezza, naso. Tutto. Tale e quale. Ma nemmeno tale e quale. Lei in persona. La sua sorellina maggiore, tornata dall'aldilà per non lasciarla sola nel mondo. Giusto il nome s'era cambiata, per non andarsene in giro con quello di una morta. Ma aveva mantenuto le iniziali, e chi voleva intendere intendesse.

Quella stessa sera, mentre Ermete già armeggiava coi lacci del suo corpetto, Dilenia gli aveva chiesto il permesso di fargli una domanda.

«Tu», aveva detto, «credi che i morti possano ritornare sulla terra?»

«A fare cosa?» era stata la sorridente replica di Ermete che sospettava una qualche presa in giro dietro la serietà della moglie.

«Per aiutare coloro che hanno lasciato, guidarli, consigliarli», aveva spiegato la donna.

Seria, l'occhio rivolto all'angolo più buio della stanza e pallida come se stesse per svenire.

Tanto che Ermete: «Ti senti bene?» le aveva chiesto.

Lei, come se suo marito non avesse parlato: «Ti devo dire una cosa di me», aveva sussurrato.

Ormai la voglia del Bonaccorsi era ridotta alla sola pelle. «Posso accendere la luce?» aveva domandato.

No, aveva detto lei. «Ma ascoltami.»

E gli aveva raccontato di sua sorella Euforbia, di come fosse morta di tubercolosi, di come le fosse apparsa in sogno per ben tre volte, in occasioni in cui la sua vita doveva affrontare una svolta decisiva. Ermete aveva ascoltato, un orecchio alle parole di sua moglie, l'altro rivolto al suono dei campanacci che i pescatori mettevano per segnalare la posizione delle reti: entrava nella stanza dalla finestra aperta verso il lago, monotono, triste, solitario, addirittura cupo.

«Va bene», aveva detto quando gli era sembrato che la confessione di sua moglie fosse finita.

«Non è tutto», l'aveva avvisato Dilenia.

Ancora non sapeva che, da quando l'aveva sposato, Euforbia non le era più apparsa in sogno.

«Ma certo», era sbottato lui, «è più che logico. Adesso che hai marito non hai più bisogno di essere consigliata da altri, quindi...»

«No», l'aveva interrotto la moglie.

Un no profondo, di gola, che aveva fatto rabbrividire Ermete.

Non era quella la ragione.

«Euforbia è tornata tra noi.»

Per questo non poteva più apparirle in sogno. Se era di qua non poteva stare di là. E viceversa.

Erano trascorsi dieci minuti di silenzio. Il Bonaccorsi s'era sentito come se fosse piombato in un drammone di quelli che aveva visto qualche volta messi in scena dalla filodrammatica Rancese.

Infine s'era deciso a sparare la domanda.

«E dove l'avresti vista?»

Dilenia, allungando il braccio, l'indice teso, aveva indicato il pavimento della stanza. Era lì, sotto di loro.

Al pensiero che quella, come si chiamava?, Euforbia, stava lì sotto, ma sottoterra e non al primo piano come sua moglie aveva chiaramente inteso, Ermete s'era inquietato e aveva chiesto licenza di uscire a fare due passi, lamentando il peso della cena sullo stomaco. Ma il peso vero l'aveva in testa e l'aria della camera d'albergo non gli era sembrata la migliore per ossigenare il pensiero. Fuori infatti s'era sentito subito meglio e lo spettacolo del paese, che vedeva di sera per la prima volta, l'aveva riportato alla realtà. Alcuni passeggiavano, c'erano luci sul lago, pochi rumori nell'aria, un'atmosfera placida, normale.

Come normale, aveva ragionato, poteva essere lo strampalato discorso di sua moglie. Normale conseguenza, beninteso, di uno stravolgimento della vita che l'aveva portata, da semplice operaia della filanda, a essere la moglie di un vice direttore, con tutto quello che c'era stato in mezzo.

Era rientrato in camera poco prima della mezzanotte. Pacificato, convinto che non c'era di che preoccuparsi.

La sera successiva, ancora prima che in lui nascesse l'idea di allungare le mani sui lacci del corpetto, Dilenia l'aveva messo a parte di una sensazionale scoperta: quella stessa mattina aveva chiesto alla Sofistrà quanti anni avesse.

Tre più di lei, era stata la risposta.

La stessa età di Euforbia.

E gli ultimi dubbi erano stati spazzati via.

III

Erano state le campane della prepositurale, suonate a lutto, ad accogliere i Bonaccorsi nella loro nuova dimora. Era la sera del 20 luglio 1903. Papa Leone XIII era morto. Occhio e croce la sua agonia era durata quanto il soggiorno dei due presso l'albergo del Sole. La notizia della morte del pontefice aveva aggiunto nuove lacrime a quelle che Dilenia stava spremendo da un paio di giorni, esattamente da quando il marito l'aveva messa al corrente che l'appartamento era pronto e lei aveva cominciato a struggersi per quella seconda separazione dalla sorella. A giudizio di Ermete, invece, era proprio quello che ci voleva. Lontana da quella suggestione, Dilenia sarebbe tornata ai suoi doveri di moglie. Anche quelli carnali, perché, da quando aveva messo piede in quell'albergo, il Bonaccorsi non aveva più bagnato il becco.

Invece dopo dieci giorni il direttore Zai l'aveva convocato nel suo ufficio.

«Non vi piace il lavoro?» gli aveva chiesto. «Oppure il paese, la gente? O, che ne so, il clima?»

«Perché?» aveva ribattuto lui.

Perché lui non s'era ancora accorto di avere un vice direttore, gli aveva spiegato lo Zai.

Era svagato, distratto, impreciso.

«Se avete qualche problema, parlatemene.»

Il problema, aveva pensato Ermete, c'era.

Ma non era col direttore che doveva parlarne. Una sola persona poteva aiutarlo a risolverlo, Eufrasia Sofistrà.

Quella sera stessa, con la scusa di uscire di casa per bere un caffè, Ermete Bonaccorsi l'aveva conosciuta.

IV

Era andato all'albergo ristorante del Sole e aveva chiesto di lei. Il lungagnone che faceva da portiere e da facchino l'aveva pregato di attendere: la signora era in seduta.

«In seduta?» aveva chiesto lui.

Sì, stava leggendo le carte a un paio di vecchie babbione e ne avrebbe avuto per una mezz'ora.

Quando la Sofistrà s'era presentata l'Ermete aveva faticato a riconoscerla: indossava abiti di scena, un foulard legato sulla testa, uno scialle a motivi orientali, orecchini e anelli, il tutto per assumere un'aria zingaresca.

Il Bonaccorsi l'aveva annusata, percependo odore di incenso. Le aveva raccontato balbettando la situazione di sua moglie, intuendo, mentre gli uscivano dalla bocca, l'incredibile delle sue parole. Infine aveva chiarito il motivo per il quale s'era spinto lì: chiedere all'Eufrasia di reggere il gioco di quelle strampalate fantasie muliebri, per un poco, almeno sino a quando sua moglie non si fosse ambientata o avesse dimenticato quelle ubbie.

«E se non fossero ubbie?» aveva ribattuto la Sofistrà.

Pronunciando quelle parole Eufrasia aveva chiuso gli occhi e soffiato dal naso un lungo respiro il cui sentore di aglio aveva circonfuso il Bonaccorsi.

«Come sarebbe a dire?» aveva chiesto il vice direttore.

Ma la Sofistrà non gli aveva risposto.

«Lasciate fare a me», aveva detto.

La sera seguente s'era però accorto che, nel corso della giornata, la Sofistrà aveva incontrato sua moglie. Dilenia infatti gli si era abbandonata tra le braccia, insolitamente arrendevole.

Ma quando, sospirando nell'intimità, gli aveva detto che, adesso che aveva ritrovato la sorella, non se ne sarebbe più separata, la voglia del Bonaccorsi era ritornata a farsi pelle sola. Aveva compreso di aver fatto un grossolano errore dando spago alla fantasia della moglie e s'era chiesto sino a quando avrebbe dovuto pagarne le conseguenze.

V

Due anni.

Per due anni aveva patito vivendo come se, anziché due, fossero in tre. L'Eufrasia, o Euforbia, come talvolta scappava detto a sua moglie, era sempre tra di loro: a tavola, a passeggio, a letto.

Nel dicembre del 1905 il destino aveva offerto a Ermete Bonaccorsi un'occasione unica e lui aveva cercato di non lasciarsela scappare. A Castellanza, un'altra delle sedi dell'opificio, s'era liberato un posto di direttore. Il Bonaccorsi aveva assediato lo Zai, decano ormai dei dirigenti, affinché caldeggiasse la sua nomina. Nel frattempo Ermete aveva cominciato a preparare il terreno con la moglie. Ma solo quando il direttore Zai l'aveva avvertito che di lì a una settimana la nomina sarebbe stata decisa, certo che, grazie alla sua parola, il posto sarebbe toccato a lui, Ermete aveva svelato l'arcano in famiglia. Era stata Dilenia, quella sera, a uscire di casa con la scusa di fare due passi. S'era diretta all'albergo ristorante del Sole e davanti a Eufrasia, o Euforbia, s'era sciolta in lacrime.

La Sofistrà non s'era scomposta.

«Sta' tranquilla.»

Quella stessa notte il direttore Zai e Barnaba Vitali, usciti a pesca sul lago come tante altre volte, non avevano più fatto ritorno. La barca, vuota, era stata ritrovata, incagliata alla riva di Morcate. Il corpo del Vitali poco oltre, sbattuto contro le rocce delle gallerie di Varenna. Le ricerche dello Zai invece erano state sospese tre giorni dopo, ritenendo inutile insistere. Tre giorni dopo, però, la direzione generale della filanda aveva comunicato al Bonaccorsi la nomina a direttore, ma della sede di Bellano, con tanto di appartamento in comodato gratuito.

Di nuovo, quella sera, Dilenia era uscita di casa da sola e s'era recata dalla Sofistrà.

Per ringraziarla, questa volta.

Eufrasia l'aveva abbracciata silenziosamente.

«Non c'è di che», aveva risposto e la faccenda era sembrata finire lì.

Invece no.

Perché, a un mese dall'ingresso nel nuovo appartamento, Dilenia aveva cominciato a dare segni di inquietudine: inappetenza, insonnia, pallori. Col marito, nonostante la sua insistenza, non s'era sbottonata. L'aveva fatto con la Sofistrà.

Sentiva rumori, notturni. Passi. Sospiri. Singhiozzi.

Poteva essere lo spirito inquieto del direttore Zai che vagava nell'etere in cerca di pace?

Cosa poteva fare Eufrasia se non rispondere che, sì, non era da escludere?

Informato della cosa, il Bonaccorsi s'era sentito montare la rabbia ed era corso a sua volta dalla Sofistrà minacciando, pugni all'aria.

«Ci vuole pazienza», aveva detto lei.

Due mesi dopo alle chiuse di Lecco era stato rinvenuto un cadavere piuttosto malconcio, riconosciuto per essere quello del direttore Zai grazie al callo di una frattura del mascellare inferiore che il direttore s'era prodotto in giovane età.

Vero o falso che fosse, una volta seppellito lo Zai, Dilenia Settembrelli aveva smesso di sentire i rumori. Ermete aveva tirato un sospiro di sollievo. Non vedeva l'ora di cominciare una vita normale, e che cominciasse!

Tuttavia le sorprese erano ben lontane dall'essere finite.

VI

L'Esposizione Internazionale di Milano che era stata inaugurata il 28 aprile 1906 alla presenza dei sovrani e di vari ministri del Regno d'Italia aveva fatto epoca: al punto che in molte città erano sorte manifestazioni simili. A Venezia, a Parma, a Padova, a Faenza, a Perugia, a La Spezia. E coi pretesti più vari: mostrare opere d'arte, il varo di una nave oppure mettere in mostra i prodotti dell'industria e dell'artigianato italiano. Nemmeno la direzione generale degli opifici Tavazzi era rimasta immune dalla tentazione di mettersi in vetrina. L'aveva fatto con un'esposizione organizzata a Varese, dov'erano gli uffici centrali, che era stata inaugurata il 15 ottobre 1907, alla presenza di autorità e dame del bel mondo. Erano presenti tutti i direttori, il Bonaccorsi tra loro, ma solo: Dilenia non se l'era sentita di affrontare il viaggio e di stare due giorni lontana da casa e da Eufrasia.

Durante il pranzo ufficiale, chiacchierando del più e del meno con il vicino, al Bonaccorsi era sfuggito che sua moglie era di Carbonate.

«Carbonate?» aveva ribattuto quello. «A un tiro di schioppo da qui allora.»

L'idea, nella testa di Ermete, era nata subito. Dopo il pranzo, affittato un calesse, s'era avviato verso il paese natale di Dilenia. Meta, il camposanto.

Nel piccolo cimitero aveva vagato per un po', sotto l'occhio vigile del seppellitore cui, alla fine, s'era rivolto. Cercava infatti la tomba di Euforbia Settembrelli morta nel 1885, ma non era riuscito a trovarla.

«Per forza», gli aveva risposto quello, dopodiché aveva taciuto.

Il Bonaccorsi allora s'era spiegato: la morta era sorella di sua moglie ma lui non l'aveva mai conosciuta. Ora, trovandosi da quelle parti, gli era venuto lo sfizio di andare a dare un'occhiata.

Il seppellitore l'aveva informato che i morti di quell'anno non c'erano più.

«Sottoterra, intendo», aveva aggiunto.

Esumati per ordine della municipalità. Erano state conservate le lapidi e le ossa, queste ultime nella fossa comune.

«Ma non di tutti!»

«Sarebbe a dire?» aveva chiesto Ermete.

Di alcuni, aveva spiegato il seppellitore, non s'era trovato più niente. Spariti, come inghiottiti dalla nuda terra in cui erano stati inumati.

Al Bonaccorsi era venuto un brivido. Quindi aveva chiesto di vedere le lapidi. E davanti a quella di Euforbia Settembrelli ne aveva avuto un secondo: più forte, più intenso, più gelido.

Tale e quale. Stesso naso, stesse orecchie, stesso ovale.

Lei!

Lei?, s'era chiesto.

Esisteva una spiegazione logica a tutto ciò che gli stava capitando?

Difficile rispondersi. Una cosa, comunque, gli era stata subito chiara: liberarsi di Eufrasia non sarebbe stato affare semplice.

Non s'era perso d'animo e aveva tentato di farlo, la prima volta, nel 1908.

VII

In quell'anno la Sofistrà aveva deciso di mettere in vendita l'albergo ristorante del Sole.

La clientela abituale se n'era ormai allontanata, stufa della sciatteria con cui lei lo gestiva e intimorita anche da quanto il prevosto Scapelli aveva più volte dichiarato, e cioè che non avrebbe accettato inviti a pranzi di matrimoni, cresime o comunioni che si fossero consumati presso quel ristorante. Venduto quindi, e grazie alla fondamentale mediazione del direttore Bonaccorsi pressato dalla moglie che temeva per il futuro di colei che continuava a chiamare sua sorella. Ermete aveva agito bene: approfittando dell'occasione, aveva convinto la direzione dell'opificio Tavazzi ad acquisire l'albergo per trasformarlo in convitto delle operaie, spuntando anche un prezzo interessante grazie al quale la Sofistrà aveva potuto acquistare una casetta in via Manzoni e riflettere con un certo comodo sul suo futuro. Combinato l'affare, il Bonaccorsi aveva tenuto alla Sofistrà il discorsetto che meditava da un po': adesso ognuno per sé, che lasciasse in pace Dilenia.

«Per me sono d'accordo», aveva risposto la Sofistrà, «ma lei?»

«Lo sarà», aveva ribattuto con sicurezza il Bonaccorsi. Era ora infatti di mettere in cantiere quel figlio sempre rinviato e che avrebbe distolto la moglie da tante fantasie. Il 1908 però era trascorso senza colpo ferire. Tanto che, verso la fine di quell'anno, Ermete aveva chiesto il parere del medico. Il quale aveva concluso che, stante la complessione melanconica e linfatica della Settembrelli, la gravidanza si prospettava quale evento raro: bisognava avere fortuna, insistere, soprattutto nei giorni fertili. Il Bonaccorsi non chiedeva di meglio ma, quando il 1909 era iniziato solo da pochi giorni, Dilenia aveva chiuso porte e portoni. Non solo: s'era incupita, era divenuta inappetente e una sera, in risposta al marito che rivendicava il diritto a un erede, aveva risposto oscuramente:

«Sarebbe inutile mettere al mondo un morto».

Dopodiché s'era chiusa nel silenzio e, pari a un vegetale, aveva trascorso un paio di giorni passati i quali il marito aveva fatto intervenire d'autorità il dottore. Quest'ultimo, pur non capendoci niente, le aveva tentate tutte: iniezioni di canfora, mignatte, cataplasmi, clismi, carminativi, essudativi e tonici. Passate due settimane s'era dichiarato vinto. E convinto, ma non l'aveva detto, che la moglie del Bonaccorsi fosse una svitata.

«Che mi consigliate di fare?» aveva chiesto Ermete.

«Cercate di distrarla!» aveva buttato lì il medico. «Non ce l'ha delle amiche?»

Al direttore era subito venuta in mente l'Eufrasia. Aveva allontanato la tentazione di rivolgersi a lei, ma poi aveva dovuto arrendersi. Perché, trascorso ancora qualche giorno, una sera Dilenia gli aveva chiesto di seguirlo in camera da letto. Chissà!, aveva pensato lui, speranzoso. S'era dovuto ricredere immediatamente. La donna, una volta entrata in camera, gli aveva mostrato due vestiti, uno da donna e uno da uomo.

«Il mio e il tuo», aveva detto.

Ermete non era riuscito a capire, aveva chiesto lumi.

Erano i vestiti, aveva detto lei, da indossare per il viaggio.

«Che viaggio?» aveva chiesto.

Quello che li attendeva, era stata la risposta, il grande viaggio, verso il buio, l'eternità!

«Ocristo!» aveva sussurrato il Bonaccorsi e aveva tentato la carta del prevosto.

Udite le spiegazioni del Bonaccorsi, il prevosto aveva incrociato le braccia sul petto e sospirato.

«Un animo sensibile», aveva detto, «molto sensibile può percepire l'arrivo della propria ora.»

«Anche della mia?» aveva ribattuto il Bonaccorsi.

«Chissà...» era stata la risposta del sacerdote.

All'Ermete erano cascate le braccia.

Cosa poteva fare?

Pregare, era stato il consiglio del prevosto.

VIII

Pregare.

Il Bonaccorsi l'aveva fatto, rivolgendosi dapprima all'Onnipotente e poi alla Sofistrà: che andasse un po' a vedere lei se ci capiva qualcosa e poteva metterci rimedio. L'Eufrasia l'aveva fatto e in quattro e quattr'otto aveva risolto la situazione. Tra le lacrime infatti la Settembrelli le aveva rivelato l'arcano: non aspettava ormai che la fine del mondo che si sarebbe compiuta di lì a qualche mese con l'impatto della cometa di Halley contro il globo terracqueo. Gli esperti l'avevano prevista tra il 18 e il 19 maggio di quell'anno: dopodiché il cianogeno, venefico gas che si sarebbe sprigionato dalla coda della cometa, avrebbe sterminato l'umanità.

«Ma che storie!» aveva reagito Eufrasia. Pensava forse, aveva chiesto a Dilenia, che lei sarebbe ritornata sulla terra sapendo che avrebbe dovuto far le valigie dopo così poco tempo di permanenza?

«Vuoi dire...?» aveva chiesto la Settembrelli.

«Voglio dire che non succederà niente», aveva tagliato corto l'Eufrasia. E in un amen sul viso di Dilenia era tornato il sereno. Non così in fretta su quello di Ermete, poiché gli era stato chiaro che da quel momento in avanti sua moglie non avrebbe più mosso un passo senza prima consultarsi, anziché con lui, con la Sofistrà. Così era stato.

Anzi, peggio. Perché, da quel momento in avanti anche lui, seppur controvoglia, a denti stretti, aveva ceduto alla richiesta della moglie di chiamare la Sofistrà con quello che lei riteneva essere il suo vero nome: Euforbia e non Eufrasia. E guai a sbagliare! Erano crisi di pianto e di mutismo che potevano durare settimane. Intanto la Sofistrà non aveva ancora deciso che lavoro fare per mantenersi: piluccava il capitale, esercitando in casa il mestiere per il quale si sentiva portata, leggere mani, fondi di caffè, chiare d'uovo e tutto ciò che le mettevano sotto gli occhi per divinare il futuro. Sinché, verso i primi del 1914, di quel capitale non le erano rimaste che poche gocce.

Se n'era accorto anche il Bonaccorsi, che aveva cominciato a trovarsela a pranzo e a cena con una frequenza quasi quotidiana. E un bel giorno, strastufo di vedersela tra i piedi, l'aveva presa da parte e le aveva tenuto un altro discorsetto: che lo lasciasse in pace, la smettesse di esercitare la sua nefanda influenza sulla povera Dilenia! Gliel'aveva rincretinita al punto che, qualche sera prima lei gli aveva chiesto in quali rapporti di parentela fossero col povero Aniceto, il funambolo che s'era sfracellato al suolo. Era suo fratello o era suo cugino?

«Ve ne rendete conto?» aveva tuonato il Bonaccorsi.

Eufrasia aveva abbozzato.

«Ve ne prego», l'aveva implorata Ermete. «State alla larga da mia moglie.»

«D'accordo», aveva detto la Sofistrà.

Ma due mesi dopo Dilenia era ripiombata in una crisi di muti singhiozzi, digiuni e occhiaie.

«Cosa c'è?» aveva chiesto Ermete dopo tre giorni di vita grama.

IX

Sulle prime il Bonaccorsi non aveva voluto credere alle parole di sua moglie, le aveva ritenute frutto delle solite macabre fantasie: secondo quell'ultima la Sofistrà stava per sposarsi e, peggio, trasferirsi. Era stata la stessa Eufrasia, aveva confessato Dilenia tra le lacrime, a metterla al corrente, un pomeriggio, pochi giorni prima: un colpo di fulmine, devastante, s'era abbattuto sulla sua testa due domeniche prima durante una «Giornata dell'ala» che s'era celebrata a Menaggio. Sulla testa di lei e, naturalmente, su quella di tal Oberdan Fassinetti, albergatore pure lui, di Cernobbio. Il quale, stante l'età non più verde dell'una e dell'altro, aveva deciso di abbreviare i tempi e le aveva già fatto una proposta di matrimonio.

Alla parola matrimonio, Dilenia era caduta in uno stato di deliquio, sciogliendosi in lacrime.

«Ma ci pensi?» aveva cominciato a recitare come una giaculatoria.

Ermete ci aveva pensato tutta la notte, sotto gli occhi la visione precisa di quello che sarebbe stato il suo futuro: lacrime, sospiri, singhiozzi, musi, silenzi, occhiaie, insonnie, inappetenze, nausee.

Cos'altro ancora?

Sul far dell'alba aveva deciso il da fare: la Sofistrà non doveva sposarsi.

X

«Come posso rifiutare?» aveva reagito la Sofistrà all'uscita del Bonaccorsi.

«Come poteva?» era sbottato Ermete.

Doveva farlo! Doveva farlo e basta! Ma si rendeva conto cosa avrebbe significato per lui e per sua moglie quel matrimonio? Si rendeva conto che, sposandosi, gli rovinava la vita?

Certo, aveva ribattuto Eufrasia, ma lei doveva ben pensare al suo di futuro e quella era un'occasione da prendere al volo che capitava proprio nel momento giusto.

Il Bonaccorsi s'era grattato l'occipite. «Se rinunciate alle nozze», aveva detto, «vi trovo io la soluzione.»

«Vediamo», aveva detto Eufrasia. «Cosa proponete?»

Rinunciare al matrimonio non le pesava granché, visto che s'era inventata tutto di sana pianta.

Nel giro di un mese il Bonaccorsi aveva creato per lei, all'interno dell'opificio, l'incarico di segretaria particolare del direttore: aveva ottenuto l'approvazione della direzione generale sostenendo la tesi che, essendo femminile la stragrande maggioranza dei dipendenti, ci voleva una forte personalità di sesso omologo che facesse da intermediaria tra lui e la manovalanza.

«Manovalanza cocciuta», aveva sottolineato, «e che spesso diffida delle parole di uno venuto da fuori.»

In realtà il posto era fittizio e l'Eufrasia s'era goduta lo stipendio senza mai mettere piede nello stabilimento sino al 1919, anno in cui, per far fronte all'inflazione conseguita alla prima guerra mondiale, l'organico dell'opificio aveva subìto un drastico ridimensionamento. Nulla aveva potuto il Bonaccorsi, l'aveva dovuta licenziare.

«A malincuore», aveva detto, ed era sincero. Perché nel corso di quegli anni le crisi di sua moglie erano andate via via aumentando in frequenza e non c'era altra medicina che la Sofistrà: Dilenia dipendeva totalmente da lei e dalle sue parole.

Il Bonaccorsi ne aveva avuta la prova definitiva quando una sera, ancora fresco il ricordo dello scampato pericolo del matrimonio con l'albergatore di Cernobbio, la Settembrelli gli aveva detto che le sarebbe piaciuto dare un nipote a sua sorella. Ermete s'era spaventato a quell'uscita. Perciò aveva tremato quando, sul finire del 1919, gli era toccato licenziare Eufrasia. E s'era dato da fare per tenersela stretta. Innanzitutto l'aveva convinta a vendere la casa che aveva acquistato coi soldi dell'albergo del Sole.

«Col ricavo vi fate un capitale che vi darà tranquillità», aveva detto.

E per abitare le aveva proposto una stanzetta nel convitto delle operaie. L'Eufrasia aveva accettato. Il Bonaccorsi aveva tirato un sospiro di sollievo. Ma non aveva tenuto conto del mestiere che la Sofistrà esercitava. Non aveva considerato che Eufrasia aveva ormai una clientela fedele, e soprattutto notturna, che dipendeva dalle sue previsioni.

XI

Ai primi del 1921, la direzione generale aveva scritto al Bonaccorsi di verificare se rispondesse a verità che nei locali destinati a convitto e al riposo delle operaie si esercitassero arti occulte per nulla consone allo spirito dell'azienda. Numerose infatti erano state le segnalazioni anonime in quel senso alle quali la dirigenza aveva prestato scarsa attenzione: non così aveva potuto fare con una lettera che segnalava lo scandalo, a firma dell'attuale prevosto di Bellano che, pur non essendo più il don Scapelli di buona memoria, aveva dimostrato di non essere meno battagliero.

Il Bonaccorsi aveva risposto tranquillizzando: non c'era niente di vero e venissero pure a controllare perché, nel frattempo, aveva fatto smammare la Sofistrà trovandole due stanzette in affitto nella corte degli Adamoli.

L'inflazione intanto aveva quasi finito di mangiarsi i risparmi dell'Eufrasia che, avanti di quel passo, secondo calcoli precisi fatti da lei in persona, in capo a due anni si sarebbe ritrovata, cinquantenne, col sedere per terra. Il Bonaccorsi la teneva tranquilla, promettendo una soluzione: doveva, perché ormai con sua moglie era arrivato al punto che se per caso rovesciava il sale, l'olio o rompeva uno specchio niente la poteva rassicurare se non l'intervento salvifico della Sofistrà.

Doveva, quindi. Ma disperava di riuscire a escogitare qualcosa. Invece gli era andata bene perché, nella primavera del 1923 aveva avuto un colpo di fortuna.

Il direttore generale degli opifici Tavazzi era intervenuto, quale rappresentante dell'azienda e sottoscrittore dell'iniziativa, alla cerimonia di posa della prima pietra dell'ospizio per la Vecchiaia. La moglie di questi, tal Rosachiara, era fanatica giocatrice del lotto e, quando aveva scoperto che a Bellano non esisteva ricevitoria dove poter, prima di giocare, consultare la smorfia per divinare i sogni che aveva fatto, s'era rivolta al marito. Il quale, preso da parte il Bonaccorsi, gli aveva chiesto aiuto: se di una cosa sua moglie non poteva fare a meno era proprio quella, giocare al lotto. Ermete aveva recepito la richiesta come un ordine e l'idea s'era immediatamente dispiegata nella sua mente. Aveva pregato la Sofistrà di allearsi con lui: che fingesse di essere esperta di quel gioco e desse quattro numeri alla Rosachiara.

«E per giocarli?» aveva chiesto Eufrasia.

«Se vi pagassi il viaggio sino a Lecco?» propose Rosachiara.

Il viaggio, aveva risposto Eufrasia, e anche una mancia per la consulenza.

Era finita che la Rosachiara aveva imbroccato due ambi sulla ruota di Firenze, intascato 30 lire, ricompensato l'Eufrasia con due lirette che le aveva spedito per posta insieme con la richiesta di continuare a divinare per lei i sogni trasformandoli in numeri.

Eufrasia non se l'era fatto ripetere. Anzi, aveva dato ampia pubblicità al fatto, mostrando agli increduli la lettera della Rosachiara e di fatto inaugurando un nuovo filone nella sua poliedrica attività di divinatrice.

Ci voleva, in effetti. Perché ormai di mani da leggere gliene restavano poche e quanto al resto le carte le scrutava quasi solo per sport a una cerchia di amiche che, in quanto tali, le rendevano meno di niente. Tanto che, verso la fine del 1926, anche il capitale messo da parte con la vendita della casa aveva cominciato a entrare in agonia.

XII

Dilenia nel frattempo aveva continuato a essere una spina nel fianco del povero Bonaccorsi. Da un paio d'anni non usciva più di casa, temendo i pericoli occulti del mondo esterno. Proprio a metà del 1926 aveva interrotto la sua volontaria segregazione, e solo grazie alle insistenze del marito, per presenziare all'inaugurazione dell'ospizio per la Vecchiaia di cui l'Ermete era stato nominato presidente.

Era stata una giornata lugubre. La Settembrelli non aveva spiccicato parola e, ritornata a casa, s'era abbandonata sul letto e sciolta in lacrime. Alle domande del marito non aveva voluto rispondere. L'aveva fatto, al solito, con la Sofistrà, cui aveva confessato il timore che l'Ermete la volesse rinchiudere in quel posto.

«Chi lo sa!» aveva concluso Eufrasia.

«Ma come chi lo sa?» aveva reagito il Bonaccorsi.

Era quella la maniera di rispondere a sua moglie? Lo sapeva bene che lei sola poteva ridarle la tranquillità, la serenità...

L'Eufrasia aveva risposto che, prima di darle agli altri, la tranquillità e la serenità doveva averle per sé. In sostanza non poteva permettersi il lusso di fare la buona samaritana con sei mesi di affitto arretrato sulla groppa e la minaccia di sfratto se non avesse risolto il debito quanto prima.

«Volete che ve lo paghi io?» aveva chiesto il Bonaccorsi.

«Non solo», aveva risposto Eufrasia. Visto infatti che il regolamento dell'ospizio prevedeva il ricovero a spese della municipalità di vecchi ma anche di indigenti, era convinta che il Bonaccorsi, quale presidente dell'istituto, non avrebbe avuto nessuna difficoltà a trovarle un posticino. Una stanzetta le sarebbe bastata. Ma singola, dove poter continuare a ricevere la clientela. Altrimenti le sarebbe toccato emigrare, a Gravedona per esempio, dove esisteva un istituto analogo, o verso Caronno Pertusella, dove ai tempi avevano dato spettacolo lei e suo fratello...

Era entrata all'ospizio, sanati i debiti grazie alla tasca del Bonaccorsi, agli inizi del 1927. Ne era uscita nel 1928, messa alla porta dal cavaliere del Regno Interleri, subentrato nella carica di presidente al Bonaccorsi che nel frattempo, nominato vice podestà di Bellano, si allenava per diventare podestà.

Quella di restituire al proprio destino la Sofistrà era stata la prima decisione presa dall'Interleri, caldeggiata dalle suore dell'ospizio che per un anno avevano dovuto subire le stravaganze dell'Eufrasia. Dilenia era allora insorta in difesa della presunta sorella e ricorrendo alle consuete crisi aveva ottenuto che la poverella perlomeno si sfamasse e avesse un tetto presso di loro. Per il Bonaccorsi era stato giocoforza accettare, ma aveva anche cominciato ad accarezzare l'idea di far ricoverare la moglie in un istituto per alienati e liberarsi in un colpo solo dell'una e dell'altra. Il Partito, invece, gli aveva fatto cambiare idea. Perché, prima di tutto, non era per niente bello che un attuale vice podestà, podestà in pectore, avesse una moglie ricoverata tra i matti. Né, tuttavia, era altrettanto bello che quello stesso vice podestà, se ci teneva a diventare podestà, desse ricovero a una mezza barbona che strologava di pianeti e di sogni e che s'era addirittura permessa di dare i numeri divinando i tre attentati che il duce aveva subito nel '26.

Se ne rendeva conto il papabile podestà?

XIII

Di nuovo Ermete aveva dovuto provvedere. Cosa non facile perché nessuno, a Bellano, voleva affittare una casa alla Sofistrà. Era riuscito a salvare capra e cavoli quando, dalla Valsassina, era giunto a Bellano Erlando Biancospini, con l'intenzione di rilevare i locali della vecchia latteria sociale, per aprirvi un forno. L'aveva convinto ad acquisire l'intero caseggiato, benché al Biancospini interessasse il solo piano terra, offrendo un ingente sconto e imponendogli di ospitare nell'abbaino la Sofistrà a titolo gratuito. Prima di accettare il Biancospini aveva chiesto di conoscere la sua futura inquilina e la Sofistrà, presentandosi, aveva voluto leggergli la mano, prevedendo fortuna in amore e negli affari. Gli aveva anche promesso consulenze gratuite sui numeri da giocare al lotto.

L'Erlando aveva sorriso e scrollato le spalle. Gliene fregava un cazzo del lotto, non gli piaceva buttare i soldi così. Ma aveva accettato perché con lo sconto offerto dal vice podestà avrebbe potuto comperare un magnifico appezzamento di terreno dalle sue parti che gli stava sul gozzo da un bel po'.

Alla fine del 1931 il Bonaccorsi era stato nominato podestà. Tra i suoi primi provvedimenti, aveva fatto iscrivere d'autorità la Sofistrà nella lista dei poveri: la donna ormai non viveva che delle consulenze sul lotto e di piccole percentuali sulle vincite. A un certo punto a questo onorario aveva aggiunto la richiesta di frattaglie o altri avanzi per i gatti di cui era andata via via circondandosi. Di casa usciva una sola volta alla settimana, al venerdì, per recarsi a Lecco al botteghino del lotto. Oppure quando l'umor nero di Dilenia Settembrelli ne richiedeva la medicinale presenza.

Come, appunto, era capitato la mattina del 10 maggio 1936.

31.

I

Fratina Mazzoli era la serva tuttofare di casa Bonaccorsi. Era soprannominata «Patati». Del tubero aveva l'intelligenza e la mimica. Ma anche la bontà e l'attitudine a essere cucinata in qualunque modo. Solitamente prendeva servizio alle otto in punto. La mattina di quel 10 maggio le era stato concesso di presentarsi alle nove per non disturbare il riposo del podestà dopo la notte di festa per l'Impero. Fosse stata una giornata come le altre quindi sarebbe toccato a lei vedere per prima lo sfregio sul muro a lato del portone d'ingresso di casa Bonaccorsi. Probabilmente non si sarebbe fatta troppe domande, nemmeno una. Avrebbe preso acqua e liscivia e l'avrebbe cancellato.

Invece era toccato alla Settembrelli avvedersi dell'attentato. Verso le otto e trenta Dilenia aveva aperto il portone per raccogliere la bottiglia di latte fresco di mungitura che solitamente era compito della Mazzoli prendere e portare in cucina.

Lo sfregio le era saltato immediatamente all'occhio, ne aveva sentito il richiamo oscuro: una mano nera, aperta, minacciosa e inquietante, stampata sul muro a lato del portone. Era svenuta, soccorsa quasi subito da un pescatore che stava rientrando dal molo e che, tenendola in braccio, l'aveva riportata in casa. Una volta dentro la Settembrelli era tosto rinvenuta. Ma prima ancora di spiegare al marito cosa fosse successo, aveva chiesto di parlare immediatamente con la Sofistrà.

«Andate a chiamarla subito», aveva ordinato Ermete alla Mazzoli che nel frattempo era arrivata. Sarebbe stato inutile, dannoso anzi, opporsi alla volontà della moglie.

Eufrasia era prontamente intervenuta. Solo davanti a lei Dilenia aveva confessato l'accaduto.

«Quella mano nera...» aveva sospirato

Un paio di mesi prima, aveva aggiunto, suo marito aveva avuto un piccolo attacco di cuore. Roba minima, ma...

«Non sarà un presagio?» aveva chiesto.

«Vado immediatamente a cancellarla», era insorto l'Ermete, facendo scongiuri e ordinando nel contempo alla Mazzoli di volare a prendere una tolla di biacca.

«Non prima che l'Eufrasia la veda», s'era opposta sua moglie.

Intanto Fratina era partita. In strada aveva dato pure lei un'occhiata: s'era portata una mano alla bocca.

«Mamma mia!» aveva mormorato.

Una mano nera...

«Una mano nera?» aveva chiesto Amedeo Bigatti, titolare della ferramenta Bigatti, all'imbocco di via Manzoni.

«Nera», aveva confermato lui stesso poco dopo, passando la notizia al macellaio Divisanti che stava di fronte a lui.

«Sul muro di casa del podestà», aveva raccontato il Divisanti alla moglie.

«Me l'ha detto mio marito», aveva specificato quest'ultima a Rosaneve Nogara, amica sua e moglie dell'offelliere Spiriti il quale, approfittando della distrazione della consorte, aveva lasciato la bottega per andare col suo degno compare, l'elettricista Spatà, a bere il primo bianco della giornata commentando la novità.

Lo Spatà, mentre il socio parlava, aveva sorriso, superiore. Già lo sapeva.

«Ma va'?»

«E già!»

Aveva parlato col pescatore che aveva raccolto da terra la povera Dilenia.

«Svenuta!»

L'oste Malavasi li aveva ascoltati facendo tanto d'occhi. Usciti i due era entrato in cucina per raccontare la novità alla moglie. Quella non gli aveva nemmeno lasciato il tempo di aprir bocca.

«Va' a prendere il pane lazzarone!» gli aveva detto.

Il Malavasi era partito e s'era sfogato col fornaio. Aveva avuto soddisfazione perché a quell'ora la panetteria era mezza piena. Tra gli altri c'era anche la moglie di Iginio Negri, segretario bellanese del PNF. Che poco dopo, non appena entrata in casa, aveva subito svegliato il marito che dopo la festa dell'Impero stava ancora dormendo pesantemente.

«Cosa c'è?» aveva chiesto lui, già pronto alla bestemmia.

«Mi chiedi cosa c'è?» aveva detto lei. Ma lo sapeva o no che girava la voce che quella mattina la moglie del podestà era stata aggredita, forse presa a sberle proprio davanti a casa sua?

E lo sapeva, lo voleva proprio sapere da chi?

«Da chi?» aveva chiesto il segretario.

Da uno di quelli che avevano appena conquistato, un negro!

II

Quando il Negri, un quarto d'ora dopo, era giunto davanti al portone di casa Bonaccorsi aveva dovuto farsi strada a colpi di gomito tra il nutrito pubblico che, a doverosa distanza, rimirava la mano nera.

La Mazzoli l'aveva guidato verso il salone di casa. Dilenia non c'era già più. Era di sopra, in camera sua, assistita dalla Sofistrà.

Marziale, il Negri aveva salutato il podestà.

«Cos'è questa storia che vostra moglie sarebbe stata aggredita da un negro?» aveva chiesto.

Il Bonaccorsi l'aveva guardato storto. «Ma che storia, che negro!»

«Gira voce», aveva chiarito il segretario.

Nessuna aggressione, aveva risposto il Bonaccorsi.

«Solo che...»

«Che?»

«Venite a vedere voi stesso.»

E s'era avviato, seguito dal Negri.

All'apparire dei due la folla s'era zittita. Il Negri aveva apprezzato quel gesto unanime di rispetto davanti alle loro due alte cariche. S'era gonfiato. S'era avvicinato allo sfregio, l'aveva scrutato da vicino, emettendo sbuffi. Poi s'era girato verso la gente ma senza guardarla.

«Lo sapevo», aveva detto. Ad alta voce, in modo che tutti potessero sentire.

Il podestà lo guardò, muto ma interrogativo.

«Mai abbassare la guardia», aveva proseguito il Negri, adesso guardando la folla.

Muta anche lei, in attesa. Il segretario aveva portato i pugni ai fianchi. «Le carogne», aveva sillabato, «gli schifosi topi di fogna che agiscono nell'ombra!»

«Ma cosa dite?» s'era permesso il Bonaccorsi.

«Quelli che approfittano del buio, di un momento di festa e distrazione per seminare zizzania, minacciare!» aveva continuato il Negri come se ormai fosse sul balcone del municipio.

Aveva indicato la mano nera, il braccio teso.

«Li troveremo!» aveva gridato.

La gente intorno a lui aveva incassato la testa con un movimento perfettamente sincronizzato. Il Negri aveva esteso la sua verso il cielo.

Sapeva un'altra cosa, aveva detto.

Un colpo di tosse era scoppiato nell'aria.

«Sì», aveva confermato il segretario come se rispondesse.

Sapeva che la rivoluzione fascista doveva essere difesa da coloro che l'avevano realizzata. A loro spettava il compito di vigilare.

«Nella legalità», aveva sottolineato.

Il Bonaccorsi, che fino a quel momento ne aveva subita l'eloquenza, aveva tentato di intervenire.

«D'accordo...»

Ma il segretario aveva levato una mano con le dita aperte.

«Permettete», aveva detto.

Dalla folla sentiva venire verso di lui corrente elettrica, sempre più forte.

«Chi tocca Mussolini pericolo di morte!» aveva canticchiato tra sé.

Mussolini era lui in quel momento, lui il capo del Fascismo. Doveva dare un gesto forte, da comandante.

Aveva abbassato il braccio, teso l'indice, indicato uno tra la folla, l'avanguardista Peleo Galli.

«D'ordine», aveva detto, «andate a chiamare il signor maresciallo!»

Il podestà aveva piegato la testa verso di lui.

«Il maresciallo?» aveva chiesto. «Per fare cosa?»

Il segretario aveva sorriso: «Denunciare il misfatto». E anche dimostrargli quanto valesse la sorveglianza sua e dei suoi scalcinati carabinieri.

III

Al maresciallo Maccadò il segretario Negri stava sui coglioni. Da sempre, in generale, per l'aria tronfia e l'espressione come se nelle narici avesse continuamente odor di merda. In particolare, invece, dalla volta in cui, già segretario del Fascio, aveva tentato di fargli avallare una sua relazione su tal Giacinta Biovalenti, diciannove gravidanze di cui sette conclusesi in aborto, dodici figli al mondo ottenuti da almeno una mezza dozzina di uomini, allo scopo di candidarla al premio che Mussolini aveva istituito per le madri d'Italia più prolifiche. In quell'occasione il Negri aveva messo di mezzo e mandato avanti l'appuntato Misfatti. Il Maccadò prima aveva fatto il culo all'appuntato e poi al Negri, restituendogli l'incartamento e invitandolo pubblicamente ad avere più coraggio nelle proprie azioni.

Quindi, quando l'avanguardista Peleo aveva detto al maresciallo che il segretario aveva bisogno di lui: «E io no invece», aveva risposto il Maccadò.

Però poi era partito in tromba quando l'avanguardista gli aveva raccontato per sommi capi quel poco che lui sapeva.

Già avvicinandosi al luogo del delitto e vedendo il Negri che arringava la folla agitando per aria un braccio, al Maccadò era saltata la mosca al naso. Aveva salutato con educazione il podestà.

«Cosa c'è?» aveva invece chiesto al Negri.

«Giudicate voi», aveva risposto quello indicando la mano nera stampigliata sul muro.

Il maresciallo aveva guardato, il racconto del sorvegliante Anomali ancora nelle orecchie. Quindi aveva dato un'occhiata anche per terra alla ricerca di eventuali tracce.

«Uh, uh!» aveva sussultato tra di sé. Ed era stato lì per dire la sua. Ma s'era fermato per tempo.

Vecchia lenza, aveva immediatamente pensato che se il Negri l'aveva fatto andare lì non era certamente per via del furto di carbone. Chissà cosa s'era messo in testa! Forse era la volta buona per fargli fare una bella figura di merda.

«E be'?» aveva detto, fingendo di non capirci niente.

Infatti: «E be'?» aveva echeggiato il Negri, ma con tono di scherno.

«Non pare anche a voi, maresciallo...» aveva attaccato snocciolando le sue deduzioni. Nemici occulti, disfattisti nascosti nell'ombra, la più alta carica del paese minacciata, la sorveglianza, la necessità...

«Di denunciare», aveva infine proclamato, «questo atto vandalico col quale si colpisce il podestà e in lui il Fascismo!»

Il Maccadò aveva schioccato la lingua.

«Ma fatemi il piacere!» aveva ribattuto infilandosi le mani in tasca.

Ladri di carbone, altro che nemici occulti!

Che avevano approfittato, quello sì!, dell'Impero, ma per farsi un po' di scorta.

E la mano minacciosa?

Era evidente, aveva spiegato il maresciallo, che passando da lì uno dei ladri aveva avuto una necessità e s'era appoggiato.

«Necessità?» aveva chiesto il Negri.

«Di pisciare», aveva chiarito il Maccadò.

A quel punto nella folla qualcuno aveva cominciato a ridere.

Pisciare?

Quella chiazza lì in terra, aveva chiesto il Maccadò, cos'era se non una chiazza di urina?

Dopodiché aveva mimato la scena di uno che appoggia la mano al muro, piscia e poi se ne va.

«D'altronde quando scappa scappa», aveva sentenziato.

La gente aveva riso in coro.

Il Negri era diventato verde: «Ne siete sicuro maresciallo?».

«Talmente», aveva risposto il carabiniere, «che adesso torno a occuparmi di cose più serie.»

Aveva salutato di nuovo il solo Bonaccorsi e se n'era tornato fischiettando in caserma, con la convinzione di aver dato a quello scassacoglioni del Negri una lezione difficile da dimenticare.

Invece, una settimana dopo...

IV

«Hanno rubato dell'altro carbone?»

Il Negri, sempre verde in viso, una settimana dopo era andato in caserma e s'era presentato con quella domanda.

Il maresciallo, distratto, aveva abboccato.

«Perché?» aveva chiesto.

Perché sul manifesto funebre che dava l'annuncio della dipartita di Agostino Meccia, ex podestà di Bellano, stampato e affisso a cura del Fascio, del Comune, delle Associazioni Mutilati Invalidi e Combattenti, delle Madri e Vedove, degli Ufficiali in congedo, degli Alpini, Bersaglieri, Artiglieri, Genieri e Granatieri di Sardegna, oltre che dei Volontari di guerra e Arditi, compariva una mano nera.

A un'altezza di un metro e ottantadue centimetri dal suolo, aveva specificato il segretario che s'era preso la briga di misurare.

«Impossibile che qualcuno passando da lì abbia avuto un bisogno», aveva aggiunto.

E aveva poi chiesto al Maccadò di acquisire formalmente la denuncia che lui, quale rappresentante del Fascio bellanese, intendeva presentare contro l'ignoto o gli ignoti autori di quegli, e aveva sottolineato il plurale, atti di minaccia e di profanazione.

Senza fare commenti il Maccadò aveva affidato il segretario al carabiniere Malamonica ed era subito uscito per prendere visione di quel secondo attentato.

La mano c'era. E c'era già gente che guardava e commentava. Qualcuno aveva anche osato chiedergli che cosa ne pensasse.

Il Maccadò s'era espresso solo verso sera, al telefono, quando dalla tenenza di Lecco l'avevano chiamato per sentire cosa fosse quella faccenda della mano nera.

«Degli imbecilli vogliono divertirsi alle nostre spalle», aveva detto.

«Sapete già chi sono?»
«No.»
Sapeva però che erano più d'uno. Almeno due. La mano nera sul manifesto era molto più piccola di quella sul muro del podestà.
«Maresciallo, mi raccomando», gli avevano detto, «sapete come vanno queste cose quando ci si mette di mezzo la politica...»
«La politica qui non c'entra», aveva assicurato il Maccadò.
Ma due settimane più tardi aveva dovuto rimangiarsi quelle parole.

V

Era successo il 7 giugno, domenica. Alle dieci della mattina era prevista una breve cerimonia per salutare la partenza di un gruppo di operai e impiegati alla volta dell'istituto termale di Sirmione del Garda dove avrebbero passato un periodo di cure.
Alle nove il segretario Negri s'era presentato in caserma raccontando un'incredibile storia.
La sera prima Domezio Dellavalle, volontario di guerra, ardito, fondatore della sezione bellanese del PNF, vessillifero della stessa sezione, decurione della Milizia Volontaria Sicurezza Nazionale era stato aggredito e malmenato...
«Volete sapere da chi?» aveva chiesto il segretario.
Il Maccadò aveva atteso in silenzio la rivelazione.
«Dall'ignoto che da qualche tempo si fa beffe del Partito!» aveva esclamato il Negri.
E anche dei carabinieri, aveva aggiunto.
Era successo ben oltre la mezzanotte, perché carogne di quella fatta agivano quando la gente perbene dorme il sonno dei giusti. Il Dellavalle stava rientrando a casa

dopo aver trascorso la serata con amici. Mentre saliva le scale per raggiungere il suo appartamento in via privata dell'Achille aveva incrociato un individuo che stava frettolosamente scendendo. Insospettito aveva tentato di fermarlo per identificarlo ma quello aveva violentemente reagito con calci e pugni abbandonandolo poi, sanguinante e contuso, sulle scale. Solo l'intervento della moglie, preoccupata per il ritardo dell'uomo, l'aveva salvato da più gravi conseguenze. La donna l'aveva aiutato a salire in casa ed era stato così, rientrando, che i due avevano notato la mano nera stampigliata sulla porta d'ingresso.

«Dov'è che ha passato la serata il decurione?» aveva chiesto il Maccadò.

Sapeva bene che il Dellavalle non si tirava indietro davanti ai mezzi di vino e sapeva anche che circa la sua partecipazione alla prima guerra mondiale c'erano più ombre che luci: niente di più facile che si fosse inventato tutto per giustificare agli occhi dei suoi sodali l'impresentabile viso di quella mattina per colpa del quale non se la sentiva di portare il gagliardetto della sezione come suo solito alla cerimonia di partenza degli operai e degli impiegati.

Ma: «Cosa c'entra?» aveva ribattuto il Negri.

Il maresciallo voleva forse insinuare che lui gli avesse raccontato frottole? Voleva che da quella faccenda ci scappasse il morto per muoversi? Non era ora di darsi da fare?

«Darsi da fare, assolutamente», gli aveva ordinato anche il capitano Demarzi nel pomeriggio.

Ormai la questione era diventata politica, non c'erano dubbi. Ed era una bella fortuna che i giornali non ci avessero ancora inzuppato il biscotto.

Lunedì 8 giugno però «Il Gagliardetto», quotidiano della federazione provinciale del Partito Nazionale Fascista, aveva riportato la notizia.

Tre indizi fanno una prova il titolo.
Il maresciallo Maccadò, per la prima volta, aveva cominciato a pensare che si stava giocando il posto.
Darsi da fare, pensava. Facile dirlo. Ma, senza nessun indizio, nessun aiuto...
Finché l'aiuto era arrivato anche se lui era stato lì per rifiutarlo.

VI

Eufrasia Sofistrà s'era presentata in caserma verso la metà di quella tribolata settimana. Era stato il carabiniere Bottasana ad annunciarla al maresciallo. L'aveva anche pregato di riceverla subito, visto che quella voleva parlare solo con lui, benché avesse davanti due altre persone: puzzava di gatto da far venire la nausea, aveva spiegato.
Il Maccadò aveva reagito stancamente: ancora non sapeva che pesci pigliare, nessun passo avanti nella faccenda della mano nera. Ormai aspettava la quarta apparizione dell'infame, dopodiché era certo che dal comando avrebbero cominciato a tirare la corda che si sentiva intorno al collo.
«Ditele che ho da fare.»
Glielo avevano detto. Lei, gnucca, aveva risposto che poteva aspettare.
«Comincia a sentirsi anche qui, al secondo piano», era tornato alla carica il Bottasana riferendosi alla puzza di gatto.
«E falla passare, allora», aveva ceduto il maresciallo.
La Sofistrà aveva offerto agli occhi del Maccadò uno spettacolo singolare: indossava un maglione fatto con pezze multicolore gettato sopra un grembiale blu, del tipo che vendevano allo spaccio del cotonificio. Ai piedi ciabatte luride, senza calze. Quattro denti in bocca, i ca-

pelli una selva ma uno sguardo acceso, vivo: «magnetico», avrebbe detto il maresciallo. Che prima di parlare aveva annusato, riempiendosi le narici dell'odore felino che aleggiava intorno alla donna.

«In cosa posso esservi utile?» aveva quindi detto come se avesse un telegrafo in bocca.

«Sono qui per dirvi a chi appartiene la mano nera», aveva risposto l'Eufrasia, tono deciso, vibrante.

Al Maccadò era scappato un ghignetto. Al danno di non riuscire a muovere un passo adesso si stava per aggiungere la beffa: una maga invece del comandante di stazione a guidare le indagini.

«Buona donna...» aveva esordito.

«Ascoltatemi», l'aveva interrotto lei.

«No, voi ascoltate me», aveva interloquito il Maccadò.

«Non avete niente da dirmi.»

«Ma come vi permettete...»

«E io invece sì.»

«Non ho tempo da perdere!» aveva alzato la voce il maresciallo.

«Ne avete perduto sin troppo», aveva ribattuto la Sofistrà.

Il Maccadò aveva accusato la battuta.

«E ne perderete dell'altro se non mi date ascolto», aveva concluso Eufrasia approfittando del silenzio.

Quindi giudicasse lui se lei era lì per fargli perdere tempo, ma solo dopo averla ascoltata. Perché lei sapeva perfettamente a chi apparteneva la mano nera: nome e cognome. E non parlava a vanvera. Aveva fatto le sue indagini.

Al maresciallo la fronte s'era contratta in una trama di rughe.

«Vere e proprie indagini», aveva confermato la Sofistrà.

Perché, a partire da domenica pomeriggio, in casa sua era stata una processione di gente che era andata da lei per farsi dire a quali numeri corrispondesse la mano nera. Lo scrupolo professionale l'aveva spinta a uscire di casa per dare un'occhiata.

«Nessuna mano è uguale a un'altra», poteva ben dirlo lei!

E quando l'aveva vista, aveva capito che non si trovava di fronte a una mano qualunque.

Era una mano che le sembrava di conoscere.

Che aveva già visto.

Ma dove, quando? Aveva passato un paio di giorni a frugare nella memoria. Era tornata a guardarla per bene, visto che nessuno s'era preso la briga di cancellarla. Allora le si era chiarito perché, di quella mano, aveva un ricordo preciso. E da lì era risalita al proprietario.

«Vedete, maresciallo...»

Il palmo di quella mano era abbastanza singolare. Percorso da piccole gibbosità che ne rendevano scabra la superficie. Era una specie di malattia, un morbo.

«Morbo di Dupuytren», così l'aveva chiamato il giovanotto che, qualche mese prima, in compagnia di tre o quattro amici, per chiudere in bellezza una serata di baldoria, l'aveva tirata giù dal letto con la scusa di farsi leggere la mano. Nonostante lei avesse tentato di rimandarli a casa, non c'era stato niente da fare: aveva dovuto obbedire.

«L'impronta della mano nera appartiene a quel giovanotto», aveva detto la Sofistrà.

«E il nome?» aveva chiesto il Maccadò.

L'Eufrasia l'aveva fatto.

E il maresciallo non aveva voluto crederci.

Però...

VII

Però almeno era una pista. Pericolosa senza dubbio. Guai a sbagliare! Il Maccadò ci aveva ragionato tutto il pomeriggio. Infine aveva deciso. Aveva convocato i carabinieri Bottasana e Malamonica e aveva comunicato il piano d'azione. Sospesi riposi, licenze eccetera. Sorveglianza notturna: cauta, silenziosa, continua. Si sarebbero alternati loro tre, faceva appello al loro spirito di sacrificio.

C'erano volute ancora due settimane di appostamenti e pedinamenti notturni. Infine la fortuna di beccare la mano nera era toccata al carabiniere Malamonica che, nonostante fossero le tre della mattina, aveva immediatamente svegliato, come da ordine, il maresciallo Ernesto Maccadò.

Quattro ore più tardi, alle sette, Melchiorre Girabotti, direttore dell'ufficio delle Regie Poste, s'era presentato in caserma per chiedere se i carabinieri avessero notizie di incidenti o accadimenti similari che avessero coinvolto il di lui figlio Giovanni Battista, il quale era uscito di casa la sera prima attorno alle otto per recarsi a Lecco dove avrebbe dovuto assistere a un concerto, ma non aveva ancora fatto rientro.

«Cosa strana», aveva commentato il direttore delle poste. Perché, anche se tardi, suo figlio era sempre rientrato a casa per dormire.

Quella storia del concerto aveva fatto sorridere persino il carabiniere Bottasana che aveva una faccia sulla quale non passava mai il vento di un'emozione.

Ma si sapeva che quella era una bugia. Pietosa, piegata al decoro, con la quale la famiglia Girabotti aveva cercato di difendere, davanti ad amici e conoscenti, quel figlio ventunenne che non aveva voglia di fare niente.

«Ha un temperamento artistico», dicevano. «Probabilmente farà il musicista!»

Che musica piacesse suonare, al Girabotti junior, era stato chiaro quando pochi mesi prima era diventato l'ultimo acquisto della premiata ditta Risto e C. E per madre e padre era cominciato il calvario.

Il carabiniere Bottasana, ripresa la propria maschera di sfinge, l'aveva pregato di attendere. Toccava al maresciallo accompagnarlo verso la camera di sicurezza e mostrarglielo oltre la porta chiusa.

«È lui la mano nera!» aveva spiegato il Maccadò. Colto in flagranza di reato quella stessa notte. Il Malamonica l'aveva arrestato mentre stava applicando la mano sporca di nerofumo: «Volete sapere dove?»

Sulla porta di casa sua.

«Mia?»

Sì.

Dove, se non sulla porta dell'abitazione di un seniore della MVSN e della marcia su Roma, quella mano avrebbe potuto continuare ad alimentare la leggenda di una persecuzione occulta contro il Partito e i suoi rappresentanti più in vista?

«Non è possibile», aveva balbettato il Girabotti.

«C'è una denuncia», aveva affermato il Maccadò, «e firmata dal segretario di sezione.»

Le impronte corrispondevano: quelle sulla porta di casa del decurione Dellavalle, che lui aveva proibito di cancellare, appartenevano al Girabotti junior, sovrapponibili!

A quell'uscita sul volto del direttore era passata un'ombra. Dopo un istante di silenzio aveva fissato in viso il maresciallo.

«È reo confesso?» aveva chiesto a mezza voce.

«Non ancora», aveva risposto il maresciallo.

«Bene», aveva allora sparato, estendendo il capo e gonfiando il torace.

Poi s'era avvicinato alla porta della camera di sicurezza. Aveva inquadrato il viso nella finestrella.

«Non una parola!» aveva ordinato al figlio e se n'era andato senza salutare.

A mezzogiorno in punto il maresciallo aveva fatto una scappata a casa per mangiare un boccone.

A mezzogiorno e cinque minuti il segretario Negri era andato in caserma per ritirare la denuncia.

A mezzogiorno e trenta l'avvocato Sanapiazzi, su incarico del direttore dell'ufficio postale, s'era presentato richiedendo di conferire col giovanotto. S'era trattenuto non più di una decina di minuti. Uscendo aveva chiesto del maresciallo. Non era ancora arrivato. L'aveva atteso. All'una, rientrato il Maccadò, aveva formalmente reclamato l'immediato rilascio del Giovanni Battista. Il maresciallo s'era vivacemente opposto.

«C'è una denuncia», aveva sottolineato.

«Quale denuncia?» aveva chiesto il Sanapiazzi, informandolo poi che era stata testé ritirata.

«È stato colto in flagrante», aveva insistito il maresciallo.

«Che flagrante?» aveva sorriso il Sanapiazzi.

Forse che uno non era libero di disporre come più gli aggradava della propria casa, abbellendola, o imbruttendola anche, secondo i propri gusti?

«Le impronte sulla casa del Dellavalle corrispondono perfettamente», non aveva mollato il Maccadò.

«Difficile dimostrarlo», aveva risposto l'avvocato, visto che quelle impronte - intempestivamente, ne conveniva - erano state cancellate.

«E l'aggressione al decurione?» aveva esalato il maresciallo.

«Nessuna aggressione», aveva spiegato il Sanapiazzi. Il decurione s'era inventato tutto per non dover confessare che, rientrando a casa completamente ubriaco, era dapprima scivolato sulle scale e poi era stato preso a calci dalla moglie che non sopportava di vederlo così conciato.

Trattenendo oltre il giovane Girabotti, aveva aggiunto l'avvocato, il maresciallo rischiava di passare dalla parte del torto: vedeva bene, infatti, che su di lui non c'era lo straccio di una prova.

Al Maccadò erano cascate le braccia.

«Attendete di sotto», aveva detto al Sanapiazzi. Dopodiché s'era rifugiato nel suo ufficio e s'era fatto portare Giovanni Battista Girabotti. L'aveva guardato in silenzio per un po'.

«Chi sono gli altri?» aveva chiesto. Poteva immaginarlo, ma voleva sentirlo dalla sua viva voce.

«Quali altri?» s'era stupito il giovane.

L'avvocato era stato chiaro: che non facesse nomi, assolutamente. Quella faccenda aveva irritato parecchio la federazione provinciale e c'era voluto del bello e del buono per venirne fuori senza morti e feriti. A patto, come aveva detto lo stesso segretario di Como, che il giovane Girabotti dimostrasse di essere un buon fascista: su come dare questa dimostrazione, lui e suo padre erano già d'accordo. Ma che lui tacesse, non facesse nomi, non innescasse teatrini di accuse e scarichi di responsabilità. In quel caso non ci sarebbe stato il modo di salvargli il culo e il Partito avrebbe trattato lui e gli altri come nemici.

Il maresciallo non aveva insistito, in tutta la faccenda s'era sentito un pupo – ma un pupo incazzato.

«Va', va', deficiente», gli aveva detto.

Tanto, prima o poi... aveva pensato.

Invece il Girabotti era sparito.

VIII

Volatilizzato.

Più nessuna traccia di lui.

Sino all'inizio di novembre di quell'anno, due settimane prima. Quando il giovanotto era tornato a materializzarsi nelle parole del suo potente genitore. Nelle parole e nell'atteggiamento del quale, però, non compariva nemmeno più l'ombra della spocchia con cui l'aveva tolto dai guai pochi mesi prima.

«Scusate maresciallo, forse voi potete...»

«Io non posso niente», era stata la secca reazione del Maccadò.

«Nemmeno io», aveva esalato, tragico, Melchiorre Girabotti. E aveva assunto la postura del questuante.

Nemmeno lui sapeva più come fare per avere notizie del figlio. Stava disperatamente cercando qualcuno che l'aiutasse, ma gli sembrava di essere solo nel deserto.

«Ma non è in Africa?» aveva chiesto il maresciallo.

Così doveva essere. Per fargli purgare la cazzata, la federazione aveva imposto al Girabotti senior di spedire il figlio nelle terre dell'Impero: un mese di addestramento e poi, inquadrato in un battaglione di camicie nere, il Giovanni Battista era partito. Da allora, però, non una riga, nemmeno un saluto. Il direttore delle poste ne aveva chiesto notizie al Negri, al segretario federale, aveva addirittura scritto una lettera a Starace. Niente.

Cosa voleva dire quel silenzio?

Due sole persone al mondo gli erano rimaste cui rivolgersi: il prevosto, e l'aveva fatto. Avendone il prezioso consiglio di interpellare il signor maresciallo che, secondo il sacerdote, avrebbe sicuramente saputo consigliarlo per il verso giusto.

32.

«Cosa ne dite maresciallo?» chiese il prevosto.

Il Maccadò non vedeva l'ora di ringraziarlo per avergli mollato la grana del Girabotti: bello scherzo, da prete, come si diceva. Ma non era quello il momento di far polemiche. Anche perché il sacerdote era su di giri.

«Roba che scotta eh?» commentò.

Aveva fatto bene a dirlo a lui, proseguì, o avrebbe dovuto rivolgersi direttamente alla tenenza di Lecco?

Il maresciallo sorrise, aveva fatto bene. In quanto alla tenenza sarebbe stata sua cura informarla.

Ma: «A tempo debito», puntualizzò.

Prima voleva cuocerli lui, e per bene, quei quattro cretini, i compari della mano nera, quelli che avevano tenuto bordone al quinto, adesso finito chissà dove. L'aveva sempre saputo che nel casino conseguito a quella storia c'erano di mezzo anche loro.

Adesso, se l'episodio veniva confermato, avevano fatto la cazzata della vita e la punizione che ne sarebbe conseguita sarebbe stata una lezione difficile da dimenticare.

Prima, spiegò al prevosto, doveva fare degli accertamenti. Poi, avendo in mano prove, dati di fatto, verbali, avrebbe informato i superiori.

«Forse bisognerà rinviare il funerale della vedova», comunicò al prevosto.

«L'avevo fissato per domani mattina...»

Il maresciallo si grattò il mento.

«Può darsi che riusciamo a farvelo fare», disse fiducioso.

In ogni caso non c'era tempo da perdere.

Chiamò il carabiniere Malamonica e gli ordinò di piazzarsi davanti alla porta di casa della vedova Fioravanti: nessuno doveva entrare.

Quindi, congedato il signor prevosto, chiamò il carabiniere scelto Bottasana.

"Adesso cominciamo a divertirci", disse tra sé.

33.

Uscita dalla casa della Sofistrà, la Maria Isnaghi s'era diretta verso quella della Fioravanti.

Era entrata nella stanza della vedova e s'era data da fare, cercando di non guardare il viso cereo della defunta che era stato composto dalle dame di carità della San Vincenzo.

Nonostante avesse accuratamente evitato di guardare nella direzione della morta, fino a che era rimasta nella sua camera da letto alla Isnaghi era sembrato che comunque, i suoi occhi spenti la seguissero, controllandone i movimenti.

Aveva tirato un bel sospiro quando, finito con la camera da letto, era passata alla cucina.

C'era ben poco da fare lì, chissà da quanto tempo nessuno più ci mangiava: un po' di polvere sui poveri mobili, nell'aria odore di chiuso e di stantio. Era stato ispezionando la credenza, che s'era trovata a tu per tu col famoso piccione. Se l'era messo sotto il naso, l'aveva annusato e le era sembrato che emanasse un odore malsano, di cibo non commestibile.

Non aveva avuto dubbi: ormai nessuno più l'avrebbe mangiato, nemmeno il gatto, morto pure lui.

L'aveva preso e gettato nella spazzatura che poco dopo aveva diligentemente portato via.

Alle otto e trenta aveva finito ed era uscita dalla casa della Fioravanti giusto in tempo per vedere il carabiniere Malamonica che saliva le scale e si piazzava davanti alla porta d'ingresso.

A quella vista impallidì.

Non osò chiedere niente. Nemmeno salutare il carabiniere.

Ma dentro, nello stomaco, le venne una strizza dolorosa, una sensazione di spavento che le tolse l'appetito, tanto che a mezzogiorno non mangiò per niente.

34.

Uno alla volta li voleva sentire. Così decise il maresciallo Maccadò. E avrebbe fatto loro una sola domanda. Sapevano qualcosa circa l'avvelenamento di numerosi piccioni avvenuto nel corso degli ultimi giorni?

Era sicuro che tutti e quattro avrebbero risposto la stessa identica cosa: «Niente».

Meglio così, rifletté il maresciallo: avrebbe aggiunto alla lista dei reati anche quello di falsa testimonianza. Tanto, ragionava, sui nomi dei colpevoli non c'erano dubbi. E i testimoni, volenti o nolenti, al momento buono avrebbero dovuto uscire allo scoperto.

Quando infine avesse avuto, scritte e firmate, le loro mendaci dichiarazioni, allora, non prima, avrebbe avvisato Lecco servendo ai superiori, su un piatto d'argento, tutta la faccenda.

Il carabiniere Bottasana era uscito già da un quarto d'ora con l'ordine di accompagnare in caserma il primo della lista: Andrea Valenza, figlio di Bortolo Valenza, barbiere.

Ritornò dopo mezz'ora, poiché aveva trovato il giovanotto ancora a letto e la conseguente toilette era costata del tempo.

Il viso gonfio di sonno, una volta entrato nell'ufficio del maresciallo, il Valenza fece la mossa di volersi accomodare.

«Nessuno vi ha detto di sedere», lo avvisò il Maccadò.

Poi sparò la domanda.

«Niente», rispose il Valenza.

Come volevasi dimostrare.

«Potete andare», disse il maresciallo.

«Ma...» fece per obiettare il Valenza.

«Andate, andate», non lo lasciò continuare il Maccadò.

Il secondo fu Stefano Liberati, detto Ferro, di Augusto Liberati, impiegato di banca.

Entrò nell'ufficio del maresciallo con il cappotto gettato sulle spalle e un ciuffo ribelle sulla fronte, un'ombra di barba in viso: nessuna toilette insomma, secondo l'ordine che il Maccadò aveva dato al carabiniere Bottasana dopo l'uscita del Valenza, di non stare, cioè, a concedere troppo tempo a quei quattro coglioni, che la toilette gliela voleva fare lui, e lì in caserma.

Anche il Liberati diede la stessa risposta.

«Niente.»

Il carabiniere Bottasana prese nota.

Toccò poi a Evaristo Sperati, il Risto. Del fu Ercole, commerciante in prodotti caseari che con i guadagni fatti in vita era andato acquisendo in paese un appartamento dopo l'altro, facendo la fortuna della famiglia. Il Risto abitava con l'anziana genitrice, donna della quale il maresciallo conservava un pungente ricordo. Tra sé il maresciallo aveva soprannominato il giovanotto «conte Ciano», per via delle arie aristocratiche che si dava nonostante la bruttezza.

«Non capisco», fu la risposta del Risto.

«Ah no?» chiese il maresciallo.

«No», ribadì lo Sperati.

«Va bene», concluse il Maccadò mentre il carabiniere verbalizzava. «Andate pure allora.»

Quando il solito Bottasana entrò nella drogheria Navacchi per chiedere di Ludovico Navacchi detto Cucco, erano quasi le undici della mattina.

Al vedere il militare, Severino Navacchi, padre di Ludovico, sbiancò immediatamente. Qualcosa gli diceva che stavano per cominciare i guai. Fu come se percepisse che il tempo dell'attesa fosse finito: il carabiniere che varcava la soglia della drogheria era un messaggero di sventure.

Tanto che, anticipando il Bottasana, chiese: «Volete mio figlio?»

«Lo vuole vedere il signor maresciallo», precisò il militare.

«E perché?»

«Mi dispiace ma non posso dirvelo.»

Severino Navacchi deglutì.

Lo sapeva, l'aveva immaginato che con quel figlio prima o poi sarebbe capitato qualcosa di grosso.

«Con permesso», pigolò, e scomparve dietro una tenda che dava accesso a una sorta di magazzino e a una rampetta di scale per la quale si accedeva all'appartamento dei Navacchi, proprio sopra il negozio.

Di sopra, in cucina, c'era la signora Vittoria, sua moglie.

«Chiama Ludovico», disse lui con un filo di voce.

Alla donna bastò guardare il viso del marito per capire che tirava brutta aria.

«Cosa c'è?» chiese.

«Lo vogliono i carabinieri.»

Furono le ultime parole che Severino Navacchi riuscì a dire prima di accasciarsi a terra, svenuto.

35.

«Non è niente», li tranquillizzò il dottor Lesti un quarto d'ora più tardi dopo aver controllato il cuore e la pressione del Navacchi senior.

L'emozione, lo spavento, la tensione accumulata in quegli ultimi tempi, dovuta alla preoccupazione per il figlio, gli avevano giocato un brutto scherzo.

«Mai i carabinieri erano entrati in casa mia», balbettò Severino.

Il dottore sospirò. Cosa poteva dire? Non aveva parole di consolazione.

Sapeva anche lui che il figlio del Navacchi era una testa balzana. Mica cattivo, per carità! Ma un po' debole di carattere. Influenzabile. Forse troppo viziato da bambino. S'era lasciato conquistare dalla personalità del Risto, e insieme agli altri s'era avviato su una brutta strada.

L'avevano trasformato al punto che non sembrava nemmeno più figlio dei Navacchi, famiglia seria, laboriosa e onesta. E tanto meno fratello di Filzina Navacchi, la seconda e ultima figlia.

Certo, rifletté il dottore, per arrivarti in casa un carabiniere, non poteva trattarsi di una semplice marachella...

Insomma, qualcosa di grosso doveva sicuramente essere successo.

«Chissà!» disse la signora Vittoria, impietrita.

«Chi lo sa!» ribadì il dottore.

«Mai», ripeté Severino Navacchi, «mai i carabinieri sono entrati in casa mia.»

36.

Apposta il maresciallo Maccadò aveva lasciato per ultimo Cucco Navacchi.

Era il più giovane della compagnia, l'anello debole. Aveva sperato che la messinscena del carabiniere in casa e la convocazione in caserma sortisse il suo effetto: così che, spaventato, il Navacchi si lasciasse andare a confessare il misfatto, dandogli il modo di scardinare la sicurezza degli altri tre.

Gli faceva anche un po' pena, a dire il vero, quel giovanotto. Perché in passato, e segnatamente nel periodo in cui sua moglie non riusciva a rimanere incinta perché, come affermava lei, forse l'aria del paese non le si confaceva, il maresciallo era entrato in qualche confidenza col Navacchi senior, e l'aveva conosciuto bene. Un uomo rispettoso della legge e lavoratore: un figlio così non se lo meritava.

Tuttavia, quando anche Cucco, al pari degli altri, rispose: «Niente», tutti gli scrupoli del Maccadò si dissolsero.

«Niente, eh?» ridacchiò, e lo guardò senza dire altro, fissandolo in silenzio tanto per metterlo in imbarazzo.

Cosa di cui, peraltro, non c'era proprio bisogno. Ludovico era smorto e aveva un tremore alla mandibola che non gli riusciva di controllare.

«Prendo atto della risposta», comunicò il maresciallo rompendo infine il silenzio, «e vi prego di tenervi a disposizione.»

Era più che probabile, spiegò, che nel corso della stessa giornata avesse nuovamente bisogno di vederlo. Quindi lo pregava di non allontanarsi dal paese. Meglio se fosse rimasto in casa tutta la giornata, così da poterlo rintracciare senza difficoltà.

Ludovico aveva la gola secca, mani e piedi ghiacciati. «Ma perché?» riuscì a spiccicare con difficoltà.

«Ogni cosa a suo tempo. Andate», concluse con tono d'ordine il Maccadò.

37.

Non era ancora mezzogiorno ma la drogheria era chiusa. Consiglio del dottore: era meglio se il Navacchi senior si prendeva una mezza giornata di riposo.

«Chiuso per indisposizione», recitava il cartello appeso al vetro della porta d'ingresso.

Un nuovo brivido percorse la schiena di Ludovico quando lo vide: chissà cosa lo aspettava adesso, in casa.

Lo scoprì di lì a un minuto, un silenzio perfetto.

Denso, inquietante.

Come nella camera di un ammalato.

Peggio, di un morto.

Sua madre era in cucina, seduta al tavolo. Lo sguardo perso oltre il vetro della finestra che dava su piazza Boldoni. I capelli in disordine.

Girò appena il capo per guardarlo. Ludovico s'era fermato sulla soglia. Notò che aveva anche gli occhi rossi.

A bassa voce gli disse di non fare rumore: il dottore aveva dato a suo padre qualche goccia di canfora e sembrava che si fosse appisolato.

«Cos'hai fatto?» chiese con tono duro.

«Niente mamma...» mormorò Cucco.

Ne era convinto. Niente, o poco più. In fin dei conti avevano ammazzato quattro piccioni. Ed era il caso, si chiedeva, di montare quell'aria da tragedia per quattro bestie stupide? Anche il maresciallo! Ma non aveva niente di meglio da fare che occuparsi di piccioni?

Non aveva fatto niente, né rubato, né ammazzato...

«Niente eh?» sussurrò sua madre ritornando con lo sguardo verso la piazza.

«Be'», riprese dopo un po', «qualunque cosa tu abbia combinato hai anche l'età giusta per pagare di tasca tua. In ogni caso cerchiamo di lasciare fuori tua sorella, finché sarà possibile. Almeno lei, povera anima...»

Un singhiozzo interruppe le parole della donna.

«Ma cosa c'entra Filzina...» cercò di interloquire Cucco che nell'ambiente domestico cominciava a ritrovare forza e coraggio.

Per intanto, lo interruppe sua madre, bastava raccontarle che il genitore aveva avuto un lieve malore, senza fare cenno al fatto che i carabinieri erano stati lì in casa.

Poi si sarebbe visto il da fare.

38.

La piccola, magra, tenera Filzina Navacchi, esile, quasi incorporea figuretta, lavorava come segretaria nell'ufficio del direttore del cotonificio Cantoni.

Era la segretaria perfetta.

Ventidue anni, due in meno del suo disgraziato fratello, era la gioia del direttore Tirisaldi che la portava in palmo di mano, ne elogiava la precisione e la puntualità, la chiamava «Farfalletta» e le aveva detto che, nel caso lo avessero trasferito da Bellano, avrebbe fatto di tutto per portarla con sé, poiché era convinto che non esistesse una collaboratrice brava e affidabile come lei, nemmeno a cercarla col lanternino.

Puntualissima, non aveva mai perduto nemmeno una mezza giornata di lavoro e si sacrificava volentieri, anche gratis, quando c'era dello straordinario da fare.

Era anche la più giovane associata tra le dame della San Vincenzo e, quando il lavoro gliene lasciava il tempo, oppure alla domenica, non si negava alle opere di carità.

Quella mattina, mentre era già in ufficio, aveva avuto notizia della morte della vedova Fioravanti che conosceva abbastanza bene per averle reso visita più di una volta.

Uscendo dall'ufficio per la pausa del pranzo pensò di fare subito un salto in casa della defunta per dire una preghiera davanti alle sue spoglie e vedere se potesse rendersi utile: approfittò di quel momento per la visita di rito, poiché il direttore, nel corso della mattinata, le aveva annunciato che aveva bisogno di lei quella sera stessa dopo l'orario di lavoro: c'erano certe pratiche da visionare, quindi avrebbe fatto tardi.

Salì le scale, giunse alla porta di casa della vedova e si trovò davanti il carabiniere Malamonica.

«Cosa c'è?» chiese.

Il carabiniere, con modi educati ma fermi, le rispose.

«Mi dispiace, signorina, ma non posso fare entrare nessuno. Ordine del signor maresciallo.»

Filzina guardò per qualche secondo l'impassibile figura del militare. Poi, con un tremore interno, ridiscese le scale e si diresse verso casa a passi svelti e corti, come se temesse di essere inseguita e avesse fretta di mettersi al riparo.

In casa trovò ad attenderla un'altra, amara sorpresa.

Il suo caro papà a letto, malato!

Cos'era successo?

Fece appena in tempo a chiederlo. Ma non poteva reggere a due spaventi così ravvicinati. Si sentì mancare anche lei così che fu necessario chiamare ancora il dottore.

39.

«Un carabiniere alla porta della vedova Fioravanti?» chiese il medico dopo che ebbe fatto rinvenire la ragazza.

Filzina, ripresa coscienza, aveva immediatamente chiesto scusa per l'incomodo arrecato e l'aveva messo al corrente delle ragioni che avevano provocato il suo temporaneo mancamento.

Pure Ludovico era al capezzale della sorella. Sentite le sue spiegazioni incrociò immediatamente lo sguardo con quello del dottore.

Ne era sicura? domandò il dottor Lesti.

Gli pareva che ci fossero troppi carabinieri in giro quella mattina: perdio, erano dappertutto!

Anche nello sguardo della signora Vittoria comparve un'inquietudine dolorosa e la riversò repentinamente sul figlio.

Cosa diavolo stava succedendo? avrebbe voluto chiedere.

Ludovico si stava facendo le stesse domande.

Non lo sapeva.

Non capiva.

Però cominciava a intuire che nell'aria c'era qualcosa di grosso.

Forse era finito in un brutto guaio.

Ebbe una vertigine.

Sentì freddo alla fronte.

«Ossignore», mormorò.

Forse stava per svenire anche lui.

«No eh!» saltò su il dottore, notando il progressivo sbiancare sul viso del giovanotto.

Non aveva tempo per assistere a un terzo attacco.

«Sdraiatelo e tirategli su le gambe», ordinò. «Passerò più tardi a vedere come sta tutto il gruppo.»

Adesso aveva un'altra cosa da fare, più urgente, più importante: voleva capire cosa significava il carabiniere alla porta della vedova Fioravanti, cosa diavolo s'era messo in testa il maresciallo Maccadò.

40.

Il certificato di morte l'aveva firmato lui, la sera prima.

Morte per cause naturali. Vecchiaia. Un arresto cardiaco, un collasso, chissà.

Al dottor Lesti non era assolutamente sembrato il caso di andare troppo a fondo di fronte a una donna di novantatré anni.

Tuttavia, adesso, con quel carabiniere piazzato davanti alla porta di casa...

Insomma, qualche ragione per agire così il maresciallo doveva pur averla.

Che gli fosse sfuggito qualcosa?, ragionava il dottor Lesti mentre camminava alla volta della caserma.

Ma cosa?

Più ci pensava, meno riusciva a immaginarlo.

Magari non era niente che lo riguardasse, niente a che vedere con l'accertamento della morte, il certificato, però... però non si sa mai.

Preferiva verificare subito, di persona e togliersi quel dubbio che gli si era ficcato in testa.

Con quel maresciallo poi, meglio andarci piano.

Non che ce l'avesse con lui. Ma, come si poteva dire?, loro due non si usmavano mica tanto sin dal 1929, anno in cui al Maccadò era nato il primo figlio.

Finalmente. Perché sino ad allora era sembrato che la signora marescialla non riuscisse a restare incinta e il maresciallo s'era fatto prendere da una specie di smania in conseguenza della quale non parlava d'altro. Era diventato un incubo quotidiano. Non aveva lasciato passare giorno senza andare a trovarlo in ambulatorio, ma anche per strada quando lo incrociava, per chiedergli se non ci fossero novità, rimedi, vecchi o nuovi, ricostituenti, corroboranti, tonici o cose simili da utilizzare per vincere la presunta sterilità della moglie.

A un certo punto la marescialla c'era rimasta e al dottore erano giunte all'orecchio voci secondo cui era stata la Sofistrà a prevedere la gravidanza. Intanto il Maccadò aveva attaccato un'altra musica, ma sempre monotona: s'era lasciato irretire dai pareri di tutti quelli o quelle che diagnosticavano il sesso del nascituro. Siccome gli avevano pronosticato una figlia femmina, mentre sia lui sia la moglie avrebbero gradito cominciare la serie di sei con un bel maschio, aveva preso il vezzo di tampinarlo per sapere quale valenza scientifica potessero avere certi segni, la luna piena, la forma della pancia, le voglie della moglie e altre fregnacce del genere sul sesso del bambino.

Una bella mattina al dottore erano scappati i cavalli e gli aveva risposto.

«Perché non lo chiedete alla Sofistrà?»

Il maresciallo aveva smesso di tampinarlo.

Offeso per il suo modo brusco, non gli aveva più chiesto niente. Modi formali, da allora in avanti, educati, buongiorno, buonasera. Però aveva dirottato la famiglia verso l'opera di un altro medico. Tant'è che quando il figlio era nato, maschio, non aveva firmato lui il certificato di assistenza al parto.

Ormai ne era passato di tempo, ma loro due non s'erano mai più riavvicinati. Sempre formalmente ineccepibili quando per questioni di lavoro le loro strade si erano incrociate.

Ma, come si diceva, ognuno sul suo.

41.

«Omicidio colposo?»

Il dottor Lesti guardò il maresciallo Maccadò per cogliere sul suo viso i segni di un sorriso nascente, nel qual caso sarebbe stato sicuro che lo stava prendendo in giro.

«È solo uno, il più grave dei reati che sono stati commessi», disse però il maresciallo. Serissimo, più serio non si poteva.

Ecco spiegato il carabiniere alla porta della Fioravanti, pensò il medico.

«Lo dico a voi, dottore», aggiunse il militare, «ben sapendo che siete tenuto al segreto, come me.»

«Non dubitate», assicurò il dottore. «Tuttavia...»

«Tuttavia?»

Il Lesti masticò due, tre domande. Una gli uscì subito.

«Volete dire che la vedova sarebbe stata, pur accidentalmente, uccisa? Mi sapete dire come?»

«Avvelenamento», sillabò il maresciallo.

Sino a quel momento il dottore era rimasto in piedi, davanti alla scrivania del sottufficiale, ritenendo che se la sarebbe cavata in poco tempo.

A quel punto chiese il permesso di sedere. Il Maccadò glielo accordò immediatamente, scusandosi anzi per non averlo egli stesso invitato ad accomodarsi.

Una volta seduto il dottor Lesti scosse la testa.

«Scusate, maresciallo, ma sono meravigliato. Stupito. Anzi, è dir poco. Direi quasi incredulo...»

«Lo credo bene», convenne il maresciallo. Forse non

aveva voluto, non aveva fatto apposta, gli era scappato. Ma nel tono della voce il Maccadò inserì una nota quasi paterna, come se volesse far intendere al dottore che capiva, comprendeva, tutti potevano sbagliare. Anche i dottori. Anche lui. E non vedere, non cogliere...

«I segni!» sbottò il dottore.

«Come dite?»

«I segni dell'avvelenamento», precisò il medico. «Dove sono? Io non ne ho rilevati!»

D'accordo, non aveva fatto un'ispezione puntigliosa, particolareggiata: d'altronde non gli era sembrato proprio il caso. Nessuno, nella sua situazione, l'avrebbe fatto. Anche adesso, di fronte al maresciallo e nonostante l'incredibile rivelazione, era pronto a giurare che quell'ultima, breve visita effettuata alla vedova Fioravanti era stata sufficiente per decretarne la morte per cause naturali.

E quello gli parlava di avvelenamento!

«L'avvelenamento, qualunque sia la sostanza usata, ha, come dire?, una sua dinamica», predicò il dottore. La persona avvelenata percepisce disturbi, dolori, ha nausea, spesso vomito. Tutta una serie di sintomi che si traducono poi in segni, tracce. Dei quali, segni o tracce, lui non aveva trovato nemmeno l'ombra.

«La vedova Fioravanti era tranquilla, aveva un aspetto sereno, rilassato. Anche nel sonno della morte», dichiarò il medico.

Tanto che si sentiva pronto a scommettere che proprio nel sonno fosse morta.

«E poi, maresciallo, chi? Perché...»

Il maresciallo Maccadò, che sino ad allora aveva ascoltato con pazienza lo sfogo del dottore, intervenne, interrompendolo. «Abbiamo chi e come. Il perché conta poco, almeno in questo caso particolare. Ma sappiamo anche quello!»

Il dottor Lesti non seppe cosa replicare. Era confuso e accaldato. La sicurezza del maresciallo era disarmante.

«Se me ne aveste parlato...» borbottò.

«L'avrei fatto», riprese il maresciallo, «di qui a un'ora, al massimo due, se non foste venuto voi in caserma. Oltre che informarvi vi avrei chiesto, e approfitto per farlo adesso, di accompagnarmi per un sopralluogo nella casa della Fioravanti. Alla porta della quale, per sicurezza, sin da questa mattina ho piazzato un carabiniere.»

Il dottore si irrigidì sulla sedia.

«Dico, maresciallo», chiese eccitato, «non è che in tutta questa storia c'entri anche il figlio dei Navacchi?»

Il Maccadò fu sinceramente sorpreso dalla domanda.

«Vedo che le voci fanno in fretta a girare», osservò.

"Come i tuoi carabinieri", pensò il dottore.

Il Maccadò però non volle evadere la curiosità del dottore. «Alle quattro», disse, «se vi sta bene. Concluderemo il lavoro. Daremo il tocco finale all'opera, per così dire, trovando l'arma del delitto o ciò che ne resta.»

42.

Aveva o no promesso ai Navacchi che sarebbe passato a controllare come stesse tutta la truppa degli svenuti? Lo fece subito, appena uscito dalla caserma.

Echeggiava il tocco dell'una. Stava nell'aria immobile, pesante. Come in risposta si attaccò anche lui al campanello di casa Navacchi.

«Tutto bene?» chiese alla signora Vittoria giusto per entrare in argomento.

«Bene...» rispose la donna con un mezzo sospiro: se si poteva dire così.

Quindi relazionò. Filzina s'era rimessa quasi subito, ma a mezzogiorno aveva preso giusto un brodetto che lei le aveva salato ben bene dopodiché, asserendo di sentirsene in grado, aveva voluto a tutti i costi tornare al lavoro nonostante le sue proteste.

Suo marito s'era svegliato, non aveva voluto niente da mangiare, non poteva nemmeno sentir parlare di cibo: aveva chiesto di essere lasciato solo e non aveva fatto altro che ripetere che mai, mai i carabinieri erano entrati in casa sua. Non aveva nemmeno chiesto notizie di Ludovico, dove fosse e cosa stesse facendo.

«Ludovico...» fece per continuare la signora Vittoria.

«Ecco», la interruppe il dottore, «giusto lui.»

La signora stava per metterlo al corrente. Ludovico, dopo che il dottore l'aveva fatto stendere sul letto in camera sua, non s'era più mosso e...

«Quindi è ancora in camera sua», concluse il dottor Lesti.

«Sì.»
«Andiamo», ordinò il medico.
«Come mai?» chiese la signora Vittoria.
«Lo so io», fu la risposta.

43.

Vestito.

Ma sdraiato sul letto, le mani incrociate dietro la nuca.

Immerso nella penombra silenziosa che avvolgeva la camera, appena disturbata da qualche raro rumore che saliva dalla piazza, Cucco Navacchi se ne stava immobile ad attendere gli eventi.

Nonostante tutto aveva fame.

Ma non aveva osato chiedere qualcosa da mangiare. Né qualcuno s'era fatto vivo per chiamarlo a tavola: quel giorno andava così.

Dopo il suono del campanello aveva sentito la porta di casa aprirsi. Aveva percepito un parlottare, riconosciuto la voce del dottore e quella di sua madre.

Un bisbiglio lei, un bisbiglio lui, all'inizio.

Più lei che lui.

Poi lui l'aveva interrotta.

Non una.

Due, tre volte.

Il tono della voce era cambiato.

Era diventato secco, nervoso.

Poi il rumore dei passi.

Anche quelli secchi, nervosi.

Lungo il corridoio.

Verso la sua camera.

Verso di lui.

Comparve, sulla soglia della porta, prima sua madre.

«C'è il dottore», annunciò. «Ha bisogno di te.»

Faticò a finire la frase, stava per piangere.

Dietro di lei emerse, minacciosa, l'ombra del dottor Lesti: si mangiò i contorni della donna. Entrò in camera, si piazzò davanti al letto.

«Giovanotto», disse, «cosa diavolo c'entri tu con la morte della vedova Fioravanti?»

Un rumore.

Un tonfo.

Ludovico scattò dal letto.

Sua madre era svenuta.

Non c'era da aspettarselo? fu il pensiero del dottore.

44.

Severino Navacchi, attirato dal trambusto, fece capolino nella stanza di suo figlio nel momento in cui la moglie stava riaprendo gli occhi.

Fu lì per dire qualcosa ma la moglie, al vederlo, non riuscì a trattenere le lacrime.

«Severino», invocò.

L'uomo si sentì anche lui preda del magone.

Mai aveva visto sua moglie così disperata e, anche, così in disordine: gli occhi gonfi, il viso marezzato, i capelli scomposti.

Mai l'aveva vista così, abbandonata sul letto, come se qualcuno, o qualcosa, le avesse succhiato forze e dignità.

Si avvicinò.

Intuiva. Sentiva che nell'aria c'era qualcosa di nuovo e di malefico che aveva a che fare col carabiniere di quella mattina e con suo figlio.

Nell'arco di poche ore quella cosa era riuscita a mandare all'aria la pace e la serenità della famiglia. E chissà cos'altro sarebbe successo!

Al capezzale della moglie non osò parlare. Non aveva niente da dire se non una pena infinita che non riusciva a tradurre in parole e della quale vedeva gli stessi indizi negli occhi arrossati di sua moglie. Fu solo capace di scuotere leggermente il capo, un gesto di sconsolata desolazione che anche la signora Vittoria, per tutta risposta, adottò.

Ludovico se ne stava in un angolo a contemplare, muto e confuso, il disastro che aveva combinato.

Ma cosa aveva mai fatto? si chiedeva.

Forse, rifletté, era il caso che il dottore rompesse gli indugi e spiegasse, a sua madre e a suo padre, ma anche a lui!, cosa bolliva in pentola.

Era sicuro di non aver fatto niente. Niente di così grave, insomma. E adesso gli sembrava giunta l'ora di mettere le carte in tavola e finirla con quel rosario di pianti, sospiri, svenimenti e carabinieri. Così, dopo, una volta fatta chiarezza, ragionò, magari avrebbe anche potuto mangiare qualcosa, visto che aveva saltato colazione e pranzo.

45.

Uscito dalla filanda, l'Agostino non si diresse subito a casa. Prese per la Pradegiana e si infilò nella casa dove abitava la Sofistrà.

Al saluto del fornaio rispose con un cenno del capo. Salì i gradini due a due. Bussò alla porta dell'Eufrasia ma non chiese permesso.

«Avanti», miagolò l'Eufrasia.

All'ingresso dell'uomo ci fu un fuggi fuggi generale. Gatti. Alcuni si infilarono sotto il letto disfatto dove la donna era sdraiata, un paio saltarono su una credenza ingombra di ogni genere di oggetti. La maggior parte, ordinatamente, prese la via dell'unica finestruola, aperta, della stanza e sparì sui tetti.

«In cosa posso esservi utile?» chiese la Sofistrà.

L'Agostino frugò nella tasca dei pantaloni, trovò delle monete, le posò su un tavolino dove c'era un mazzo di carte.

«Gatto vivo, gatto morto, gatto in salmì», disse.

La Sofistrà rifletté un minuto.

«3, 34, 77», disse poi.

L'Agostino fece cenno di aver capito.

«Su che ruota?» chiese ancora l'Eufrasia.

L'Agostino restò di stucco. Non aveva mai giocato al lotto, non aveva pensato a quel particolare. Era senza parole. Lo soccorse la donna.

«Milano va bene?» chiese.

Le rispose con un'alzata di spalle, poi si girò e se ne andò.

46.

Alle quattro spaccate del pomeriggio il maresciallo Maccadò accompagnato dal carabiniere scelto Bottasana si presentò davanti al portone che dava accesso alla casa della vedova Fioravanti.

Il dottor Lesti era già lì da una decina di minuti. Scuro in viso, insaccato in un cappotto nero col bavero alzato per proteggere il collo dall'aggressione dell'aria gelida che scorrazzava nella contrada: l'atmosfera di neve era sparita infatti, spazzata via da un vento proveniente da nord che s'era levato da poco ma prometteva di rinforzarsi per bene durante le prossime ore notturne.

«Prendete il fresco?» scherzò il maresciallo dopo aver salutato, fregandosi le mani una nell'altra.

Perché era rimasto lì in strada? chiese ancora il carabiniere. Non poteva almeno ripararsi all'interno del portone?

«Avessi trovato un posto», rispose il Lesti.

«Vorreste dire?» chiese il Maccadò.

«Guardate voi stesso», lo invitò il dottore.

47.

A partire dalle due del pomeriggio lungo la scala che saliva verso la casa della vedova Fioravanti era cominciato un via vai di beghine, amiche, conoscenti, dame di carità.

Ma anche curiosi e curiose che, una volta informati della presenza di un carabiniere che non lasciava entrare nessuno, s'erano precipitati aspettandosi di vedere chissà cosa.

Il carabiniere Malamonica aveva faticato sin dall'inizio a contenere la folla. Se non aveva mandato la Maria Isnaghi in caserma a far presente la situazione e chiedere rinforzi, era stato solo perché temeva che il maresciallo Maccadò potesse pensare che lui non fosse adatto a compiti di responsabilità e magari, poi, lo destinasse a lavori d'ufficio, annegandolo nelle cartacce.

Però aveva fatto una fatica del diavolo a tenere calma tutta quella gente. Solo predicando che l'ordine era del signor maresciallo e che il maresciallo in persona sarebbe giunto nel corso del pomeriggio per dare disposizioni era riuscito a contenerla.

Apprendendo che il comandante della stazione si sarebbe fatto vivo, alcune delle pie visitatrici avevano deciso di attenderlo: erano le poche vere amiche e conoscenti della defunta, quelle che erano lì al solo scopo di recitare un rosario. L'avevano fatto presente.

Il carabiniere Malamonica non aveva saputo cosa ribattere: c'era di mezzo la religione, faccenda delicata.

Anche i semplici curiosi allora avevano dichiarato che

era loro intenzione recitare una prece al capezzale della defunta.

Il risultato era lì da vedere: quando il maresciallo Maccadò diede un'occhiata oltre il portone d'ingresso, si trovò davanti le scale intasate di gente che attendeva lui e le sue decisioni. Su, in cima alle scale, davanti alla porta della vedova Fioravanti, il carabiniere Malamonica lo salutò, mettendosi sull'attenti e portandosi una mano alla visiera.

Al veder comparire il maresciallo e il dottore la gente che occupava la scala si zittì improvvisamente.

Nel silenzio, le raffiche del vento che cominciava a rinfrescare e si rompeva in centinaia di spifferi suonavano come una musica d'inferno. Poco dopo l'aria si riempì anche del rumore dei passi dei due che salivano tra la folla che aveva fatto ala.

«Cos'è 'sto bordello?» chiese a bassa voce il Maccadò al carabiniere Malamonica.

Questi si strinse nelle spalle.

«Va bene», disse il maresciallo guardandosi attorno.

Lì non si poteva parlare, come si faceva?

Il carabiniere ebbe allora un'alzata d'ingegno.

Col capo fece un cenno in direzione della porta di casa Isnaghi. Dentro lì, mormorò a bassa voce, potevano stare tranquilli e parlare. Inoltre avrebbero potuto entrare nella casa della Fioravanti passando per il ballatoio, evitando così di esporsi agli sguardi dei curiosi.

«Ottima idea», approvò il maresciallo e il carabiniere Malamonica reagì arrossendo per la soddisfazione.

48.

La Isnaghi stava trascorrendo un pomeriggio inconcludente. Aveva fatto fatica a preparare qualcosa per pranzo tant'era nervosa: il carabiniere sulla porta di casa della vedova la faceva stare in pensiero.

A mezzogiorno aveva esternato i suoi dubbi al marito.

«Noi non abbiamo fatto niente», aveva risposto lui, lapidario.

«E se invece abbiamo fatto qualcosa e non lo sappiamo?» aveva ribattuto lei.

Era questo che la agitava: un sentimento di colpa che non sapeva definire ma che la faceva star male. Nessuno è perfetto, chi è senza peccato scagli la prima pietra e via di questo passo: frasi di quel tipo, che il signor prevosto ripeteva di continuo, continuavano a tornarle in mente.

Se avessero fatto qualcosa, era stato il pensiero dell'Agostino, il carabiniere l'avrebbero messo davanti alla porta di casa loro, non davanti a quella della vedova Fioravanti.

Ma era stato, appunto, solo un pensiero.

L'uomo aveva consumato velocemente il pasto, poi s'era dedicato al gatto, l'aveva annusato appurando che stava velocemente perdendo l'odore di selvatico. Domani sera - aveva detto alla moglie - avrebbe invitato tre soci del lavoro per condividere gatto e polenta, buon vino e formaggio. Fine della comunicazione.

Con un grugnito, che era il suo modo di salutare la donna, era uscito per ritornare al lavoro e sulle scale non aveva nemmeno degnato di uno sguardo il carabiniere Malamonica.

Partito il marito, la Maria s'era disposta ad affrontare un lungo pomeriggio di inquieta solitudine, sperando che la sera venisse presto e con lei il ritorno di Agostino che, per quanto silenzioso, era pur sempre una compagnia.

Attorno alle due aveva cominciato a percepire le voci, i bisbigli, i passi della gente che andava veniva e si fermava sulle scale. La sua inquietudine era via via aumentata. Approfittando di una finestruola che dalla cucina le permetteva di sbirciare verso la rampa delle scale, aveva seguito l'inspiegabile andirivieni di gente e infine l'arrivo del maresciallo Maccadò accompagnato dal dottor Lesti e dal carabiniere scelto Bottasana.

Aveva sentito il silenzio improvviso che era calato nella casa e i passi dei tre che salivano. Infine aveva ascoltato il rumore delle nocche del maresciallo che bussava alla sua porta producendo un rumore che a lei era sembrato di campane a morto.

Andò ad aprire e propose al visitatore un viso cereo e uno sguardo terrorizzato.

Il maresciallo Maccadò, sfoderando il suo sorriso migliore, che dei migliori non era, considerando il contrattempo, riuscì solo a dire: «Scusa...»

A quel punto la Isnaghi svenne.

Quand'è che finirà 'sta storia!, fu il pensiero del dottor Lesti che, chiedendo permesso, superò il maresciallo e si avvicinò alla donna per aiutarla a ritornare nel mondo dei vivi.

49.

Ludovico e suo padre erano sdraiati sul letto, ciascuno nella propria stanza.

La signora Vittoria invece era in cucina. Nonostante lo sconforto e le lacrime che di tanto in tanto le rigavano il viso, stava cuocendo un arrostino col quale imbandire una cena per Filzina la quale, povera anima, era in piedi dalla mattina con un po' di caffellatte e il brodetto che aveva preso a mezzogiorno.

Qualunque cosa fosse capitata, la ragazza doveva patire il meno possibile e, se fosse stato necessario, come sembrava, metterla al corrente della mazzata che stava per calare sulla famiglia, meglio che prima cenasse.

Il profumo niente male dell'arrosto s'era insinuato, dalla cucina, nel corridoio e da lì aveva invaso le altre stanze. Severino Navacchi, al sentirlo, aveva avuto un conato. Quindi aveva preso il cuscino e se l'era schiacciato sul viso.

Ludovico, invece, aveva imprecato tra sé. Aveva una fame della madonna, si sentiva lo stomaco contratto e la fantasia dell'arrosto che andava cuocendo sul fornello gli provocò degli spasmi dolorosi. L'avrebbe mangiato completo di corda. Avrebbe mangiato qualsiasi cosa, a dire la verità.

Non osava però mostrarsi in cucina, dire che aveva fame, che gli dessero qualcosa da mettere nello stomaco. Non osava, sapendo che gli occhi di suo padre avevano pianto a causa sua, così come avevano fatto anche quelli di sua madre che, adesso, continuavano a correre al grande orologio che stava proprio sopra la porta d'ingresso, senza requie, ossessivamente, per verificare quanto tempo mancasse all'arrivo delle cinque.

Le cinque.

Per quell'ora il dottor Lesti aveva promesso che sarebbe ritornato in casa Navacchi e avrebbe, dopo averlo finalmente compreso, rivelato il mistero, raccontando cosa si stava preparando per il loro futuro.

50.

Poiché la grappa nostrana la Maria Isnaghi la teneva ben nascosta, sapendo che era fatta di sfroso, per ridarle un po' di tono il dottor Lesti trovò unicamente la bottiglia del marsala svanito. La Maria ingurgitò un bicchierino insapore ancora seduta per terra e si lasciò poi aiutare dal dottore e dal carabiniere Malamonica che la fecero accomodare al tavolo al quale era già seduto il maresciallo Maccadò.

«Signora», esordì questi cercando di dare alla voce un tono di dolcezza. Ma era una dolcezza di carta vetrata poiché i continui contrattempi avevano innervosito non poco il maresciallo.

Tuttavia, forse per merito del marsalino o forse perché il più dello spavento era passato, la Maria riuscì a sostenere lo sguardo teso del sottufficiale e soprattutto a comprendere le ragioni che avevano portato in casa sua carabinieri e dottore.

«Quindi», concluse il Maccadò, «se non vi crea eccessivo disturbo noi approfitteremmo pochi minuti della vostra cortesia dopodiché non vi arrecheremo più alcuna noia.»

Così dicendo il maresciallo fece cenno al dottore di accomodarsi anche lui al tavolo mentre al Malamonica disse di mettersi, tanto per sicurezza, davanti alla portafinestra che dava accesso al ballatoio, e con le spalle alla stanza, in modo da controllare che nessuno si infiltrasse sino a lì per spiare.

«Preferite che vi lasci soli?» chiese la Maria a quel punto. Era rinfrancata, si sentiva leggera e stava addirittura cominciando ad apprezzare la maschia figura di quel maresciallo di cui aveva già sentito parlare senza aver mai avuto la possibilità di vederlo da vicino.

Il Maccadò spazzò l'aria con la mano. Temendo che per la donna alzarsi potesse comportare nuovi disturbi e con ciò il sorgere di ulteriori contrattempi e ritardi, disse che poteva starsene dov'era. Di lì a poco non ci sarebbero più stati segreti per nessuno e lei, a risarcimento per l'invasione, avrebbe avuto il premio di sapere prima di tutti quello che era successo.

51.

Erano ormai le quattro e mezza. Il dottor Lesti cominciò ad avvertire una certa premura. Non avrebbe mai disatteso la promessa fatta ai Navacchi di passare ad aggiornarli alle cinque: sapeva in che condizioni aveva lasciato l'intera famiglia e non se la sentiva di prolungare quell'agonia. Però alle cinque e trenta doveva trovarsi in ambulatorio.

«Allora, maresciallo», disse col tono di voler aprire la discussione e tanto meglio se fosse stata spiccia.

Il Maccadò comprese. «Vengo subito al dunque», promise. Una precisa ragione l'aveva portato lì: «Trovare l'ultimo tassello del mosaico».

Dopodiché avrebbe offerto il quadro bello completo ai superiori della tenenza di Lecco.

«Cioè?» chiese il dottore.

Semplice: «L'arma del delitto!».

La Maria si portò una mano alla bocca.

Aveva immaginato che, sotto, c'era qualcosa di storto, di brutto.

Ma addirittura un delitto!

Il dottore sospirò: «Ma quale arma?». Non voleva nemmeno pensare che il maresciallo Maccadò fosse un po' svanito, non lo era mai stato. Adesso, però... insomma, gli dava da pensare.

«Un'arma strana, inconsueta», proseguì il maresciallo. Inusuale.

L'arma con la quale il veleno o tossico che fosse era stato introdotto nello stomaco della vedova Fioravanti provocandone la morte. Un'arma, badasse bene il dottore, della quale lui era sicuro di riuscire a trovare, di lì a poco, nella casa della defunta, i residui.

«Residui?» chiese il dottor Lesti.

Ma di cosa diavolo stava sproloquiando il maresciallo?

«Certi residui che devono per forza esserci.»

Per quello, non per altre ragioni, aveva, sin dalle prime ore della mattina, piazzato davanti alla porta della Fioravanti il carabiniere Malamonica: onde evitare che i colpevoli dell'omicidio, ancorché colposo, potessero far sparire quelle certe prove a meno di non volersi esporre direttamente alla vista del carabiniere di guardia.

«D'accordo», rispose il dottore, che non se la sentì di scendere in discussioni su quel tema col Maccadò, e per non perdere dell'altro tempo e perché, davvero, il sottufficiale non gli sembrava del tutto registrato.

Però una cosa la voleva sapere. «Potete dirmi di che arma si tratta?»

Adesso, sì, fu la risposta del maresciallo.

Di un piccione.

«Un...»

Un piccione!

Avvelenato.

Che la vedova aveva mangiato per cena la sera pri...

«Op!» gridò il maresciallo Maccadò scattando dalla sedia e prendendo al volo la Maria Isnaghi prima che scivolasse in terra.

La sorresse per un braccio mentre il dottore si inginocchiò verso di lei.

«È svenuta di nuovo?» chiese il maresciallo.

«No», rispose il dottore, «ma ci è mancato poco.»

52.

Mai la Maria Isnaghi avrebbe trovato dentro di sé il coraggio per dirlo al signor maresciallo.

Quando si riprese e riuscì a mettere a fuoco quello che le stava intorno, comprese che si trovava distesa nel suo letto, il dottor Lesti accanto a lei.

Era stato lui a mettercela con l'aiuto del carabiniere Bottasana. Dopodiché aveva proposto al Maccadò di cominciare, assieme al sottoposto, l'ispezione dei locali della vedova Fioravanti alla ricerca dei resti dell'arma mortale. Lui invece sarebbe rimasto lì, com'era suo preciso dovere, ad assistere l'Isnaghi sino a che si fosse rimessa pienamente e poi li avrebbe raggiunti.

Il Maccadò era partito alla carica e per un buon cinque minuti, mentre aspettava che la donna ritornasse in sé, il dottore aveva ascoltato i rumori dei due carabinieri che aprivano cassetti, frugavano negli armadi, nelle scansie e chissà dove, dopodiché aveva anche cominciato a percepire dei borbottii, brevi e secchi che, non ci avrebbe giurato, ma gli erano sembrati saracche tirate soprattutto dal signor maresciallo come se qualcosa non stesse andando per il verso che lui s'era immaginato.

S'era sentito pungere dalla curiosità, gli sarebbe piaciuto andare a dare un'occhiata ma il dovere, che viene prima di tutto, gli imponeva di restare al suo posto sino a che la Isnaghi non gli avesse detto che stava bene e non aveva più bisogno di assistenza.

Finalmente, dopo che erano passati circa dieci minuti e al campanile della chiesa stavano suonando i cinque tocchi delle diciassette, alla Maria il respiro ritornò normale e sulle gote ricominciò a comparire un poco di colore.

«Andiamo bene adesso?» chiese lui.

La donna disse di sì.

«Posso andare allora?»

«No», rispose lei.

«No?», ribatté il dottore. «E perché?»

«Per via del piccione», mormorò la Maria Isnaghi.

53.

Ocristo!, masticò il dottore.

«State qui», ordinò poi, «e non muovetevi.»

La Isnaghi fece cenno di aver capito: non aveva addosso, tra l'altro, nemmeno un centesimo di forza.

Con due ampie falcate il dottor Lesti si portò fuori dalla squallida camera da letto, poi traversò come vento la cucina e uscì sul ballatoio che scricchiolò sotto i suoi passi pesanti.

Si affacciò alla cucina della vedova Fioravanti.

Il maresciallo Maccadò, pugni ai fianchi, stava in piedi al centro della stanza e roteava gli occhi tutto in giro, come se cercasse qualcosa che si nascondeva nell'aria.

Dal disordine che regnava nella cucina era evidente che aveva già frugato dappertutto.

Non aveva trovato niente però e adesso cercava di scovare un buco, un angolo, un cassetto sul quale non aveva ancora messo le mani.

«Tutto bene di là?» chiese il maresciallo.

Ma svagato, la testa altrove.

«Maresciallo...» esordì il dottor Lesti.

«Qui ancora niente», lo interruppe il militare. «Abbiamo frugato in ogni angolo ma... sembra quasi che qualcuno ci abbia preceduto, sia venuto, come dire, a mettere in ordine, a fare pulizia. Sarei quasi portato a crederlo, se non avessi la parola del mio carabiniere che dentro qui non è entrato nessuno.»

Il dottor Lesti fece due passi nella stanza. Si avvicinò al maresciallo e abbassò il tono della voce.

«Appunto di questo volevo dirvi.»
«Ma non perdiamoci d'animo», annunciò il maresciallo. «Ricominceremo da capo.»
Il dottore approvò con un gesto del capo.
«Posso dirvi una cosa però, prima che ricominciate?»
«Tu ricomincia di là, in camera da letto», ordinò il maresciallo al carabiniere scelto Bottasana che partì di scatto. «Io parlo un momento col dottore e poi ti raggiungo.»
Finalmente il maresciallo fu tutt'orecchie, come dichiarò.
«Ecco, vedete, è necessario che sappiate una cosa», esordì il dottor Lesti.
«Vi ascolto.»
«Non preferite sedervi?» chiese il medico.
«No», rifiutò il maresciallo Maccadò.
Quando mai?, avrebbe voluto chiedere, perché?
«Come volete», si adattò il dottore.
«Questa mattina...» cominciò poi a raccontare.

54.

Mancava il maresciallo Maccadò alla collezione di quella giornata, che svenisse anche lui.

Secondo il dottor Lesti non c'era mancato molto. Quando era arrivato al nodo cruciale della faccenda e gli aveva spiegato il perché e il percome la Maria Isnaghi, senza secondi fini o intenti criminali, era entrata nella casa della Fioravanti e aveva trovato, intatto!, e poi gettato nella spazzatura il famoso piccione, il Maccadò era diventato smorto – ma con una sfumatura violacea soprattutto attorno agli occhi. Quindi si era immediatamente seduto. Probabilmente aveva avuto un principio di vertigine che aveva contrastato facendo quella mossa.

Lui gli aveva chiesto se per caso si stesse sentendo male.

«No», era stata la risposta del maresciallo, e: «Andate avanti».

Ma lui non aveva più niente da dire, la storia era finita.

Quindi, se non c'era più bisogno della sua presenza, chiedeva il permesso di andarsene perché era già in ritardo su tutto: l'appuntamento coi Navacchi e l'apertura dell'ambulatorio, cosa, questa seconda, che i suoi pazienti gli avrebbero comunque perdonato perché gli capitava sovente.

Per uscire era passato ancora dalla casa degli Isnaghi. Sia per avvisare la Maria che il maresciallo era ormai informato e magari sarebbe passato da lei per chiedere conferme e fare qualche domanda. Sia per togliersi una curiosità, per rispondere a un dubbio sciocco che gli era venuto da un po'.

Ricordava bene infatti che la vedova Fioravanti aveva un bel gatto, se lo trovava sempre tra i piedi nelle occasioni in cui andava a trovarla. Però né la sera precedente né poco prima ne aveva rinvenute tracce. Che fine aveva fatto? Era forse morto anche lui?

La Maria aveva mentito spudoratamente.

Morto? No. L'aveva visto lei stessa, la sera prima.

Mentre aveva sparato la bugia era arrossita prepotentemente e il dottor Lesti, che nella penombra vedeva poco bene, l'aveva lasciata facendole i complimenti per la rapidità con la quale aveva recuperato un bel colore sul viso.

55.

Dalle cinque in avanti in casa Navacchi avevano preso corpo un silenzio e un'immobilità perfetti, come se fosse sceso un sortilegio. A ogni minuto che era passato senza veder comparire la figura del dottor Lesti, la fantasia di Severino e della signora Vittoria, così come la fame di Cucco, erano andate ingigantendosi, disegnando fondali da tragedia.

Quando il campanello suonò, invisibile folgore che perforò i timpani dei tre solitari in attesa, il pensiero di Severino Navacchi corse alle parole che di lì a poco sarebbero uscite dalla bocca del dottore palesando la sentenza. Quello della signora Vittoria corse invece a Filzina, che forse adesso aveva già terminato il lavoro straordinario, con la qual cosa c'era il pericolo di coinvolgerla nel dramma familiare che di lì a poco si sarebbe consumato. Quello di Cucco infine non corse a niente che non fosse qualcosa da mangiare: il giovanotto rifletté che finalmente la giornata stava volgendo al termine e, quali che fossero state le conseguenze, avrebbe infine mangiato, a meno che non lo volessero, per punizione, lasciar morire lentamente d'inedia.

56.

Il dottor Lesti entrò in casa Navacchi alle sei.

In ritardissimo sull'orario dell'ambulatorio, disse.

Non ebbe tempo di raccontare per filo e per segno la rava e la fava, l'avrebbe fatto più avanti, il giorno dopo.

La cosa importante da sapere, comunque, la sostanza di quella giornata convulsa era che non c'era niente da temere: non era successo niente.

«E allora, i carabinieri a casa mia?» chiese Severino Navacchi.

Niente, disse ancora il dottore, uno sbaglio.

Un abbaglio, aggiunse, ma come se avesse il vento in bocca perché non aveva, non voleva più perdere tempo.

«A che ora si mangia?» chiese allora Ludovico.

Il dottore era appena uscito.

«Mangiare?» domandò il Navacchi senior.

Cucco si incassò nelle spalle.

«Aspettiamo che torni tua sorella», rispose la signora Giovanna.

«Io torno in camera», comunicò Severino.

«Non mangi?» chiese la moglie.

Anche lui, dopo una frugale colazione, non aveva più messo altro nello stomaco. Ma non aveva fame: a suo modo di vedere, la faccenda era lungi dall'essere risolta. «No», rispose.

«Ma non hai mangiato nemmeno a mezzogiorno», obiettò la signora Vittoria.

Severino chinò il capo. «Non ho appetito», mormorò, e si allontanò verso la camera da letto.

Ludovico si rivolse a sua madre. «Visto che avevo ragione?» disse. «Non è successo niente.»
La donna tacque. Era sollevata ma non voleva darlo a vedere.
«Ma a che ora torna Filzina?» chiese Cucco.

57.

Filzina rientrò che le sette erano passate da pochi minuti. Si scusò per l'orario. Raccontò che avrebbe potuto giungere anche una mezz'ora prima, alle sei e mezza, visto che il lavoro straordinario non era stato granché ed era riuscita a evaderlo più rapidamente del previsto.

Perciò aveva voluto approfittare per passare ancora dalla vedova Fioravanti con l'intento di recitare quella preghiera cui aveva dovuto rinunciare al mattino. Una volta nella casa della defunta s'era trattenuta per oltre venti minuti.

«Perché...»

Perché bisognava vedere che razza di desolazione c'era nella casa della vedova: non erano presenti che una suora scalcagnata e un'amica, poco meno vecchia della Fioravanti, che stavano singhiozzando un rosario. Non se l'era sentita di andare subito via, s'era fermata, aveva recitato anche lei un pezzo di rosario portando, se si poteva dire, una ventata di vitalità.

«E il papà?» chiese infine.

«Preferisce riposare», rispose sua madre. «Non ha appetito.»

58.

Appetito? Come poteva averne! Mai i carabinieri erano entrati in casa sua, ripeté per la millesima volta Severino Navacchi parlando sottovoce nel buio della camera da letto.

Non è successo niente, aveva detto il dottor Lesti.

E allora?

Ormai la figura era fatta.

S'era trattato di un errore.

Male.

Perché non era vero che tutti potevano sbagliare.

Nossignore.

Dottori preti e carabinieri non potevano permettersi quel lusso.

I loro sbagli portavano direttamente sottoterra, all'inferno o in galera.

D'accordo che suo figlio era una testa balzana e non era finito in nessuno di quei tre posti.

Però aveva fatto una bella figura davanti al paese intero, figurarsi le voci adesso, la gente avrebbe chiacchierato, chissà quante cose si sarebbero inventate. Non solo su Ludovico.

Anche attorno a lui, attorno alla famiglia.

Ecco, la famiglia Navacchi era stata svergognata.

Vilipesa.

E per cosa?

Per niente!

Perché a un maresciallo, una bella mattina, era venuta chissà quale fantasia, come se giocare con la reputazione altrui fosse un passatempo.

No!
Così, proprio no!
La famiglia Navacchi era di specchiata onestà.
Sempre stata.
Mai i carabinieri erano entrati in casa sua.
Chi sbaglia paga.
Anche se sulle spalline della giacca porta i baffi di maresciallo.
Cortesemente, ma fermamente, il Navacchi senior l'avrebbe detto al signor maresciallo.
Domani stesso.
Che gli servisse, almeno, da monito per l'avvenire.

59.

Otto etti di arrosto a peso crudo.

Sei etti, occhio e croce, una volta cotto.

La signora Vittoria e Filzina ne mangiarono una sola fettina. Il resto finì nello stomaco di Ludovico.

Alle otto e un quarto sulla tavola c'erano solo briciole. Severino Navacchi comparve sulla soglia della cucina. Aveva sul viso l'espressione dei momenti gravi.

«Hai fame», disse la moglie.

Non era una domanda, quasi un rimprovero piuttosto. Nella padella però c'era ormai solo un poco di puccia rappresa.

Il marito la tranquillizzò.

«No», rispose.

Voleva solo avvisare Ludovico che l'indomani mattina doveva starci lui in drogheria.

«Per un poco», aggiunse.

«E tu dove vai?» chiese la moglie.

«Devo fare una cosa.»

«Cosa?»

«So io», rispose Severino.

60.

Il maresciallo Maccadò aveva passato una notte fetente, dormito una mazza.

Sul fianco di qua, su quello di là, su e giù fuori dal letto.

Per fortuna sulla signora marescialla era calata la solita piomba che faceva invidia, così non era stata minimamente sfiorata dai turbamenti del marito.

Su e giù, fuori dal letto, e avanti e indietro dalla camera dove dormivano tutti e quattro i suoi figli.

Quattro.

Come quei quattro cazzoni che per un pelo gli erano scappati di mano e che, era questo il pensiero che aveva tanto turbato il maresciallo, all'età che adesso avevano i suoi figli dovevano essere stati anche loro così: teneri, innocenti, belli che uno se li sarebbe mangiati.

Quale padre non sarebbe stato disposto a fare qualsivoglia sacrificio per creature così indifese?

Quale uomo, guardandoli così come erano adesso, poteva immaginare la possibilità che un essere del genere a un certo punto potesse cominciare a stortarsi?

Quante illusioni quei quattro scimuniti avevano tradito!

I loro padri l'avevano immaginato?

No di certo.

Era capitata a loro. Ma poteva capitare anche a lui.

A quel pensiero, il maresciallo Maccadò aveva provato un sentimento di pena per quei quattro genitori e pena per sé, alla sola idea che una simile disgrazia sarebbe potuta toccare anche a lui: pena che durò sino alle nove circa della mattina seguente, ora in cui Severino Navacchi stava terminando di esporre le sue ragioni per disporsi poi ad ascoltare che cosa avesse da dire il signor maresciallo a sua discolpa.

A quell'ora, appunto, le nove.

Quando...

61.

Quando il Navacchi senior finì di dire tutto quello che aveva sul gozzo.

Chiudendo con l'affermare che si stupiva dell'agire del signor maresciallo.

Con tutta la sua esperienza!

Un agire, affermò, quantomeno superficiale. Con cui aveva messo alla berlina suo figlio, oltre agli altri tre.

«Ma non solo!»

«No?» chiese il maresciallo.

No.

Loro alla berlina. E le famiglie in grave imbarazzo. Famiglie oneste, laboriose, apprezzate dall'intera comunità, spesso indicate quale esempio da seguire. E che adesso, probabilmente, si sarebbero trovate a dover fare i conti con chiacchiere, pettegolezzi, insinuazioni e quant'altro proprio grazie all'incauto agire del signor maresciallo.

Le malelingue non aspettavano altro, le malignità avrebbero trovato un fertile terreno: poco importava se la chiacchiera fosse vera o no.

C'era il rischio, ma ci aveva pensato il signor maresciallo?, che suo figlio, così come gli altri, restasse bollato a vita, con tutte le conseguenze che si potevano immaginare, sia sul piano privato sia su quello pubblico.

E tutto ciò, chiese il Navacchi, perché, grazie a chi?

All'avventatezza, rispose da sé, di un comportamento che aveva montato un caso là dove di casi non ce n'erano.

Non era successo niente.

Ma intanto i carabinieri erano stati a casa sua, dove mai erano entrati.

Intanto suo figlio era stato interrogato in caserma.

Quindi, gli sembrava doveroso da parte sua rivolgersi al signor maresciallo per sapere, lo esigeva anzi, era un suo diritto, sapere cosa avesse intenzione di fare adesso per cercare di porre rimedio a quel danno procurato.

62.

Alle nove, appunto, passate da pochi minuti, quando il Navacchi senior chiuse la bocca, la pena del maresciallo Maccadò per tutti i padri del mondo svanì.

Lo guardò dritto negli occhi.

«Una cosa la posso fare subito», disse.

«Sarebbe?» chiese Severino Navacchi.

«Spiegarvi chi è vostro figlio», chiarì il Maccadò.

63.

Tanto per limitarsi ai fatti del giorno prima tralasciando il resto, attaccò il maresciallo Maccadò.

Il Navacchi abboccò immediatamente all'amo: «Quale resto?»

«Un momento, prego vi servo subito», disse il Maccadò chiamando il carabiniere Bottasana. «La cartelletta delle segnalazioni», ordinò.

La cartelletta in oggetto, spiegò nell'attesa, conteneva appunto segnalazioni fornite da colleghi di altre stazioni. Lì dentro navigavano soggetti, aggiunse indicandola al Navacchi quando il carabiniere fece ritorno con un faldone straboccante di fogli, che prima o poi sarebbero diventati materia per il giudice.

Il Navacchi sbarrò gli occhi.

Suo figlio...?

«Abbiate pazienza», lo invitò il maresciallo.

Navacchi Ludovico, chiamò. Il foglio intestato sembrò saltar fuori d'incanto dal resto delle carte.

Ubriachezza, Stazzona, Sagra dei Crotti, agosto 1935.

Rissa, Colico, località Laghetto, presso l'osteria del Ponte, ottobre 1935.

Schiamazzi, Ardenno, sotto la casa di tale Gerlanda Casimiri, meretrice, novembre 1935.

Disturbo della quiete pubblica, Tremenico, Festa di Sant'Agata, febbraio 1936.

Disturbo della quiete pubblica, ancora, sagra di Sant'Apollonia, Abbadia, stesso anno.

«Sempre, generosamente perdonato dai colleghi», commentò il maresciallo.

Alla lista andava aggiunta la faccenda della mano nera, di pochi mesi prima, maggio 1936.

«Non ne ho le prove», spiegò il maresciallo, «ma scommetterei sei mesi di stipendio che c'era anche lui nel gruppo. Il Girabotti non ha agito da solo anche se, da solo, sta pagando la cazzata.»

Adesso quest'ultima: omicidio colposo sfiorato per un pelo.

Il Navacchi senior era in secca. Il maresciallo, invece, non aveva ancora finito.

«C'è un tempo per divertirsi», disse, e lui lo sapeva. Tutti, chi più chi meno, ne avevano approfittato. La maggior parte, però, sapeva perfettamente dove stava il confine tra la goliardia e il delinquere vero e proprio. Una minima parte, invece, non capiva che stava per sconfinare.

E sconfinava.

Magari lo faceva per spirito di imitazione, per stupidità, per debolezza o per noia.

Fregava niente a lui il motivo, la fine era sempre quella, ed era nota. Si diventava balordi, seguendo quella strada, e si finiva male.

Ora, disse il maresciallo, lui non aveva assolutamente la bacchetta magica. Se uno voleva battere la strada della perdizione, si accomodasse, facesse pure. Non toccava a lui redimerlo.

A lui toccava di vigilare sull'ordine e sul rispetto delle leggi.

Prevenire, quando possibile.

Quindi, al fine della prevenzione, il signor Navacchi poteva star tranquillo che dal giorno prima suo figlio Ludovico, insieme con la sua compagnia di balordi, era diventato un osservato speciale. La caserma non ne avrebbe perduta una mossa e, al primo passo falso, avrebbe compreso cosa voleva dire andare a sbattere contro il marmo della legge.

Perché, se ancora il signor Navacchi non se n'era reso

conto, il comportamento del giovanotto era, né più né meno, un comportamento criminale. Che fosse consapevole o meno, poco importava: la legge, andava ricordato, giudicava i fatti e le loro conseguenze.

Per questa volta era andata bene, rischio sfiorato appena per un pelo. Ma il vento non tirava sempre dalla stessa parte. Se ne stesse in campana, quindi, il giovanotto! Lui e tutti i suoi allegri compagnoni ai quali il maresciallo avrebbe fatto avere lo stesso avvertimento.

«Uomo avvisato...» recitò il maresciallo.

Era tutto.

Severino Navacchi dimenticò perfino di salutare, in testa un solo pensiero.

Cosa poteva fare per rimettere in riga il figlio?

C'era un modo per raddrizzargli la testa?

64.

C'era.

«C'è», gli disse la moglie la sera dopo cena, una volta che il marito l'ebbe messa al corrente di ciò che il Maccadò gli aveva rivelato, «e tu lo sai.»

Ma il Navacchi: «I panni sporchi si lavano in casa».

«Pensaci bene Severino.»

«Buonanotte», rispose lui.

65.

Quattro figli magri. Ma che mangiavano come lupi. Per forza, non stavano fermi un momento!

Il maresciallo Maccadò se li guardava, bevendoli, sabato sera, durante la cena. Aveva dedicato loro tutta la giornata, portandoseli in giro, giocando, in modo che la moglie potesse dar corso alle grandi pulizie. Giusto una scappatina in caserma verso sera, per verificare che tutto procedesse per il verso giusto.

E il Malamonica gli aveva raccontato la bella novità.

«Un bel culo eh, maresciallo!»

«Culo?»

«Altroché!» aveva risposto lui.

Tornando a casa aveva fatto un po' di conti: con quei soldi, occhio e croce, si sarebbe garantito un anno di mantenimento di quei quattro che adesso aveva sotto gli occhi, più gli altri due che sarebbero arrivati, perché sua moglie e lui avevano deciso per sei e sei avrebbero dovuto essere.

Ma pioveva sempre sul bagnato: quei soldi, ne era certo, erano finiti in tasca di qualcuno che non ne aveva necessità. Nelle sue comunque no di certo: con lo stipendio che prendeva non potevano permettersi il lusso di sprecare nemmeno un centesimo, figurarsi quello di giocare al lotto!

«Eh, Marè», sbottò alzandosi da tavola per aiutare la moglie a sparecchiare.

Maré, ovvero Maristella Capa in Maccadò, guardò il marito. «Cosa, Né?» chiese.

«L'hai sentita la bella novità?»

Come poteva? Non aveva messo il naso fuori dalla porta per tutta la giornata.

Il maresciallo depose nell'acquaio la pila dei piatti.

«Qualcuno s'è vinto seicento lire al lotto», disse alzando la voce per coprire le urla dei bambini.

Terno secco sulla ruota di Milano.

«1, 2, 23», specificò il maresciallo, «lo sa tutto il paese.»

Poi si zittì di botto.

«Adesso che ci penso», disse poco dopo, «guarda che coincidenza...»

66.

1° febbraio 1923, fondazione della Milizia Volontaria Sicurezza Nazionale.

«Vuoi vedere che a giocare quei numeri e a vincere è stato uno di quelli in camicia nera?» disse il maresciallo Maccadò già a letto, dopo un gigantesco sbadiglio e girandosi su un fianco.

A chi altri poteva venire in mente una data del genere da trasformare in numeri da giocare al lotto!

Ci mancava anche quella, aggiunse. Già gli andavano bene tutte, comandavano, facevano e disfacevano.

«Basta mettersi addosso una camicia nera...»

Bastava una camicia nera e anche l'ultimo degli imbecilli diventava capo di qualcosa, manipolo, centuria...

«Manica di coglioni!»

«Né!» intervenne la moglie.

«Scusa Marè!»

Ma gli giravano...

«Né!»

Niente, gli giravano e basta, al pensiero che anche il lotto fosse dalla loro parte, che le loro date fossero baciate dalla fortuna. Gli giravano al pensiero che per alcuni fosse così facile fare i soldi mentre per tanti altri...

«Prendi noi...»

Mai un risparmio, sempre lì a spaccare il capello in quattro per arrivare alla fine del mese, economie su economie, cappotti rivoltati, in cucina equilibrismi per non sprecare niente, vizi nemmeno a parlarne e meno male che dal paese arrivavano aiuti, olio, vino, salumi e conserve, sennò chissà. E c'era chi poteva permettersi invece di buttare soldi giocando al lotto e pure vinceva...

«Né...» lo interruppe la moglie.

«Che c'è, Marè?»

«Io ho sonno.»

Il maresciallo Maccadò sorrise. Sempre stata così sua moglie, come toccava il letto le calava addosso una piomba di ferro.

«Buonanotte, va'.»

Ma quella volta si addormentò prima lui.

67.

Stelle di mezzanotte.

Col sottofondo del ritmico russare di suo marito.

La signora marescialla le stava guardando, su un cielo che prometteva vento per il giorno dopo.

Ronfavano anche i figlioli, simili a loro padre.

Lei sorrise.

Sapeva che sarebbe andata così, l'aveva sognato. Soprattutto l'aveva voluto.

Quella era la sua felicità, punto e basta. Una famiglia, silenzi rotti dal russare, stelle di mezzanotte.

Con buona pace di un figlio di notaio, Carmine Colaci, che faceva colazione con l'aglio, un figlio di proprietario terriero, Pietrasanta Nicola, che non portava altro che stivali, un figlio di farmacista, Santo Pirica, dalle unghie sempre listate a lutto. In coda c'era stato anche il figlio di un avvocato che veniva dalla città: Citriritti Salvatore, malacico, già gobbo a vent'anni.

Buoni, ottimi partiti. Soldi, proprietà.

«Figlia mia, vai a fare la signora. Pensaci bene prima di dire no!»

Quante volte glielo avevano detto. Sua madre, suo padre, le zie, gli zii, le amiche di madre padre zie e zii.

Lei, Maristella Capa, non aveva mai avuto bisogno di pensarci: sapeva già cosa voleva.

«Un carabiniere?»

Brigadiere, prima di tutto. E poi non un brigadiere qualunque.

Aveva voluto il brigadiere Ernesto Maccadò. E se l'era

preso contro il parere di tutti. Addirittura quasi contro quello dello stesso Ernesto che, sapendo con che razza di concorrenti aveva a che fare, le aveva detto che un giorno o l'altro si sarebbe pentita di quella scelta.

«Cammina, va'», rispondeva lei.

Cammina, va'! Glielo aveva detto anche quella lontana domenica in cui, a casa di lei, davanti a una tavolata di oltre sessanta ospiti tra parenti e amici, avevano ufficialmente celebrato il fidanzamento.

La domenica 1° febbraio 1923.

Altroché l'anniversario di fondazione della milizia!

E glielo aveva ripetuto l'anno dopo, la domenica 23 marzo 1924, quando s'erano finalmente sposati.

La sua vita, la sua felicità erano cominciate quel giorno. Anche le difficoltà, certo, le ristrettezze economiche, soprattutto da quando aveva cominciato a sfornare figli. Ma lei aveva immaginato anche quello ed era sua cura fare in modo che il marito non si accorgesse di nulla, nemmeno dei piccoli aiuti in denaro che, insieme con olio, vino, salumi e conserve, arrivavano ogni tanto da giù.

La signora marescialla sorrise di nuovo alla stellata di mezzanotte anche se ormai si avvicinava l'una.

Ogni stella un figlio, stava pensando. Ancora due, secondo i programmi, dovevano abbandonare la dimora celeste per entrare in casa loro.

Coi soldi vinti con quel terno al lotto, pensò la signora marescialla, avrebbero potuto partire immediatamente per cercare il quinto della serie.

1, 2, 23: dai e dai, quei numeri le avevano portato fortuna.

Si coricò riflettendo che se... forse... se avesse rischiato una quaterna...

Troppa grazia, non bisognava pretendere troppo. Meglio, adesso, intascare quei soldi in silenzio: avrebbero tenuto in asse il bilancio famigliare per un bel po' di tempo.

Si coricò ma non dormì. Adesso doveva pensare a come portarli a casa.

68.

Che potesse farlo lei era da escludere. A meno di confessare al marito quel vezzo segreto, e che tale doveva restare: giocava quasi tutte le settimane al lotto, investendo piccole, piccolissime cifre, gli avanzi degli avanzi.

E poi bisognava andare a Lecco per riscuotere, e ci voleva una scusa, che non c'era.

Intanto, pensò Maristella, l'indomani doveva innanzitutto recuperare dalla Sofistrà la ricevuta della giocata.

Ma la domenica mattina dovette cambiare idea.

Aveva fatto il conto di passare dall'Eufrasia subito dopo la prima messa cui assisteva da sola, lasciando a casa coi bambini il marito che poi, più tardi, li avrebbe accompagnati alla messa grande.

Invece già alle sei i fedelissimi di quel primo ufficio sacro non parlavano d'altro. La perpetua, che solitamente comunicava solo notizie di morti, vedendola arrivare l'aveva immediatamente appellata.

«Sentita la novità?»

«Morto qualcuno?» aveva chiesto lei.

Macché! Una grande vincita al lotto! Terno secco sulla ruota di Milano! La Sofistrà l'aveva annunciato con un cartello esposto nel negozio del fornaio.

«Beato lui», aveva commentato la marescialla con voce strozzata.

«O lei», aveva chiosato la perpetua.

E alla Maristella era venuto un groppo allo stomaco. Intuiva che la faccenda cominciava a diventare scabrosa.

Scabrosissima, addirittura, quando, finita la messa, le

si era attaccata al braccio tal Veneranda Vitali, sarta, che l'aveva accompagnata per un pezzo di strada e s'era fermata proprio davanti al fornaio.

«Si sa chi è?» gli aveva chiesto.

Ancora no, era stata la risposta del fornaio. Ma bastava avere pazienza, da lì, prima o poi, doveva passare.

«Beato lui», aveva commentato la Veneranda sganciandosi finalmente dal braccio della marescialla.

«O lei», aveva commentato Maristella a denti stretti.

Era stato mentre camminava controvento verso casa che le era venuta l'idea.

E pazienza se avrebbe dovuto mentire.

69.

Mentì, lunedì mattina, senza problemi. Tanto era figlia unica, non avrebbe menato gramo.

Pure lei, disse, aveva una sorella morta da tempo che ogni tanto, dall'aldilà, l'andava a trovare in sogno per darle consigli e suggerimenti sugli argomenti più vari.

Dilenia Settembrelli non mostrò, alla rivelazione, il minimo stupore.

«Meno male», pensò tra sé Maristella Maccadò: delle stranezze della moglie del podestà sapeva ciò che, in gran segreto, le aveva rivelato suo marito, al quale il podestà Bonaccorsi aveva dovuto confessarsi per giustificarne certi atteggiamenti, come era accaduto in occasione della storia della mano nera.

Suo marito il maresciallo, però, aggiunse, non ne voleva sentir parlare.

«Uh!» fece la Settembrelli imporporandosi un poco. «Sapeste il mio!»

Per anni era andato avanti a negare l'evidenza!

Alla fine però aveva dovuto arrendersi.

«Il mio invece no», proclamò Maristella.

Carabiniere, disse, e calabrese: testa dura, credeva solo a ciò che vedeva. Dei sogni, e di ciò che sua sorella le mandava a dire, si faceva un baffo e ci rideva sopra.

«Ho sopportato sino a ora», sospirò la marescialla.

Adesso, però, si trovava in una situazione tale che le serviva un aiuto senza il quale non avrebbe saputo come cavarsela.

«E ho pensato di rivolgermi a voi perché condividete

la mia stessa situazione e non troverete niente di strano in ciò che sto per dirvi.»

Cioè, che sua sorella...

«Come fa di nome?» interloquì la Settembrelli.

«Aquilina», inventò sui due piedi la marescialla.

Che sua sorella Aquilina, riprese, conoscendo perfettamente le necessità di una famiglia di ben sei persone, le aveva mandato dall'aldilà tre numeri da giocare al lotto grazie ai quali aveva realizzato la notevole vincita di cui il paese tutto parlava.

Seicento lire, mica uno scherzo! Seicento lire che non aspettavano altro che di essere ritirate, cosa che lei non poteva fare di persona per non incorrere nell'ira del maresciallo, il quale dapprima l'avrebbe rimproverata di sprecare soldi a quel gioco e in secondo luogo non avrebbe mai creduto che fossero frutto di un avveduto consiglio giunto dal regno dei morti.

«Come possiamo fare?» chiese la Settembrelli.

La marescialla finse di pensarci su. Ma una mezza idea, anzi un'idea tutta intera, l'aveva già.

71.

I

Era successo che il piano della signora Maccadò era naufragato proprio nel momento in cui stava per entrare in porto.

L'Eufrasia Sofistrà in persona, su richiesta della Settembrelli e secondo quanto le aveva suggerito la marescialla, il sabato successivo alla fortunata vincita, quand'era ritornata a Lecco per le nuove giocate, aveva ritirato il denaro. Nessuna obiezione: se non che, fidandosi poco di tenere una tale somma in quella sua specie di casa che era più simile a una piazza dove chiunque poteva permettersi di entrare, avrebbe gradito che qualcuno andasse immediatamente a ritirare il malloppo.

Dilenia aveva incaricato del ritiro la servotta di casa, Fratina Mazzoli. Non le aveva dato spiegazioni: solo che, non appena ritirata la busta, avrebbe dovuto portargliela e preferibilmente prima che facesse notte.

Sabato sera la Mazzoli non s'era fatta viva. La Settembrelli aveva cominciato a nutrire qualche preoccupazione e a contare le ore che la separavano dal momento in cui, la mattina seguente, subito dopo la messa prima, la Maccadò sarebbe passata a ritirare i soldi.

Verso mezzanotte la Mazzoli aveva suonato al campanello di casa Bonaccorsi.

Piangente, un fazzoletto tra le mani che strizzava come se fosse un panno.

Aveva raccontato che mentre usciva dalla casa della

Sofistrà era andata a sbattere contro il figlio della loro padrona di casa, la Sperati. Brava donna, lei. Una peste invece lui, quell'Evaristo che passava a ritirare gli affitti. E da lei, in genere, quando sapeva di trovarla in casa sola, così che era tutto un traffico per tenersi fuori dalla portata delle sue mani lunghe.

Gli aveva proprio sbattuto contro, in contrada. E la busta coi soldi era caduta per terra.

Lui, facendo il galante, l'aveva raccolta, ne aveva visto il contenuto...

«Mi dispiace, signora», aveva piagnucolato la Mazzoli.

Ma erano in arretrato di sei mesi!

«Si è tenuti i soldi a titolo di saldo e quale anticipo sugli affitti futuri!» aveva esclamato inorridendo la Settembrelli.

«Proprio così», aveva confermato la Mazzoli. «A meno che...»

«Ho capito, ho capito», aveva concluso la moglie del podestà.

II

«Ho capito», aveva detto pure la signora marescialla. Non era più tempo di fare l'omertosa.

Seicento lire, oh! Scherziamo!?

Era partita al volo e volando le era sembrato di rifare la strada verso casa.

Suo marito dormiva, l'aveva svegliato.

«Né, ti devo dire una cosa.»

In cucina, per non turbare il sonno della truppa.

«Fa' conto di non conoscermi», gli aveva detto, «e di essere in caserma. Come se venissi a denunciarti una cosa.»

Il Maccadò aveva contratto la fronte, piegato il capo, non capiva una mazza.

«Marè», aveva chiesto, «cos'è successo, perché dovrei fingere di essere in caserma?»

Perché, aveva spiegato lei, una volta che fosse stato al corrente del fatto doveva comportarsi come un maresciallo dei carabinieri e non come un marito incazzato.

Il Maccadò aveva stretto i pugni: gesto da caserma, li mostrava sempre ai reticenti.

«Marè...»

«Ascolta, Né», aveva rotto gli indugi lei, «qui ci sono in ballo seicento lire.»

Dopodiché aveva aperto il libro.

Per fortuna, una volta esaurita la confessione della moglie, i bambini avevano cominciato a svegliarsi e a invadere la cucina. Uno dopo l'altro, a distanza di una decina di minuti. Il maresciallo aveva tritato catene per un'ora buona, il tempo di lavarli, dar loro la colazione, vestirli. Poi, alle nove, aveva deciso di entrare in azione.

Divisa, niente pistola su richiesta della moglie.

«Adesso», aveva detto sulla porta di casa, «a questo coglione le faccio passare io le fregole!»

Era scuro in viso, sembrava un temporale in arrivo. Maristella l'aveva pregato di non fare spropositi. Lui non l'aveva manco sentita.

«Poi, sistemata questa faccenda», aveva detto, «parliamo anche di questa mania di giocare al lotto.»

Ed era partito alla volta della casa di Evaristo Sperati.

III

Ma il Risto non c'era.

Era «appeeeena appena» uscito di casa per andare a prendere il battello, diretto a Bellagio. Aveva là, era stato informato dalla madre del giovanotto, spaventosamente incipriata e ridondante di pizzi, una morosetta che andava a trovare tutte le domeniche.

«Io glielo ripeto di sposarsi, mettere su famiglia», aveva cinguettato la donna.

Ma lui non voleva lasciare sola la sua mamma!

«Buonanotte!» aveva commentato il maresciallo partendo a passo di carica verso l'imbarcadero, arrivando giusto in tempo per vedere il battello che si era da poco staccato dal molo.

«È quello per Bellagio?» aveva chiesto al battellotto indicandolo.

«No, signor maresciallo», era stata la risposta. Andava a Menaggio e poi in su, verso Colico.

E: «Sì», aveva ammesso il battellotto subito dopo. Lo Sperati era su quel battello.

Ma: «No», non l'aveva mai visto prendere quel battello la domenica prima di allora.

Bugie a destra e a sinistra, di sopra e di sotto! Altro che morosetta a Bellagio, chissà cosa diavolo aveva in ballo! Se avesse avuto per le mani la pistola, il maresciallo avrebbe sparato al battello. S'era girato verso la montagna per riflettere sul da farsi.

Poi la drogheria del fu Bartolomeo Navacchi e figlio Severino aperta, come da tradizione, anche la domenica mattina, era comparsa sotto i suoi occhi. L'aveva puntata come se nel centro della sclera non avesse pupille ma due mirini.

72.

Due mirini che incrociarono la linea di tiro sulla fronte di Cucco Navacchi.

Spettinato e in pigiama il giovane. Dietro di lui la madre che era scesa in drogheria per vedere cos'avesse da gridare suo marito.

Spettinato pure il maresciallo. Alla donna sembrò l'Amedeo Nazzari in certe parti da cattivo.

«Se entro questa sera...» esordì il Maccadò.

Entrò un cliente. Il maresciallo non batté ciglio. Il Navacchi senior non avrebbe potuto impallidire di più. Sua moglie si portò una mano alla bocca.

«Quei soldi...» dettò il maresciallo.

Il cliente sgranò gli occhi, girò i tacchi, uscì.

Dlin, dlin, fece il campanello sulla porta della drogheria.

«Se entro questa sera quei soldi non sono sul tavolo di casa mia, guai a voi!»

Severino Navacchi cominciò ad annaspare. Cucco trovò un po' di fiato.

«Quali soldi?» la voce un filo d'erba.

Il Maccadò, sordo.

«Dillo al tuo degno compare Evaristo.»

La signora Navacchi si portò entrambe le mani aperte sul viso.

«Ma...» tentò di intervenire.

I due mirini del maresciallo si spostarono su di lei.

«Entro questa sera.»

E, dlin dlin, fece ancora il campanello sulla porta.

73.

«La soluzione c'è», disse la signora Navacchi.

Era quasi mezzanotte e Filzina finalmente dormiva. Non era stato semplice preservarla da quel nuovo scandalo. Per fortuna quando il maresciallo era entrato in drogheria scatenando quel can can la ragazza era alla messa. A pranzo marito e moglie avevano affettato la normalità delle solite domeniche: ma tra il Maccadò prima e, subito dopo, il Cucco che aveva continuato a dire di non sapere un accidente di quei soldi, lo stomaco di entrambi aveva chiuso le valvole. Solo Ludovico aveva mangiato gagliardamente, per la maggior stizza dei suoi. Alle tre Filzina era andata ai vesperi. L'interrogatorio era ripreso, stesso copione.

Ci voleva un intervento d'autorità, aveva pensato Severino Navacchi.

«Allora!» aveva gridato come se avesse preso una decisione.

Da quel momento in avanti si faceva come diceva lui: in primis, Cucco sarebbe andato subito a cercare il suo degno compare e avrebbe sistemato la questione.

«Ma io...» aveva articolato Ludovico.

«Io», s'era impennato Severino, «non voglio nemmeno sapere cosa avete combinato, né quando, né come, coi soldi di un maresciallo dei carabinieri!»

La Navacchi aveva singultato, ripensando alla faccia scura del Maccadò, cercando ancora di tirarsi in mente in quale film, *Ginevra degli Almieri* forse?, il Nazzari gli assomigliasse così tanto.

«Poi, una volta sistemata la faccenda, a casa immediatamente perché dobbiamo parlare!» Un eufemismo, quell'immediatamente.

Cucco era uscito poco prima delle quattro e non era rientrato ancora quando, Filzina dormiente, la signora Navacchi aveva ribadito che la soluzione c'era.

«C'è.»

Il pallino adesso era nelle sue mani.

Vedeva bene il marito che non c'era modo di raddrizzare quel figlio tenendolo nell'ambiente del paese. C'era il rischio che peggiorasse, che diventasse chissà cosa, combinasse chissà che. Voleva correre un rischio del genere?

No, vero?

E allora, che le desse retta.

Cucco rientrò che era quasi l'una. Aveva il sorriso sulle labbra. Avrebbe voluto raccontare come il Risto, saputo che quei soldi erano del maresciallo, fosse partito al volo nonostante l'orario. Ma suo padre, in papalina e pigiama, lo convocò in cucina.

«Dobbiamo dirti una cosa», disse sedendo e chiudendo gli occhi come se la debole luce della lampadina lo ferisse.

In realtà era perché non lo poteva vedere.

74.

Per dire la verità non l'aveva mai visto, perché Gualtiero Cesaretti, romano, orafo con laboratorio di proprietà in largo Santo Spirito e una clientela di alto livello tra cui alcuni prelati vaticani, a Bellano non era mai salito.

Al solo sentirne il nome, però, a Severino Navacchi veniva fastidio.

L'unica che ne conoscesse le fattezze era la signora Vittoria, che poteva vantare una ormai lontana gioventù passata sotto il sole di Roma: era nata là, per poi approdare sulle rive del lago di Como nel 1909, al seguito del padre, funzionario di pretura del Regio governo.

Il Cesaretti era stato l'incubo di Severino Navacchi: aveva sospettato, negli anni in cui aveva conosciuto e poi corteggiato l'attuale moglie, che i due fossero stati morosi e che, nonostante la lontananza, il romano esercitasse ancora sulla donna un certo fascino, anche se la signora Vittoria aveva sempre negato decisamente.

Il sospetto non l'aveva mai abbandonato. Anche adesso tornava a visitarlo. E quando succedeva che marito e moglie capitassero sull'argomento, il Navacchi senior era ancora capace di arrabbiarsi come ai tempi d'oro.

Motivi di gelosia la donna non gliene aveva mai offerti, tranne uno: le lettere che il Cesaretti non aveva smesso di scriverle. A cadenza settimanale i primi anni, e poi sempre più diluite nel tempo. Lettere che la signora Vittoria, per un suo vezzo, leggeva in solitudine, strappava e poi bruciava senza mettere alcuno a parte del contenuto.

Quando il Navacchi, già sposato, trovava frammista alla posta una lettera del Cesaretti, che riconosceva grazie all'arzigogolata grafia, gli veniva mal di pancia. Cos'aveva da scrivere, cosa voleva ancora quel bellimbusto romano?

La signora Vittoria rispondeva sempre con un mezzo sorriso, dicendo che la teneva aggiornata sulla vita della capitale e sulla sua propria.

Il Cesaretti scriveva alla sua amica di antica data della propria attività, raccontandole come, col passare degli anni, la sua abilità fosse andata crescendo e gli avesse procurato vasta fama quale orafo. Si dispiaceva di non avere moglie e quindi figli cui tramandare l'arte e proprio sei mesi prima, dopo averle narrato come fossero falliti due tentativi di avviare a quel lavoro altrettanti apprendisti, le aveva scritto di aver preso la decisione di non cercarne altri: la sua attività sarebbe morta con lui.

La signora Vittoria, come suo solito, aveva bruciato la lettera. Ma subito dopo la faccenda della mano nera l'idea le era brillata in mente. S'era rafforzata dopo la storia dei piccioni e, dopo quest'ultima inspiegabile gabola dove c'erano di mezzo soldi e ancora il maresciallo dei carabinieri, ora si imponeva come l'unica via di salvezza: mandare Ludovico a Roma per imparare un mestiere signorile e redditizio e nel contempo allontanarlo da un ambiente dove avrebbe rischiato di perdersi definitivamente.

Beninteso se il Gualtiero avesse accettato, poiché ancora non ne sapeva niente.

Anche suo marito aveva finalmente compreso che non era più tempo di risposte gonfie d'orgoglio.

Severino Navacchi parlò a occhi chiusi interrompendosi solo quando dovette pronunciare il nome dell'orafo, sussurrato dalla moglie che stava in piedi dietro di lui.

Non faceva apposta, ma di pronunciarlo proprio non gli riusciva.

SECONDA PARTE

1.

Carmine, Nicola, Salvatore, Rocco. Il maresciallo Maccadò stava pensando.

Ernesto, o Ernestina nel caso che fosse nata femmina, era lì che aspettava. Ma era destinato all'ultimo - o ultima - che avrebbe chiuso il cerchio.

Adesso bisognava trovare il nome per il quinto, o la quinta, che sarebbe nato ai primi di novembre.

Carmine, Nicola, Salvatore, Rocco.

«Forse...» mormorò tra sé il maresciallo, impalato davanti alla finestra, le mani dietro la schiena, lo sguardo un po' alla montagna e un po' al lago.

Magnifici entrambi, niente da dire. La montagna nel suo abito autunnale. Sorrise a quell'espressione, un ricordo delle scuole. Eppure non gli riusciva di definire altrimenti lo spettacolo che aveva sotto gli occhi. Era come l'eleganza di certi anziani pur se preludeva all'inverno.

E il lago.

«Placido», e sorrise.

Finché, naturalmente, non fosse arrivato uno di quei malefici venti che duravano giorno e notte anche per una settimana. Come il giorno in cui era sbarcato in quel posto, 17 febbraio 1927.

Vai, su, gli avevano detto, ti fai un po' le ossa, posto tranquillo, clima temperato!

Era arrivato, in treno, nelle prime ore di un pomeriggio da tregenda: un vento gelido stava suonando tutta un'orchestra di violini, neve sulle montagne, il lungolago una lastra di ghiaccio. Sua moglie, che era cresciuta come un pomodoro al sole e all'aria mite, non era riuscita a spiccicare una parola davanti a quel panorama in agitazione. Aveva aperto bocca solo la mattina seguente. Per dire: «Né, io qui ci muoio!» dopo una notte passata ad ascoltare rumori di persiane sbattute e di onde che sembravano rompersi contro il molo.

Lui l'aveva rassicurata: «Ma va', vedrai!».

Tuttavia era sceso in caserma con un groppo alla gola. Poi, verso mezzogiorno, quando era stato lì lì per salire di sopra e vedere come aveva passato la mattina sua moglie, dal municipio aveva ricevuto una bella telefonata: c'era un cadavere nella sala del consiglio, il corpo di uno che s'era fatto passare per vice ispettore e che era schiattato con la faccia sul registro delle delibere di giunta.

Alla faccia del posto tranquillo e del clima temperato!

Eppure s'erano adattati. Da allora erano passati dieci anni, avevano messo al mondo quattro figli tutti cresciuti all'interno di quel nido, di quel paesaggio: di quel lago e di quelle montagne che, in quel momento, erano un elogio della perfezione.

Quindi, stava pensando il Maccadò, dopo Rocco, Carmine, Salvatore e Nicola, saldato il debito con padri e madri di giù, valeva forse la pena, per il quinto, o la quinta, trovare un altro nome, uno di quelli che usavano lì, Antonio, Giuseppe, Paolo...

Il carabiniere Bottasana, bussando discretamente, interruppe le sua riflessioni: «Se non disturbo...».

«Tu come ti chiami?» chiese il maresciallo.

«Io?» fece il carabiniere. «Carlo, ma...»

Anche Carlo non era male, rifletté il Maccadò. E: «Cosa c'è?» chiese subito dopo.

Il Bottasana voleva verificare con lui l'elenco. Il maresciallo approvò.

«Vieni», disse.

Di lì a due giorni c'erano le celebrazioni per l'anniversario della marcia su Roma. E qualcuno non avrebbe potuto, e dovuto, prendervi parte.

«Allora...» sospirò il Bottasana.

Ravaneti Oreste, socialista.

«Questo si presenta sempre spontaneamente», aggiunse il carabiniere.

Se ne faceva un vanto, anzi, e stava tutto il giorno in cella col fazzoletto rosso al collo.

«Avanti», lo invitò il maresciallo.

Derotti Alfredo, agnostico.

«Da prelevare prima che si ubriachi dopodiché diventa molesto e comincia a insultare sua Maestà.»

Invinati Primino.

«Segnalato dal segretario Negri secondo il quale avrebbe contatti con gruppi anarchici ospitati in Svizzera.»

«Se lo dice lui», commentò il Maccadò.

Girabotti Melchiorre.

«Questo l'ho inserito perché mi ricordo che voi maresciallo una volta avete detto che conveniva proteggerlo da sé stesso», disse il Bottasana.

«E hai fatto bene», approvò il maresciallo.

Però il direttore delle Regie Poste Girabotti Melchiorre sarebbe andato lui in persona a prelevarlo a casa, la mattina del 28 ottobre, e l'avrebbe tenuto con sé per tutta la giornata senza chiuderlo, come da ordine di servizio, in cella con gli altri.

Non che il maresciallo si sentisse in colpa per la sorte che era toccata al figlio del Girabotti. Gli faceva pena, piuttosto. Pativa insieme con lui le stesse disillusioni che l'avevano fatto finire, secondo un'espressione usata dal segretario Negri, nella lista di «color che son sospesi» e che dovevano stare attenti a come si muovevano, cosa che il direttore non faceva assolutamente da un po', esattamente dalla mattina del 15 febbraio di quell'anno.

2.

La mattina del 15 febbraio 1937, e dopo quattro mesi di silenzio, il Girabotti aveva finalmente ricevuto la prima lettera – una cartolina postale, anzi – da parte di suo figlio. Era stata cura dell'impiegata Mezzaluna portargliela immediatamente, sapeva che il principale l'aspettava come manna dal cielo.

Consegnandogliela, la donna aveva scherzato: «Notizie da Malaga».

Il Girabotti l'aveva guardata male.

«E a me cosa importa?» aveva chiesto.

«Leggete, leggete!» aveva ribattuto quella. «C'è di che essere orgogliosi!»

Ma di cosa?

Ma come, di cosa?

Del fatto che la camicia nera Giovanni Battista Girabotti si trovava, come scritto, in terra di Spagna. Aveva partecipato, assieme con i camerati del secondo reggimento d'assalto della divisione Littorio, alla conquista di Malaga ed era fiero di combattere accanto ai legionari franchisti al fine di far trionfare la pace romana anche in quelle terre.

Accontentandosi del riassunto che gli aveva fatto l'impiegata, senza nemmeno dare un'occhiata alla cartolina postale, il Girabotti aveva esclamato: «Ma in Spagna c'è la guerra!».

«Non lo sapevate?» aveva ribattuto la Mezzaluna.

Certo che lo sapeva. Ma suo figlio doveva essere in Africa non in Spagna!

«Che cazzo!»

Che cazzo l'aveva sparato sotto il muso del segretario Negri, circa dieci minuti dopo aver lasciato l'ufficio delle Regie Poste.

«Calma», aveva risposto il segretario.

«Calma un cazzo!» aveva risposto il Girabotti.

«Vi ricordo che siete un seniore della milizia», aveva rilanciato il Negri.

«Ma che milizia e milizia dei miei coglioni!» era stata la reazione del direttore.

La milizia poteva andare a quel paese! Lui voleva sapere cosa ci faceva suo figlio in Spagna quando invece doveva essere in Africa!

«Ve l'ha scritto!» aveva suggerito il segretario. «Combatte a fianco...»

Il Girabotti non l'aveva lasciato finire.

Che non lo facesse ridere: a suo figlio non era mai fregato niente della pace romana e di tutte le altre fregnacce che aveva scritto nella cartolina postale.

«Vi pregherei...» aveva tentato di interloquire il Negri.

«Vi pregherei io di non rompermi i coglioni!»

Fregnacce belle e buone, aveva ripreso: che era pronto a scommettere fossero state scritte sotto dettatura.

«Seniore...»

«Basta con questa ridicolaggine! Esigo di sapere come mai mio figlio si trova in Spagna!»

Il segretario Negri aveva allargato le braccia. Sui due piedi non sapeva cosa rispondere. Che gli desse un po' di tempo, avrebbe indagato.

L'aveva fatto, interpellando la segreteria provinciale da cui aveva appreso che Girabotti Giovanni Battista era stato arruolato nella divisione Littorio quale volontario, come da dichiarazione firmata.

«Volontario, lui?» era sbottato il direttore all'apprendere la notizia. E per un posto dove c'era una guerra? «Impossibile», aveva affermato.

Eppure, aveva ribattuto il Negri, c'era una dichiarazione firmata.

«So bene come si ottengono queste dichiarazioni, non sono nato ieri. Il generale Roatta aveva bisogno di tremila soldati da portare in Spagna e in un modo o nell'altro li ha trovati.»

«Andiamoci piano...» aveva ammonito il Negri.

«Piano? Ma vi rendete conto che stiamo parlando di mio figlio?»

«Una camicia nera...»

«Idiozie!»

«Seniore...»

«Vi ho detto di non chiamarmi più così!»

Con stizza il Girabotti aveva estratto dal portafoglio la tessera del partito e l'aveva gettata addosso al segretario.

«Vi rendete conto, spero...» aveva cercato di dire il Negri.

«Mi rendo conto di tante cose», l'aveva zittito il direttore.

Nei giorni a seguire il Girabotti aveva fatto partire lettere in cui chiedeva conto della situazione del figlio: proditoriamente inviato in Spagna, a suo dire, ed esigendo un pronto richiamo in patria. Non aveva ricevuto alcuna risposta, sebbene non avesse tralasciato di scrivere a nessuno, da Mussolini in giù: fin al segretario Negri aveva mandato, per conoscenza, copia della lettera.

Era toccato al podestà Bonaccorsi, verso i primi di aprile, trasmettere al Girabotti una drammatica notizia: suo figlio, secondo quanto gli aveva comunicato la prefettura, risultava disperso dopo la disastrosa battaglia di Guadalajara.

«Non avete nemmeno il coraggio di dirmi a chiare lettere che mio figlio è morto!» aveva gridato il Girabotti in faccia al segretario.

Ma: «Non è morto», aveva detto tre, quattro sere dopo Dilenia Settembrelli al marito.

Il podestà Bonaccorsi s'era messo le mani nei capelli: da molti mesi, infatti, sua moglie non se ne usciva più con quelle stravaganze e lui s'era illuso che la donna fosse finalmente rinsavita.

A quella sortita s'era sentito di nuovo sprofondare nell'inquietudine.

«Ma cosa dici, via...» aveva cercato di cambiare discorso.

«Non io», aveva comunicato Dilenia, «ma Eufrasia.»

La Sofistrà. Che ricordava perfettamente la mano del giovanotto e non solo per i calli che gliel'avevano fatta riconoscere.

«Una linea della vita lunga, e fortunata. Non può essere morto», aveva garantito a Dilenia.

Bisognava quindi che qualcuno lo dicesse a suo padre, che nel frattempo aveva cominciato a marcare male. Sul lavoro aveva imposto agli impiegati di apporre l'annullo sui francobolli recanti l'effigie del Re con violenti colpi di timbro, come cazzotti mollati direttamente al volto di sua Maestà. Fuori non perdeva occasione per dileggiare il capo del governo e i suoi tirapiedi. Il segretario Negri l'aveva richiamato per iscritto ben due volte, a maggio e a giugno, ottenendo sempre la stessa risposta: «Me ne frego!». Quindi s'era rivolto direttamente al podestà: che vedesse se gli riusciva di far ragionare quell'uomo, tollerare ancora le sue intemperanze diventava sempre più difficile.

Bel problema, s'era detto il Bonaccorsi. E per vedere quello che poteva fare, una sera l'aveva invitato a cena a casa sua.

Chiacchierando del più e del meno l'aveva portato pian piano sull'argomento.

Si rendeva conto, aveva chiesto, di quello che stava rischiando? «Il posto di lavoro.»

«Me ne sbatto», era stata la risposta del direttore.

«L'espulsione dal Partito.»

Come sopra.

Un'incriminazione per disfattismo.
«Frega niente.»
Il confino!
«Mi importa meno di un cazzo!» aveva gridato il Girabotti.
L'unica cosa di cui gli importava era suo figlio che era stato mandato in Spagna con l'inganno.
«E per morirci!» aveva concluso.
Dilenia Settembrelli, che sino a quel momento aveva seguito il discorso senza far parola, a quel punto era sbottata in un gridolino.
«Ma non è morto!» s'era lasciata scappare.
Il Girabotti s'era paralizzato: conosceva, per fama, le stranezze della donna. Però non era disposto a subirle, soprattutto in quel momento.
«Che cazzo dice questa qua?» aveva balbettato con voce ringhiosa.
La Settembrelli, come se non l'avesse sentito: «Nessuno ancora ve l'ha detto?».
Il podestà s'era coperto il viso con una mano, disperato.
Un quarto d'ora più tardi il direttore era già in casa della Sofistrà.

3.

Un occhio rivolto alla folla che s'era radunata sotto il balcone del palazzo municipale ad ascoltare il discorso del podestà, una massa nera e compatta da cui ogni tanto si levavano braccia tese nel saluto.

L'altro occhio era invece rivolto alla finestra della cucina di casa sua: dalla finestra del suo ufficio il maresciallo Maccadò teneva sotto controllo entrambe le situazioni.

Il dottore non aveva detto niente di preciso, non s'era sbilanciato, ma aveva lasciato intendere che quel figlio, o figlia, avrebbe anche potuto decidere di anticipare la sua venuta al mondo.

Il Maccadò anche quella mattina era uscito di casa ribadendo a sua moglie l'ordine: per qualunque necessità avrebbe dovuto andare alla finestra della cucina e agitare uno straccio. Lui, alla vista di quel segnale, sarebbe scattato all'istante.

Nel frattempo era tutto tranquillo, la finestra disabitata. Le undici del mattino: la giornata era ancora lunga. Lunga, e noiosa, nonostante la presenza del Girabotti nel suo ufficio. Anzi, proprio per quello lo sarebbe stata ancora di più. Avesse avuto la possibilità di chiacchierare un po', al maresciallo il tempo lungo di quella giornata sarebbe pesato di meno. Ma con il direttore delle Regie Poste questa possibilità non c'era più da quando l'Eufrasia Sofistrà gli aveva ribadito che suo figlio era vivo e che, soprattutto, prima o poi gli avrebbe mandato un segnale.

«Un segnale?» era sbottato lui.

E quando?

Sul quando la Sofistrà era stata misteriosa: «Prima o poi».

La previsione della Sofistrà era diventata l'unico pensiero del Girabotti. Aveva voluto metterci del suo, nel tentativo di forzare la mano al destino: quindi era salito al santuario della Madonna di Lezzeno e, inginocchiato sul pavimento del corridoio centrale, aveva fatto solenne voto di non aprire più bocca sino a quando non gli fosse giunto il tanto sospirato segnale. In casa e sul lavoro aveva cominciato a comunicare con bigliettini, salutava con cenni del capo, e quando non poteva scrivere rispondeva aiutandosi con gesti e ammiccamenti. In genere, però, cercava di evitare contatti e se ne stava per conto proprio. Anche per quella ragione il maresciallo Maccadò aveva voluto tenerlo nel proprio ufficio: in cella con gli altri non avrebbe potuto starsene così tranquillo. Talmente tranquillo che verso le quattro del pomeriggio il Girabotti si addormentò sulla sedia dando alla giornata, con il suo cauto ronfare, un esiziale tocco di noia senza fine.

Alle otto di sera quando, secondo le disposizioni, i soggetti trattenuti vennero rimandati alle proprie case, il maresciallo svegliò il suo ospite.

«È finita», disse solamente.

Era finita una giornata lunga, vuota, senza segnali per alcuno dei due.

Ma se per lui, ragionò il maresciallo, era solo questione di giorni, per il Girabotti il momento tanto atteso sarebbe mai arrivato?

4.

Anziché anticipare, il quinto figlio del Maccadò nacque con qualche giorno di ritardo sul termine previsto, 17 novembre.

«Un trasporto di qualche giorno può essere normale», aveva assicurato il dottore.

Il maresciallo s'era tranquillizzato e, riguardo al nome da dare al nascituro, ne assegnò uno a ciascun giorno, passato quello del termine. Fosse nato il 18 si sarebbe chiamato Paolo, poi Andrea, Mario, Cesare e via così, sino a quello in cui nacque e che corrispondeva ad Antonio.

Nacque podalico e la levatrice dovette sudare le sette camice del proverbio, e femmina.

«Antonia, Antonietta, Antonella?» mormorò il maresciallo rivolto alla levatrice.

«Macché!» fece quella in risposta.

Felicita: l'aveva deciso la signora. Come la nonna.

Il maresciallo abbozzò. Trattandosi di femmina gli sembrò giusto che a scegliere fosse la moglie. In ogni caso non sarebbe riuscito a far recedere la donna da quella decisione.

Meglio guardare al futuro, pensò, adesso toccava all'Ernesto.

Fece due conti, dicembre, gennaio, la quarantena... Sì, in febbraio, marzo al massimo... in febbraio, marzo al più tardi avrebbero potuto cominciare a pensare di mettere in cantiere il sesto e ultimo della serie, l'Ernesto o l'Ernestina che avrebbe chiuso il cerchio in modo da poter archiviare la pratica figli entro il 1938.

5.

Ludovico Navacchi arrivò alla stazione di Bellano in una tersa mattina di metà dicembre 1938. Mancava da casa da ormai undici mesi. Ma tornava giusto per passare in famiglia le festività natalizie. Trascorsi Natale, San Silvestro e l'Epifania, festa particolarmente sentita in paese, avrebbe ripreso il treno e sarebbe rientrato a Roma, dove ormai sentiva di aver messo radici.

«Roma o morte», aveva commentato un anno prima, proprio in quel periodo, quando suo padre e sua madre non gli avevano lasciato alternative: se avesse rifiutato quell'occasione per mettere la testa a posto l'avrebbero cacciato fuori di casa.

Aveva scherzato, ma aveva accettato di buon grado.

Di fronte a ciò che il maresciallo Maccadò pensava di lui e che suo padre gli aveva riferito, tutta la sua sicurezza era svanita. Si era sentito solo come un orfano. Non aveva voluto dare soddisfazione alcuna ai genitori, aveva finto indifferenza e sparato una battuta idiota sull'amaro calice che gli toccava bere. Ma era partito al volo, ben felice di mettere tutti quei chilometri tra sé e l'occhio vigile del carabiniere.

Inoltre, aveva pensato, chissà nell'Urbe quante occasioni avrebbe avuto per darsi alla bella vita.

Dopo un mese di permanenza presso il Gualtiero Cesaretti, che lo teneva anche a pensione, l'illusione era svanita, sciolta come neve al sole.

«Ora et labora», aveva cominciato a mormorare ogni volta che vedeva l'orafo.

Che un po' bacchettone lo era davvero: ma bacchettone illuminato, colto e simpatico. E che aveva cominciato a lavorare attorno al carattere di quel giovane scapestrato con la stessa pazienza con cui scolpiva i suoi gioielli dopo averli disegnati.

Il Cesaretti aveva subito stabilito con lui patti chiari.

Visto che il giovanotto era completamente digiuno dell'arte orafa, aveva detto, bisognava che si applicasse quotidianamente, con spirito di sacrificio, onde apprendere con rapidità: tenendo ben presente, anche, che quello era l'ultimo tentativo che faceva di allevare un apprendista, un omaggio dovuto all'antica amicizia che lo legava alla madre di lui.

Amicizia che non avrebbe minimamente influenzato il suo giudizio sul comportamento del giovanotto, la valutazione del grado di apprendimento.

In poche parole, se Cucco avesse battuto la fiacca il Cesaretti non ci avrebbe pensato due volte e l'avrebbe rispedito al mittente. Dopodiché sarebbero stati fatti suoi.

Ludovico aveva compreso perfettamente, mica era stupido.

E poi, un giorno dopo l'altro...

Piano piano dentro di lui aveva cominciato a sentir nascere un'emozione, una sensazione. Aveva cominciato a sentirsi lontanissimo dal paese, una distanza che era andata aumentando man mano che il tempo passava.

Piccolo, il paese.

Schiacciato come una frittella dall'imponenza della capitale che il Cesaretti gli aveva permesso di conoscere una fetta alla volta, la sera dopo il lavoro o la domenica, se non c'era straordinario da fare.

Piazza Navona, il Pantheon, fontana di Trevi, il Colosseo, San Pietro, i sette colli!

Cucco era ancora frastornato per l'imponenza della scenografia allestita a Cinecittà in occasione della posa della prima pietra per l'edificazione della nuova sede dell'Istituto Luce. Aveva assistito personalmente alla cerimonia, il 10 novembre: il Cesaretti, al pari di lui fanatico del cinema, gli aveva dato una mezza giornata di permesso. E pochi giorni prima di partire aveva acquistato una grande guida di Roma, zeppa di fotografie, con la quale sperava di poter rendere l'idea dell'enorme - «Enorme!» - differenza che aveva toccato, da qualche mese, con mano.

Della grandezza di cui ora si nutriva. A confronto della piccolezza che l'aveva, sino a qualche mese prima, alimentato.

Piccolo, piccolissimo il paese, quindi. E piccole, addirittura insignificanti, le persone che aveva sempre considerato amiche e le cose che insieme con loro aveva combinato.

«Tutto ha un significato», amava dire il Cesaretti, «un senso.»

Ed era vero, era stato costretto ad ammettere Ludovico, se persino le bravate che aveva alle spalle avevano avuto lo scopo di condurlo lì, a Roma: quello che all'inizio era sembrato un castigo era, adesso, il migliore dei regali.

«Un regalo vero e proprio», ragionò Cucco mentre scendeva dal treno. Un regalo grazie al quale aveva compreso la vastità del mondo e compiuto passi fondamentali non solo nell'arte orafa, ma anche nell'esegesi della vita. E mai, mai più, adesso, sarebbe ritornato al paese.

Al punto che quel doveroso rientro per trascorrere con i suoi le festività natalizie gli dava un po' di fastidio, lo avvertiva quasi come un peso.

Ci avrebbe rinunciato, insomma, se il Cesaretti, ormai assurto a ruolo di maestro di vita, non avesse insistito sino a convincerlo che quello era suo preciso dovere.

Tuttavia, man mano che il treno lo aveva allontanato da Roma, Ludovico non aveva potuto far niente contro una precisa sensazione. Si stava allontanando dal centro della sua nuova vita: vita lavorativa, perché il Gualtiero gli aveva già lasciato intendere che, senza eredi com'era, un giorno tutta l'attività avrebbe potuto essere sua. Ma non solo: vita affettiva, anche.

Perché proprio tra le fila dell'ottima clientela che frequentava il laboratorio Cesaretti, Cucco aveva individuato gli occhi scuri di una mora figlia di diplomatico spagnolo che gli avevano fatto presagire possibili sviluppi.

Era stato con questi pensieri, embricati uno nell'altro, e fischiettando le arie della *Tosca* cui aveva assistito insieme con il suo maestro, che Cucco Navacchi aveva occupato le lunghe ore del viaggio, giungendo infine alla stazione di Bellano-Tartavalle Terme.

6.

Scese dal treno, erano le undici del mattino. Sbuffò con gusto, teatralmente, come volesse far intendere al capostazione Massacotta che lo guardava e a un manovale che stava appoggiato al portone del magazzino che l'annoiava sommamente la prospettiva di passare tre intere settimane nel luogo dove aveva vissuto sino all'età di ventiquattro anni.

Le undici, battute al campanile della prepositurale, gli ricordarono l'antico appuntamento.

Le undici!

Ora greve di significati, sino a un anno prima.

Alle undici infatti lui e quei poveri coglioni dei suoi vecchi amici si ritrovavano puntualmente al caffè dell'Imbarcadero per il rito dell'aperitivo e per quell'altro rito, che sembrava ancora più eccitante, del commentare le prodezze notturne di questo o di quello e dei programmi per nuove idiozie.

Un sorrisetto gli spuntò sotto il paio di baffi che s'era fatto crescere un po' sull'onda della moda che aveva conquistato molti giovanotti della capitale e un po' per dare al suo ritorno un segno, inequivocabile, di cambiamento.

Avevano mantenuto la tradizione i suoi ex amici?, si chiese Cucco.

Chissà!

Bastava andare a dare un'occhiata.

A mamma e papà aveva comunicato che sarebbe arrivato in giornata, non aveva dato orari, un'ora valeva l'altra.

Partì.

Dalla stazione si avviò verso il caffè con il passo di chi non ha fretta, gettando l'occhio di qua e di là e confrontando mentalmente le ridotte dimensioni del paese, la sua scarna eleganza coi fasti della città, della capitale che s'era lasciato alle spalle.

Sorrise di compatimento.

Per sé, che aveva gettato lì ben ventiquattro anni di vita.

E per i suoi ex – «Ex!» – compagni che, diversamente da lui, avrebbero lasciato in quel cesso tutti gli altri anni che avevano da vivere accontentandosi, alla fine, di tirare l'acqua.

Sulla soglia del caffè si ricompose: non voleva che quel mezzo sorriso venisse interpretato, equivocato, come se fosse contento di tornare. Serio, entrò lanciando un'occhiata al tavolino che solitamente occupavano.

Non c'era nessuno.

Sedie ordinate e vuote attorno ai tavolini.

Sembrava che stessero aspettando i clienti.

Oppure lui.

Se era così, potevano aspettare!

Nessuno mai, nessuno più l'avrebbe convinto a ritornare in quel piccolo stagno.

Ludovico si avvicinò al bancone del caffè, salutò il barista, si guardò nello specchio e accarezzò i baffetti.

«Novità?» chiese.

7.

Il barista era un po' strabico, strabismo divergente. Lo mise a fuoco estendendo il capo.

«Non lo sai?» chiese.

Come avrebbe potuto?, voleva rispondere Cucco: lui veniva da Roma, appena arrivato, dopo undici mesi di assenza...

«Sapere cosa?» disse invece, sul tono una spolveratina di sufficienza.

Che il Girabotti aveva parlato, due giorni prima. Scandalizzando, spaventando addirittura l'impiegata Mezzaluna che ormai s'era abituata al suo silenzio.

«Il Girabotti...»

«Girabotti padre», puntualizzò il barista.

«Ah», fece Cucco.

Ma cosa c'era di strano?

C'era, segnalò il barista, che erano ormai quattro mesi che non diceva una parola!

Malato?

No, nessuna malattia.

«Un voto piuttosto, una cosa del genere», spiegò il barista.

Infranto nel momento in cui la Mezzaluna, dopo aver spulciato la posta da smistare, aveva trovato quella lettera indirizzata al direttore.

Francobollo francese, nessun mittente.

Gliel'aveva portata.

E, subito dopo averla aperta, il direttore Girabotti aveva ritrovato la favella.

«E che favella!» assicurò il barista.

Parolacce della madonna! Rivolte a tutti, dal segretario Negri a sua Maestà a Mussolini...

«Come mai?» chiese Cucco, con fare da pour parler.

Perché suo figlio, il Giovanni Battista, era vivo!

«È ancora in Africa?» chiese Ludovico

Macché Africa!, sbottò il barista. Possibile che non lo sapesse?

Ma come poteva!, fu lì per protestare Cucco. Lui arrivava da Roma, appena giunto col treno...

«E allora dov'è?» chiese invece.

Spagna!

Ma l'avevano dato per disperso, come morto insomma.

Invece era vivo. L'aveva comunicato a suo padre con quella lettera, due righe appena, senza nessun indirizzo, nemmeno la firma.

«Sono vivo, sono in Spagna.»

L'aveva vista anche lui, disse il barista.

Tutto il paese l'aveva vista, la lettera. Il Girabotti, con quel foglio in mano, aveva fatto il giro di tutte le osterie, di tutti i negozi, aveva fermato chiunque, sempre ripetendo la stessa frase: «È vivo, gliel'ha messa nel culo a tutti, dal segretario Negri fino al re, passando per sua eccellenza il capo del governo!».

Tanto che era dovuto intervenire il maresciallo Maccadò: che si desse una calmata, sennò correva il rischio di essere arrestato. E il Girabotti, davanti al maresciallo, s'era scusato.

«Perdonate il cuore felice di un vecchio padre», aveva detto.

Dopodiché aveva giurato di ripiombare nel silenzio.

«Non parlerò più», aveva detto, «sino a che non saprò con precisione dov'è e cosa fa.»

«Bella storia eh!» fece il barista.

Ludovico annuì. Poi paragonò la sua attuale situazione con quella del vecchio amico: Africa, Spagna, morto, vivo... Un brivido gli corse per la schiena, avrebbe potuto esserci lui al posto suo.

Così va il mondo, rifletté, e ormai erano le undici e mezza.

«Beviamoci un aperitivo», propose pur senza averne la minima voglia.

Alla richiesta lo sguardo del barista si spense nel solito strabismo gobbo, da vittima sacrificale.

«Campari?» chiese come se improvvisamente non riconoscesse più chi gli stava davanti.

Campari, accettò Ludovico.

Pagò Cucco e il barista non fece obiezioni, in fondo era stato lui a offrire.

8.

La drogheria era già chiusa, mezzogiorno appena suonato. Ludovico entrò dal portone.

Lungo le scale, salendo verso il vecchio appartamento, Cucco si inebriò del denso profumo di cera per pavimenti che stagnava nell'aria.

Non c'era nessuna traccia di odore di cibo, nonostante fosse l'ora di pranzo e non avrebbe fatto meraviglia cogliere un indizio di sugo o di fritto.

Ma era così.

Così doveva essere perché così era sempre stato.

Ludovico lo sapeva e fu contento di trovare conferma al suo pensiero: le famiglie che abitavano quel caseggiato, buone famiglie piccolo borghesi, abitudinarie, parche senza avarizia, moderate e silenziose, in quel periodo si davano un gran daffare per le cosiddette pulizie di Natale: la cera, il suo profumo soprattutto, era sempre stata per lui, sin da bambino, il primo segnale che il lungo periodo delle feste si stava avvicinando. Quel profumo evocava ordine, pulizia, serenità.

Adesso, mentre saliva sorridendo al ricordo degli anni passati, capiva che la sua vita era veramente cambiata: il futuro era altrove. Lì per lui c'era solo quel profumo, che avrebbe ritrovato tutti gli anni, sotto Natale.

Suonò alla porta di casa, immaginando come si sarebbe svolta la prossima scena: sua sorella Filzina sarebbe accorsa per accoglierlo e dargli un primo abbraccio. Sua madre invece l'avrebbe atteso in fondo al lungo corridoio su cui si aprivano le porte delle stanze, col grembiale che usava in cucina e con le mani incrociate sul grembo.

Suo padre non si sarebbe alzato dalla sedia che occupava a tavola ma l'avrebbe atteso lì, con un malcelato sorriso e senza dire niente.

Suonò una seconda volta, temendo di essere stato troppo leggero la prima.

Al copione che s'era appena immaginato dovette subito apportare una modifica: non fu la sorella ad aprirgli, ma sua madre. Che comunque aveva addosso il solito grembiale e, per guardarlo meglio, fece un passo indietro. Quindi, com'era sua abitudine, incrociò le mani sull'addome.

9.

Filzina non c'era.

Ma gli toccò chiedere dove fosse, sennò nessuno dei due genitori gli avrebbe detto niente: perlomeno questa fu la sua impressione.

«Non c'è», fu la risposta di sua madre.

Misteriosa.

Ma era un mistero allegro, perché alla donna, rispondendo, scappò un sorriso.

«E dov'è?» fu la sua, inevitabile, domanda.

Alla quale la madre diede una seconda, altrettanto misteriosa risposta, provocando, questa volta, una risata compressa del marito cui sussultarono le spalle.

«Torna questa sera.»

D'accordo, rifletté Ludovico.

Ma lui aveva chiesto dove fosse, non quando sarebbe tornata.

Palesò l'obiezione.

Il mistero si infittì.

«Sorpresa», risposero infatti, all'unisono, i due genitori.

«Ma è successo qualcosa, c'è qualche novità?» chiese il giovanotto.

Silenzio.

I tre si guardarono.

Marito e moglie avevano le gote accese, grinze di una ridente felicità agli angoli degli occhi: un'espressione ilare che li faceva sembrare... Li faceva sembrare bambini, concluse Cucco.

Proprio.

Due bambini.

Non li aveva mai visti così.

Adesso invece, probabilmente grazie alla lunga assenza, gli apparivano come non li aveva mai visti: sul viso i segni dell'età ma con l'espressione di due ragazzini soddisfatti, allegri, sempre pronti al riso.

Certo, lui, con la regolata che s'era dato, aveva contribuito a restituire loro un po' di serenità. Ma c'era qualcosa d'altro sotto: il mistero che riguardava sua sorella. Del quale i due erano fermamente intenzionati a non dire niente.

«Tocca a lei dirtelo», disse infine sua madre.

Era una sorta di regalo per il fratello, la ragazza ci sarebbe stata male se le avessero rovinato la sorpresa.

«Va bene», accettò Ludovico.

Volevano giocare con lui, lui avrebbe giocato.

Aveva anche fame, tra l'altro.

Sua madre aveva preparato un brasatino che emanava un profumo invitante. Sedette a tavola e fece onore alla cuoca. Dopodiché, scusandosi per la stanchezza del viaggio, chiese ai genitori di rimandare alla sera il resoconto completo della vita nella capitale e si ricoverò nella sua camera da letto dove passò il pomeriggio dormendo profondamente.

10.

Alle sei della sera, quando si svegliò dopo un sonno senza sogni, nella stessa identica posizione in cui s'era addormentato, Ludovico ebbe un momento di sconcerto: non ricordava dove fosse. Il buio della stanza non l'aiutò.

Fu il profumo della cera, insinuandosi piano nelle sue narici, a ricordargli che era tornato a casa.

E che era ancora in debito coi genitori, cui doveva il resoconto dei mesi trascorsi a Roma.

Ma soprattutto che aveva, anzitempo, un regalo di Natale da scartare, secondo quello che sua madre gli aveva detto a mezzogiorno: il mistero di sua sorella, la novità che solo lei poteva comunicargli.

Si mise a sedere facendo gemere le molle del letto.

Dal buio emerse una voce.

«Bentornato!»

Filzina era lì, sulla soglia della camera.

Chissà da quanto tempo lo osservava.

Cucco la guardò, la vista ancora obnubilata dal sonno.

«Ciao», disse.

E percorse con lo sguardo il profilo della figura di sua sorella ritagliato nella penombra della stanza: piccola, magra, china in avanti come se fosse sempre in atteggiamento di preghiera.

Nessuna novità, almeno in quello.

Cucco rifletté che quella penombra si attagliava perfettamente a sua sorella: era la sua aureola, una sorta di destino. Sussurri, sogni di poco conto, passi in ciabatte e mamma e papà per sempre.

Quale diavolo di novità, di sorpresa, di regalo misterioso poteva avergli confezionato quella figurina da presepe che rispondeva al nome di Filzina Navacchi?

Fu lì per chiederlo.

L'avrebbe fatto.

L'avrebbe fatto se la sorella, forse approfittando del buio onde impedirgli di vederla arrossire come le capitava a ogni piè sospinto, non l'avesse preceduto.

Fece due passi verso di lui.

«Mi sono fidanzata», disse Filzina.

«Chi?» chiese prontamente Cucco.

Non: «Come?» e nemmeno: «Con chi?»

Chi.

Incredulo.

«Io», rispose Filzina.

«E con chi?» fu lì per chiedere Ludovico.

Tacque.

Temette che, in quel momento, gli potesse scappare una nota ironica.

Non poté, però, impedire alla mente di ragionare.

Chi diavolo s'era potuto incapricciare di quel sacchettino d'ossa?

Chi poteva sostenere la vista del suo pallore, il suo alito quaresimale?

In fin dei conti, pur avendo trascorso undici mesi a Roma diviso tra lavoro e sani divertimenti, non aveva dimenticato i metri di giudizio sulle donne.

E sua sorella...

Si alzò dal letto.

«Mi racconti tutto a cena», disse.

11.

Se nessuno gli aveva detto niente, se non gli avevano scritto, era stato per volontà della ragazza, lo informò la signora Vittoria.

Filzina aveva voluto essere ben certa che non si trattasse di un fuoco di paglia, un'illusoria parentesi. Tant'è che aveva tenuta nascosta la cosa agli stessi genitori per tre, quattro mesi e solo dopo, era appena passata la Pasqua, li aveva informati.

Ma, ancora, aveva gettato acqua sul fuoco. Li aveva pregati di non farne parola con nessuno, men che meno col fratello, sino a che il fidanzamento non fosse stato ufficializzato.

Sia Severino Navacchi sia la signora Vittoria, quando avevano conosciuto il nome del fidanzato, erano rimasti un po' sconcertati.

Filzina, però, con la sua tranquilla sicurezza, era riuscita a sedare le loro ansie: «Vedrete», aveva detto.

Avevano visto. Toccato con mano. «Un piccolo miracolo», disse Severino.

Domenica dopo domenica, quando il giovanotto aveva cominciato a frequentare casa Navacchi, i due s'erano resi conto - avevano dovuto farlo! - costretti dall'evidenza, che Filzina aveva ragione.

Gentile, garbato, assennato, una domenica il giovanotto li aveva addirittura accompagnati in battello a Bellagio e a Cadenabbia. Nel corso della gita aveva illustrato loro i programmi che aveva per il futuro.

«Casa e lavoro!»

Incredibile, no? Se si pensava che solo un anno prima...

Comunque s'erano fidanzati. Era stato verso la fine di novembre, il trenta per l'esattezza, giorno di Sant'Andrea.

«Adesso», aveva proposto in quell'occasione la signora Vittoria, «possiamo anche dirlo a tuo fratello.»

Ma Filzina aveva detto ancora no.

«No!»

Perché era così contenta, così felice che dirglielo per lettera le era sembrato sminuire quella gioia. Alle porte, ormai, c'era Natale: gli avrebbe fatto una sorpresa, una sorpresa con i fiocchi. Una specie di regalo, insomma.

12.

«Per questo», aggiunse Filzina, «non ti ho mai scritto niente. Volevo essere io in persona a farlo. Mi scuserai?»

A Cucco scappò un sorriso. Era sempre stata così sua sorella: tenera, cauta, precisina. Una miniatura, anche nella persona. Che potesse diventare moglie e magari anche madre, lui non l'aveva mai nemmeno immaginato.

Buon per lei, comunque. Almeno dalla vita avrebbe avuto quella gioia: perché, per il resto, Ludovico non riusciva a immaginarla altrimenti che su uno sfondo di casa chiesa e lavoro.

«Va bene», disse Ludovico. «Sei perdonata.»

Bando alle chiacchiere però, adesso.

«Posso sapere chi è il fortunato?»

E gli sembrò che nel dire «fortunato» un'incontrollabile nota di incredulità si insinuasse nel tono della voce.

Filzina sillabò il nome.

Erano ancora a tavola, la cena finita.

Cucco stava sorbendo il caffè.

Restò con la tazzina a mezz'aria.

«Il Risto?» chiese con la speranza di aver capito male e la certezza opposta.

13.

«Lo sapevo, lo sapevo», intervenne, veloce come un rapace, suo padre.

Severino Navacchi aveva tenuto d'occhio il figlio.

Aveva visto comparire sul suo volto un'espressione incredula, contrariata.

Aveva notato la paralisi della tazzina del caffè, ferma a mezz'aria.

Lo sapeva.

Se l'aspettava.

Non poteva essere altrimenti.

Anche Filzina aveva preventivato quella reazione.

Anzi, si sarebbero meravigliati se lui non avesse reagito così.

Evaristo Sperati non era certo un soggetto raccomandabile.

«E nessuno meglio di te può saperlo», disse Severino.

Ma...

«Prima di giudicare bisogna vedere», commentò la signora Vittoria mentre Filzina approvava col capo.

L'Evaristo Sperati che lui conosceva non esisteva più! affermò il Navacchi senior.

«Sì...» bofonchiò Ludovico.

«Proprio», aggiunse il genitore.

Sparito, cancellato.

«Un miracolo», ironizzò Ludovico.

«Non proprio», rispose seriamente suo padre.

La forza dell'esempio piuttosto.

«Del buon esempio.»

«E quale sarebbe?» chiese Cucco.

«Quello che hai dato tu», intervenne a mitraglietta Filzina.

«Io?»

Sì, spiegò la signora Vittoria. Dopo quella faccenda...

14.

Dopo il culo a mandolino che aveva fatto al Navacchi senior quella ormai lontana mattina di un anno prima, il maresciallo Maccadò non s'era mica fermato, nossignore.

Notando lo sconcerto che aveva creato nel povero Severino, aveva deciso che sarebbe stata buona cosa sottoporre allo stesso trattamento anche le famiglie degli altri tre imbecilli e ci si era applicato talmente bene che, nel giro di una settimana, era riuscito a raggiungere l'obbiettivo: la compagnia si era disgregata.

Segnatamente, il primo ad alzare bandiera bianca era stato proprio l'Evaristo Sperati. Con la madre di questi il Maccadò aveva usato riguardi particolari. Sapendola donna circonfusa di prosopopea, le aveva evitato il fastidio di una convocazione in caserma ed era andato a trovarla di persona, previo appuntamento.

La donna l'aveva ricevuto come se quella dove abitava non fosse una semplice ancorché lussuosa casa, ma una sorta di corte regale e gli aveva offerto un rosolio talmente dolce da mettere la nausea.

Esaurite le formalità il maresciallo Maccadò era partito in tromba e aveva illustrato alla decadente regina che razza di scemo fosse il principe ereditario e in che razza di guai si sarebbe cacciato se avesse voluto proseguire nella strada sulla quale s'era messo.

Aveva aggiunto, il maresciallo, lo stesso avvertimento che aveva elargito anche agli altri genitori: che il Risto stesse in campana come tutti gli altri, poiché da quel giorno in avanti era un sorvegliato speciale di sua stretta pertinenza e alla prima che avesse fatto lui gliele avrebbe fatte pagare tutte, senza sconti di sorta.

La regnante, quella volta, non aveva avuto parole di superbia: piuttosto aveva ascoltato sbattendo le palpebre come un bambolotto e alla fine aveva ringraziato il maresciallo con una specie di risucchio poiché, stante la gravità delle notizie, le si erano seccate le fauci.

Il giorno seguente, con sottile malizia, aveva chiesto a suo figlio di domandare al notaio Anfuso se quello stesso pomeriggio potesse andare da lei.

Alle tre, aveva proposto il notaio.

E alle tre del pomeriggio, davanti al notaio e presente suo figlio Evaristo cui aveva chiesto espressamente di non mancare all'appuntamento, la monarca aveva sottoposto all'Anfuso la questione: «Come posso fare per diseredare mio figlio e lasciare tutto alla chiesa?».

Anche al Risto s'erano asciugate le mucose.

Il notaio, invece, che era uomo di mondo rotto a tutte le esperienze, non aveva avuto esitazioni e s'era subito messo a spiegare come si poteva fare, quali documenti eccetera eccetera.

Alla fine l'incipriata padrona di casa aveva dato ordine al notaio di preparare tutto quanto occorresse alla pratica in modo che, se da quel giorno in avanti suo figlio non si fosse comportato più che bene, in qualunque momento lei avrebbe potuto firmare le carte e metterlo sul lastrico.

Di avere carabinieri in casa, aveva aggiunto, non ne voleva più sapere.

Il Risto aveva sudato freddo.

Il notaio Anfuso gli aveva consigliato di andarci piano. Prima di tutto conosceva bene il carattere di sua madre: deciso e, senza offesa, con una vena di follia. Le sue minacce, quindi, dovevano essere prese nella giusta considerazione. Il capitale che aveva in banca non ci metteva niente a passare dal suo conto a quello della parrocchia, bastava una firma.

Stesso discorso per la decina di appartamenti di cui era proprietaria: ci sarebbe voluto più tempo, sarebbero state necessarie più carte. Ma, se la vecchia voleva, poteva tranquillamente, con un sistema di finte vendite, lasciarlo con le pezze al culo.

Quindi gli aveva consigliato cautela.

Anche perché, tutto sommato, la donna non aveva tutti i torti.

Cosa ci guadagnava il Risto a fare il bigolo?

Niente.

S'era divertito?

Bon.

Adesso però era ora di rimettersi in carreggiata: riconquistare la fiducia di sua madre, dimostrarle nella pratica che era animato da nuovi e buoni propositi in modo tale da non buttare nel cesso quel po' po' di fortuna che lo stava aspettando.

«Immediatamente», aveva deciso il Risto.

Non s'era più fatto vedere al caffè dell'Imbarcadero.

Dal giorno dopo aveva cominciato a ronzare attorno alla vecchia che, per un mesetto, di sottecchi se l'era studiato. Dopodiché, visto che l'idea di un segretario le era sempre piaciuta, aveva cominciato ad affidare al figlio qualche compito di responsabilità: ispezioni nelle case di proprietà quando arrivava qualche lamentela, riscossione di affitti, piccole operazioni bancarie.

Piano piano la diffidenza della donna aveva lasciato posto a un inizio di fiducia che, nell'arco di quell'anno, era maturata tanto che ormai il Risto era prossimo a diventare l'amministratore dei beni di famiglia.

Pure gli altri due s'erano dati una bella regolata.

Per vedersi ogni tanto si vedevano. Ma così, di sfuggita, magari in piazza o sul sagrato, all'uscita della messa. Ma erano incontri brevi e parlavano solo di lavoro.

Così i tavolini del caffè erano rimasti vuoti.

15.

«Ma il Risto...» disse Cucco scuotendo la testa.

«So cosa vuoi dire», soffiò Filzina.

«Ah, sì?»

Un sorriso da suora pietosa comparve sul viso della ragazza. L'ironia del fratello non la tangeva.

«Ma non è quello che conta», aggiunse Filzina.

«Cioè?» chiese Ludovico.

«La bellezza», dichiarò lei.

Dote effimera, come ogni vanità.

Cucco si mosse sulla sedia. Era a disagio e il fervorino di sua sorella gli stava... ma sì, da quanti mesi non diceva una parolaccia in obbedienza ai dettami del Cesaretti?

Il fervorino di sua sorella gli stava rompendo i coglioni. Che cazzo gliene fregava a lui della vanità, della bellezza effimera e di tutte quelle belle balle! Che cazzo gliene fregava se il Risto era brutto! Brutto, peloso e gli puzzavano sempre i piedi.

«Una volta sfiorita...» stava dicendo sua sorella.

«Come?» fece lui.

«Dicevo», riprese Filzina, «che una volta sfiorita la bellezza restano invece le buone qualità di un uomo.»

Ludovico rispose all'osservazione rimestando l'aria con una mano: «Belle qualità!» commentò.

«Insomma», intervenne suo padre che stava cominciando a perdere la pazienza, «stai giudicando una persona senza conoscerla. E inoltre metti in dubbio quello che noi ti abbiamo appena detto. Credi che siano tutte bugie? A che pro te le staremmo a raccontare?»

«Ludovico...» s'intromise la signora Vittoria temendo che l'armonia della serata si rovinasse.

«Cucco», disse Filzina facendo leva su quel nomignolo, «io volevo farti una sorpresa. Una bella sorpresa. E lo è, lo sarà, devi credermi. L'ho capito, anzi l'ho sentito sin dalla prima volta...»

16.

Sin dalla prima volta che s'erano visti, Filzina aveva capito che la sua vita sarebbe cambiata.

Era successo verso la fine di gennaio di quell'anno. Ludovico era partito da Bellano da circa tre settimane.

Il Risto, impegnatissimo nell'opera di riconquista della fiducia della madre, aveva preso anche l'abitudine di accompagnarla alla messa della domenica. Anni di latitanza avevano arrugginito un po' la sua memoria ma non c'era voluto molto perché si riappropriasse di preghiere e canti, così che nel giro di poco era diventato un fedele attento e impeccabile.

Quella domenica cadeva l'anniversario di morte di Ercole Sperati, il papà del Risto. Il giovanotto con la madre s'era trattenuto dopo la messa del recitare un rosario alla memoria del defunto. Filzina Navacchi, la quale riteneva preciso dovere di ogni buon cristiano pregare per le anime di tutti i defunti, nessuno escluso, s'era unita a loro.

Così, dopo, sul sagrato, quando la vedova Sperati aveva avuto un principio di svenimento, per accorrere a dare una mano al Risto che non sapeva da che parte prenderla c'era stata solo lei. Che non solo aveva calmato il Risto e assistito la donna, ma aveva aiutato il giovanotto nell'accompagnare a casa la madre, sorreggendola a destra mentre lui la teneva a sinistra. Il Risto l'aveva pregata di dargli una mano anche per salire in casa, poiché c'erano due rampe di scale da fare. Lei aveva accettato, s'era trattenuta un po', avevano chiacchierato e le basi della conoscenza erano state gettate.

Sarebbe fiorita, sino a divenire fidanzamento e prossime nozze, senza la involontaria ma fondamentale complicità del dottor Lesti?

Nessuno avrebbe potuto dirlo.

Sta di fatto che le sue parole avevano avuto un peso determinante quando si depositarono nella mente di Evaristo Sperati.

17.

Il dottor Lesti non era ricorso a giri di parole, non aveva menato il can per l'aia. Quando il Risto gli aveva sottoposto il caso di sua madre era sbottato.

«Uè!»

Giù dalle nuvole, giovanotto. Giù dal fico!

Ma cosa credeva? Che la sua mammetta sarebbe durata all'infinito? Che il Signore volesse lasciarla sulla terra per semenza?

Ciò che era capitato, quei principi di svenimento, altro non erano se non le spie dell'età. L'invecchiamento o decadimento che dir si voglia. Tessuti, cellule, umori che segnavano il passo. Era legge di natura cui, volente o nolente, l'intero genere umano si doveva assoggettare.

E la sua signora mamma poteva dirsi ben fortunata, e segnarsi col gomito, se era arrivata a quell'età. Quanti non ce l'avevano fatta!

Infine, per farla breve, il giovanotto doveva mettersi ben chiaro in testa che lì non c'era malattia da curare quindi poteva smettere di sperare in medicine miracolose che restituissero la donna alla primitiva lucidità.

«Proprio niente?» aveva mormorato il Risto.

«Proprio», aveva confermato il dottore, «se non...»

«Se non?» aveva chiesto il Risto.

Se non prendere le misure del caso, aveva risposto il dottor Lesti.

La mamma non era da considerare ammalata. Era solo anziana e adesso ne cominciava a mostrare i segni. Non c'era da sperare in miglioramenti. Nel giro di qualche tempo, settimane, mesi, chissà!, sarebbe diventata insufficiente a sé stessa.

Quindi, visto che il tempo per prepararsi non gli mancava, che lo facesse, aveva detto il dottore al Risto.

«Che cosa?» aveva chiesto il giovane.

Si preparasse a diventare lui il padrone di casa, ad avere a che fare con una donna che spesso avrebbe potuto comportarsi come una bambina e di una bambina avere le necessità.

«Io?» aveva chiesto il Risto.

Lui, aveva risposto il dottore. O una donna. Una moglie, meglio ancora, se ne avesse avuta una o se se la fosse cercata, visto che tra l'altro ne aveva anche l'età.

«Ma non una frivolona!» l'aveva ammonito.

Se si portava a casa una di quelle tutta cipria e belletti, si doveva aspettare di dover fare i conti coi capricci di due persone anziché una sola. Ci voleva una donna dal carattere semplice e votata al sacrificio che si sobbarcasse con cristiana rassegnazione l'onere di quell'assistenza.

Come semi messi in una terra bella grassa le parole del dottore avevano avuto una fioritura strepitosa nella testa del Risto.

Così, la domenica seguente, quando, sempre sul sagrato a messa finita, Filzina gli aveva chiesto come mai lui fosse andato alla funzione senza l'augusta madre al braccio, il Risto le aveva spiegato il perché e il percome e subito aveva dato avvio alle manovre di accerchiamento della ragazza.

18.

Ludovico era un po' stordito. Stanco, anche. E un po' stufo di sentire chiacchiere sul Risto. S'erano fatte quasi le dieci, si sentivano le note della dirlindana.

«Hai capito adesso?» chiese suo padre, conciliante.

«Cosa, papà?»

Che le cose, le persone cambiavano, spiegò Severino. «Tu stesso sei cambiato. Perché il Risto non potrebbe aver fatto lo stesso?»

«Perché...» sparò Ludovico interrompendosi immediatamente.

«Perché?» lo interrogò subito Filzina.

«Niente», ribatté Cucco.

«Ma dillo, se c'è qualcosa...»

«Niente, niente», troncò il giovanotto.

Sarà meglio andare a dormire, aggiunse subito per evitare altre domande, nuove spiegazioni.

Diede una fiacca buonanotte a tutti e, senza nemmeno accendere la luce, si infilò nel corridoio che portava alla sua camera da letto lasciando genitori e sorella ancora seduti al tavolo con facce lunghe come la fame.

«La notte porta consiglio», sentenziò il Navacchi senior.

«Speriamo», pigolò Filzina.

«Vorrei tanto sapere cos'ha», buttò lì la signora Vittoria.

19.

Volevano sapere cos'aveva, perché non gli piaceva per niente l'idea che il Risto sposasse sua sorella?, pensò Cucco una volta sotto le coperte.

Presto fatto.

Bastava che andassero a domandarlo alla Drizzona.

Gli sembrava di vederle le facce dei suoi e di sua sorella a quell'uscita.

La Drizzona?

E chi è?

Dove si trova?

Subito detto.

Drizzona, via dell'Isola 17, Lecco.

E se per caso si dimenticava l'indirizzo, bastava chiedere della casa di madame Plumette.

Non era possibile sbagliare, la conoscevano tutti, anche quelli che facevano finta di non saperlo, anche quelli che non ti saresti mai immaginato di trovare dentro un posto del genere.

Lui, insieme coi suoi ex amici, l'aveva conosciuta lì dentro, la sera del 22 febbraio 1936, nel corso dell'unica volta in cui era andato in un casino.

Aveva una memoria precisa di quella sera, tanto che avrebbe potuto raccontarla ricostruendola minuto dopo minuto.

Ricordava tutto per filo e per segno.

Perfino la strofetta che uno dei presenti nel salottino, un ometto sgangherato che si reggeva in piedi grazie all'ausilio di un bastone, aveva canticchiato quando madame Plumette, che era francese così come lui era tedesco, aveva ordinato: «Chiamate la Drizzona!».

Quello s'era levato in piedi facendo leva sul bastone. Poi, serio come se stesse officiando, aveva salmodiato:

«Svezza gli infanti
risveglia i dormienti
è il toccasana
dei grossi clienti».

20.

L'unico che, prima di quel 22 febbraio 1936, aveva avuto una qualche esperienza di frequentazione delle case di tolleranza era l'Andrea Valenza. Il quale c'era entrato, appena ventunenne, sotto la scorta di un suo zio scapolo, fratello della madre, che abitava a Milano e che l'aveva portato in un bordello di via Fiori Chiari una volta che era andato a trovarlo.

Scoperto che non aveva ancora ricevuto quel genere di battesimo, lo zio non aveva voluto sentire ragioni e l'aveva praticamente costretto a seguirlo. Era stata un'esperienza disastrosa della quale il Valenza ricordava solo la puzza che regnava nella stanza della troia che se l'era accalappiato, la quale, avendo intuito che aveva a che fare con un novellino, per non perdere tempo e guadagnare in fretta la marchetta, aveva messo in atto un trucchetto molto in voga tra le sue colleghe che consisteva nel titillare per bene l'affare del giovanotto prima di arrivare al dunque: era finita che il Valenza, nel giro di trenta secondi, s'era trovato bello e sistemato e con l'affare moscio, e la signorina era passata a un altro cliente.

Ben altro, però, una volta rientrato al paesello, l'Andrea Valenza aveva raccontato ai suoi amici. Tutto ciò che gli era sembrato schifoso e puzzolente, nelle parole del suo resoconto era diventato esotico e seducente. E i giochetti! I giochetti che aveva fatto! Roba che non si poteva immaginare.

Dai e dai, era riuscito a temperare la curiosità dei suoi

amici sino a che una bella sera, la sera del 22 febbraio 1936, il Risto aveva lanciato la proposta.

Erano tutti maggiorenni e vaccinati, sì o no?

Avevano in tasca abbastanza soldi per pagarsi una notte di follie?

Cucco aveva, giusto quel pomeriggio, prelevato, di nascosto dagli occhi di suo padre, dal cassetto della drogheria.

«Sì», aveva risposto anche lui.

E allora, cosa aspettavano?

«Ma come ci andiamo a Lecco?» aveva chiesto uno.

In treno, era stata la risposta.

In treno voleva dire prendere l'ultimo locale per Lecco, alle ventuno e trenta, e poi ritornare l'indomani mattina col primo, alle cinque e dieci, che andava a Sondrio.

Bisognava stare in ballo tutta la notte.

«In ballo ci staranno quelle là», aveva gridato il Risto al colmo dell'entusiasmo.

L'Andrea Valenza s'era aggregato. Non poteva fare altro, era troppo tardi per tirarsi indietro.

Aveva finto allegria e, prima di partire, era passato dal caffè dell'Imbarcadero a comperare delle mentine da offrire alla ragazza che gli sarebbe toccata in sorte, poiché aveva tra gli altri ben preciso il ricordo del pesantissimo alito d'aglio che l'altra volta era stato costretto a subire.

Tanto per non venire meno al ruolo di esperto in materia, una volta che erano stati dentro il casino l'Andrea Valenza aveva chiesto la tripla.

Gli altri lo avevano seguito senza fare obiezioni.

Cucco era salito per primo.

Il Risto per ultimo, canticchiando.

Ludovico ricordava perfettamente che aveva ancora i pantaloni a mezz'asta quando dalla stanza di fianco alla sua si era levata una voce stridula.

«Madame», aveva gridato la ragazza, «qui ghe xè un caso.»

La voce veniva dalla camera dove era entrato il Risto.

«Un caso?» aveva chiesto Cucco. «Cosa vuol dire?»

«Te lo dico quando ti sarai tolto i pantaloni», aveva risposto la ragazza.

Cucco aveva obbedito.

«Allora?»

«Anche le mutande», aveva insistito quella.

Il giovanotto aveva esitato. Sotto le mutande sentiva di non avere niente. Niente di vivo, insomma. L'ambiente, i modi delle donne, il misto di profumo e sudore che aleggiava nell'aria...

«Cos'è 'sto caso?» aveva chiesto ancora, con forza, per allontanare il momento.

«È una prima volta», aveva spiegato la ragazza, «oppure uno un po' lento a svegliarsi o sennò uno troppo grosso.»

Cucco aveva ascoltato con le dita afferrate all'elastico delle mutande.

«Allora 'ste mutande?»

In risposta s'era levata dal salottino la voce roca di madame Plumette.

«Che caso l'è?»

«Del tipo terzo», era piovuta la risposta.

«Ciamèe la Drizzona», era salito l'ordine.

La Drizzona era arrivata marciando al ritmo della strofetta che l'imbesuito priapo attaccato al suo bastone aveva ripetuto sino a farsi mancare la voce.

«Cià!» aveva esclamato ancora nel corridoio, sputandosi sulle mani come fosse un badilante.

S'era fermata sulla soglia della stanza e aveva ordinato alla ragazza di togliersi dalle balle.

«Dai Nìn», aveva poi ordinato rivolgendosi evidentemente al Risto, «che la Drizzona non ha mica tempo da perdere.»

Quindi aveva chiuso la porta e Cucco aveva dovuto abbassare le mutande.

Non che il fatto di trovarsi del tutto nudo avesse migliorato la situazione.

Anzi.

Cucco s'era guardato l'attrezzo pensando agli uccelletti implumi ancora nel nido e in attesa della mamma.

Ci sarebbe voluto un cavatappi, aveva osservato la ragazza.

«È che non sei il mio tipo», aveva mentito Ludovico.

Tipo o non tipo, aveva osservato quella, non si dovevano mica sposare.

«Cosa vogliamo fare?» aveva insistito.

Niente, aveva risposto il Navacchi, però fermando con un gesto la ragazza che s'era messa subito in pista per tornare di sotto.

Niente, ma, se la cosa non le dispiaceva, lei doveva stare lì con lui una mezz'ora.

«Capito!» aveva esclamato quella.

Non voleva fare figure con i suoi amici e così facendo, poi, avrebbe potuto raccontare tutte le balle che voleva.

«O no?»

Cucco aveva risposto con un'alzata di spalle.

Ma proprio proprio non voleva nemmeno provare?

«Ma va'», aveva risposto Ludovico

E affinché se ne stesse zitta le aveva allungato una lira di mancia.

Quand'era uscito aveva visto subito il Valenza e il Ferro. Stavano seduti nel salottino e chiacchieravano con il deforme declamatore della strofetta.

Il Risto invece era al banco delle marchette e stava parlando con madame Plumette.

Stava esponendo animatamente certe sue ragioni e altrettanto animatamente la madama lo mandava a quel paese, esibendo espressioni di meraviglia.

Cucco s'era avvicinato al banco, allegro per la prima volta da che aveva varcato la soglia del bordello, nel vedere quei due che discutevano muovendosi come i gioppini del Trigòs.

«Cosa c'è?» aveva chiesto.

Il Risto glielo aveva spiegato: non avendo goduto appieno della prestazione per la quale aveva pagato, pretendeva che madame Plumette gli restituisse parte del denaro.

«È impossibile», aveva ribattuto per l'ennesima volta la madama.

Anche lui, aveva pensato Cucco, non aveva goduto per la prestazione per cui aveva pagato. Poteva chiedere la restituzione del soldo?

«Vi dico che è stata lei a non volere», aveva ribadito il Risto.

«Ma quando mai...» aveva sospirato madame Plumette.

La Drizzona non aveva mai detto di no, mai mandato via nessuno, era un'istituzione, un mito, un'ancora di salvezza...

«Chiedetelo a lei», aveva suggerito il Risto.

Nella saletta era calato il silenzio, degna cornice per il duello che il Risto e madame Plumette avevano impegnato.

I passi della Drizzona, che aveva il quaranta di piede e indossava sempre scarpe maschili, erano di nuovo rintronati sotto il basso soffitto. Il fauno col bastone era stato l'unico a non capire l'importanza del momento: al comparire della Drizzona aveva tentato di accoglierla al suono della solita solfa, ma una ragazza gli aveva fatto cenno di tacere.

La Drizzona si era avvicinata al banco. Madame Plumette le aveva parlato all'orecchio.

«È vero?» aveva poi chiesto.

Era vero, aveva confermato quella con un cenno del capo.

Madame Plumette aveva deglutito come se un boccone troppo grosso le si fosse fermato in gola. Poi aveva guardato il Risto con un'espressione tra la meraviglia e lo schifo e, dopo aver grattato nel cassetto, aveva lanciato sul banco delle monete: il prezzo di quello che Evaristo non aveva goduto.

Erano usciti tutti e quattro accompagnati da un perfetto silenzio stupefatto.

Fuori s'erano trovati immersi in un altro mondo, il solito.

Freddo, buio.

Avevano avuto davanti tutta una lunga notte da far passare prima di prendere il treno per ritornare a Bellano. Nessuno aveva idea di cosa fare per impegnare quelle ore. Cucco ricordava che aveva fame e sonno.

Sonno soprattutto.

E, al ricordo di quel sonno, si addormentò.

21.

Cascasse il mondo alle sei della mattina Severino Navacchi si alzava. Né un minuto prima né uno dopo. Aveva una sveglia in testa.

Ma la mattina seguente, alle cinque, era in piedi. Alle cinque e un quarto era già vestito della solita divisa: camicia bianca con i salvamaniche, pantaloni neri, bretelle. L'avaiana marron la indossava solo poco prima di scendere in drogheria.

Fino alle sei non fece altro che passeggiare con un fruscio di ciabatte su e giù per il corridoio, masticando pensieri. Si fermò quando anche sua moglie si alzò.

«E adesso come facciamo?» le chiese prima ancora di salutare.

«In qualche modo faremo», rispose lei.

«Sì, ma se insiste a non volersi convincere...»

«Vedrai che tutto si aggiusta», lo rassicurò la signora Vittoria.

Severino sospirò.

«Intanto bisogna dirglielo. A Natale non mancano che tre giorni», calcolò alzando in aria le tre dita della mano destra.

«È vero», ammise la moglie.

«Glielo dici tu?» sparò lui.

La signora Vittoria aggrottò la fronte.

Cosa ci voleva, in fondo?

Cosa ci voleva a dire a Ludovico che il giorno di Natale, per la tradizionale cena, non sarebbero stati lì a casa come avevano sempre fatto.

Com'era sempre stato, da che Cucco aveva coscienza di essere al mondo.

«E come mai?» chiese Ludovico di fronte a quella nuova sorpresa.

Sua madre aveva cercato di addolcirgli la pillola, l'aveva presa alla larga. L'aveva lasciato dormire sino a che aveva voluto, le dieci occhio e croce, poi si era presentata in camera sua con una fumante tazza di caffè e gliel'aveva servita a letto, quindi s'era seduta e l'aveva guardato sorbire la bevanda cercando di capire se, durante la notte, l'umore di suo figlio fosse mutato.

Quando lui aveva sorriso e l'aveva ringraziata porgendole la tazza vuota, la donna aveva creduto che fosse il momento propizio per metterlo a parte della novità e gliel'aveva detta: le due famiglie dei fidanzati avevano concordato di festeggiare il Natale assieme riunendosi per il cenone a casa del Risto.

Questioni di convenienza, cose pratiche avevano fatto maturare la decisione: la vedova Sperati, infatti, nel corso degli ultimi mesi era andata via via disgregandosi, raggiungendo uno stato di invidiabile incoscienza che suggeriva di non allontanarla assolutamente dalla stanza nella quale, assisa su una specie di trono con tanto di comoda, trascorreva la totalità del suo tempo.

Quindi, non la si poteva spostare.

E allora, quale migliore occasione per discutere e decidere la data delle nozze?

Lui presente, sottolineò la signora Vittoria. Perché Filzina teneva sommamente che, nella veste di testimone, ci fosse il fratello il quale, stando ormai così lontano, aveva più che un diritto di dire la sua.

«La mia l'ho già detta», disse Ludovico.

La signora Vittoria ebbe un tremito.

«Ludovico...»

«Mamma...»

«Tua sorella...»

«Mia sorella...»

«Ma dillo, dillo. Cosa c'è che non va? Perché ti comporti come un bambino?»

Ludovico guardò sua madre.

22.

Proprio.

Proprio come un bambino.

Di due mesi.

Era stato l'Andrea Valenza a definire così l'affare del Risto. E loro avevano riso fino a farsi venire le lacrime.

Ecco, fu il pensiero di Ludovico.

Il Valenza era l'unico che lo potesse capire e anche dargli una mano.

Con il Risto non ci voleva nemmeno parlare, nemmeno vedere lo voleva.

Lo Stefano Liberati era un cagasotto.

L'unico era lui, il Valenza.

Che aveva, pure lui, messo la testa a posto e faceva, adesso, l'apprendista barbiere sotto l'occhio vigile di suo padre.

23.

Taglio scolpito, baffetti all'assassina.

«Si vede che vieni dalla capitale», lo accolse il Valenza vedendolo entrare in bottega.

Il vecchio grugnì un saluto. Aveva squadrato il cranio del Navacchi e compreso che non era lì per un'accorciatina ai capelli o una spuntatina ai baffi.

«Ce l'hai due minuti?» chiese infatti Cucco.

Il Valenza lanciò un'occhiata a suo padre.

Se mollava la catena...

«Come va?» gli chiese il Valenza appena furono all'aperto.

Freddo della madonna.

«Andiamo a bere un caffè», propose Cucco.

No, fu la risposta.

«Un caffè, un aperitivo...»

No, ribadì il Valenza.

Suo padre glielo aveva promesso: il giro del lago a calci nel culo se l'avesse visto anche solo una volta entrare ancora al caffè dell'Imbarcadero.

«Parliamo qui», disse il Valenza, un occhio a Cucco e un altro alla porta della barberia.

«Voi lo sapevate», attaccò Ludovico. «Tu, lo sapevi.»

«Cosa?»

Ludovico finse di non aver sentito.

«Perché non mi avete detto niente?»

«Ma di cosa stai parlando?» chiese il Valenza.

Fingeva, faceva sul serio?

Mah!

«Del Risto e di mia sorella.»
«Ah!»
«Eh!»
«E va be'...»
«Va bene mica tanto.»
«Cosa c'è di male?»
«Cosa c'è di male?» alzò la voce Cucco. «Proprio tu me lo viene a chiedere?»

24.

Proprio lui, autore di quella definizione: «Un bambino di due mesi!» che tanto li aveva fatti ridere.

Era stata la sera del giovedì grasso, l'anno prima.

Lui, il Risto, il Valenza e il Liberati s'erano mascherati da donne e non avevano fatto altro che andare in giro per il paese, dentro e fuori da caffè e osterie, a fare gli scemi. Col bel risultato che, attorno alla mezzanotte, erano belli cotti di vino e liquori e non avevano nessuna voglia di andare a letto a dormire.

S'erano ritrovati in piazza, con una bottiglia di grappa che faceva il giro, e un pressante interrogativo: cosa fare, adesso che le luci dei locali erano ormai spente e la gente sana e laboriosa dormiva il sonno dei giusti?

Paese di merda, aveva detto il Risto, ci fosse stato almeno un bordello sapeva lui cosa fare per tirar mattina.

Loro tre avevano applaudito all'uscita del Risto e s'erano lasciati andare al ricordo di quello che avevano fatto quando c'erano andati davvero nella casa di tolleranza a Lecco.

Di qua, di là, di su e di giù, anche Cucco aveva raccontato le sue prodezze, inventandole di sana pianta.

Quando anche quell'euforia s'era esaurita, quasi come la grappa nella bottiglia, il Risto s'era messo al cospetto della statua del poeta Tommaso Grossi.

«Secondo voi quanto ce l'aveva lungo?» aveva chiesto.

Il Valenza era stato il primo a rispondere.

A giudicare dall'atteggiamento, visto che era stato ritratto con le mani una nell'altra a coprire la patta, probabilmente doveva vergognarsene.

«Dici che ce l'aveva piccolo?» aveva chiesto Cucco ridendo da ubriaco.

O magari grossissimo, aveva interloquito il Liberati.

Bisognerebbe chiederlo alla Drizzona, aveva buttato lì il Risto: magari anche il poeta esimio si era servito da sua madre, visto che una ragazza, la sera del casino, gli aveva raccontato che anche lei, tale quale alla Drizzona, trattava solo i fenomeni.

«Come me», aveva aggiunto.

Eh, le risate che s'erano fatte!

Erano tutti ubriachi. Solo il Risto sembrava sobrio. «D'estate fa ombra», aveva detto.

E d'inverno?

Per tutta risposta il Risto aveva sollevato la gonna: «Si accomodi signorina.»

L'eco delle risa era immediatamente cessato.

«Hai imbottito le mutande», aveva detto uno.

Nemmeno per idea.

Non ci volevano credere.

No?

Bastava toccare. Anche la Drizzona era scappata.

«Ma l'è un bambìn!» aveva esclamato.

Di due mesi.

Un bambino di due mesi, aveva ricominciato a ridere il Valenza.

Più o meno, aveva fatto con la mano il Risto.

Chissà che fastidio andare in giro con quella borsa lì. L'ingombro, il peso...

Quanto pesava?

Chi lo sa, aveva risposto il Risto, non l'aveva mai fatto, mai pesato.

Pesiamolo adesso, dai!

Adesso?

Dove?

Come?

Sempre il Valenza, ubriaco più di tutti, aveva avuto l'idea.

In drogheria, da te, aveva detto rivolgendosi a Cucco.
«Ma siete matti...»
«Cosa ci vuole...»
«Non ho le chiavi...»
«Basta andare a prenderle...»
«Se però hai paura...»
Insomma, l'avevano pesato.

25.

A piedi nudi, per non far rumore, senza quasi respirare, dopo un ultimo sorso di grappa per darsi coraggio, Ludovico era entrato in casa per prendere le chiavi della drogheria, che suo padre lasciava sempre nella tasca dell'avaiana appesa sul portabiti in corridoio.

Un chilo e due etti.

«Sì, va bene», disse il Valenza, «però compresi i... Insomma, comprese le olive.»

«E allora?»

Il Valenza allargò le braccia: voleva dire che tolto il peso delle olive l'affare diventava più...

«Più cosa?» lo aggredì Cucco.

Ma era così difficile capire?

Pur togliendo il peso delle olive restava comunque un affare mostruoso, un'arma micidiale.

Se fin la Drizzona s'era rifiutata!

«D'accordo», cercò di calmarlo il Valenza, «ma se a tua sorella sta bene così...»

Ludovico rise cattivo: «Cosa cazzo vuoi che ne sappia mia sorella, adesso», disse. «La sorpresa se la troverà a cose fatte. Ci pensi?»

Il Valenza finse di pensarci.

«Sì, ma, hai visto mai, magari proprio quelle topine lì...»

«Topine?»

«Sì, quelle tutte magrine così, come Filzina...»

«Dico, ma sei scemo? Topina sarà tua sorella...»

«Io non ne ho di sorelle...»

«E allora sta' zitto, gesucristo...»

«Sì, io sto zitto ma tu mi dovresti spiegare cosa diavolo vuoi. Non l'ho ancora capito.»

Cucco strinse le mascelle: «Bisogna che qualcuno la avvisi», disse.

Come, come?

Avvisare Filzina?

Dirle guarda, sta' attenta che il Risto nei pantaloni nasconde un bambino di due mesi?

«E dovrei farlo io?» chiese il Valenza.

«Qualcuno lo deve fare», disse Ludovico.

«Perché non lo fai tu? C'eri anche tu quella sera. Hai visto, come me.»

Lui?, aveva pensato Cucco.

Come faceva?

Lui era suo fratello, come diavolo poteva, con che parole glielo avrebbe detto?

Un estraneo, un esterno alla famiglia ci voleva.

Il Valenza aveva sempre avuto belle idee.

Era ora, pensò, di fare appello a quella abilità. Altrimenti, rifletté, non si sarebbe più schiodato da lì e avrebbe fatto incazzare il vecchio che già un paio di volte aveva aperto e chiuso la porta della barberia per vedere che fine aveva fatto.

Uno?, si disse.

Perché non una!

«Una?» chiese Cucco.

Già, disse il Valenza.

Metti che una vecchia morosa del Risto incontri tua sorella e le racconti per filo e per segno... insomma, le prospetti le dimensioni, l'eventuale difficoltà...

Ottima idea, ribatté Cucco con un risolino ironico.

Ma dove andava a prenderla una morosa del Risto?

Chi la conosceva?

Non ne aveva mai avute, brutto com'era. Col pensiero, sì, le aveva trombate tutte, ma nella realtà...

«Una c'è», affermò il Valenza.
«E chi è?»
La Drizzona.
«O no?»

26.

«A Lecco?» chiese suo padre, «A fare che?»

Dalla Drizzona, avrebbe voluto rispondere Ludovico.

Per chiederle una prestazione extra, facesse lei il prezzo. Qualunque prezzo. Pur di convincerla a mascherarsi da donna per bene e venire a Bellano uno dei prossimi giorni, appena passato Natale. Ripulita e rivestita, avrebbe dovuto spacciarsi per una sua vecchia amica e soprattutto ex morosa del Risto. Ci avrebbe pensato lui a organizzarle un incontro con la sorella. Certamente non in casa. Nemmeno al caffè dell'Imbarcadero, poiché era noto che il padrone a ogni cambio della quindicina era uno tra i primi a presentarsi alla porta del casino. In ogni caso il posto l'avrebbe trovato, doveva ancora rifletterci. L'importante era che le due si incontrassero e che la Drizzona, spinta sul discorso del fidanzamento e delle nozze, rivelasse quello che sapeva a mo' d'avviso per Filzina.

A Ludovico era sembrato un piano geniale.

Un'ottima idea.

E bravo il Valenza, come al solito.

«Be'», rispose, «dovrò pur farlo anch'io qualche regalo di Natale, no? Sono venuto via da Roma talmente in fretta che non ho avuto tempo per provvedere.»

Severino Navacchi sorrise. Gli sembrò che le nubi che s'erano addensate in casa la sera prima fossero scomparse.

La notte portava davvero consiglio: suo figlio era sereno e non capiva perché sua moglie, quando lui poco prima era salito dalla bottega, gli avesse fatto un cenno del capo, una scossetta come per fargli capire che anche quella mattina Ludovico batteva la matta.

«Anch'io voglio fare una bella sorpresa a Filzina», aggiunse Cucco.

27.

«Abbiamo fame, eh?»

Madame Plumette era tutta un sorriso di denti sporchi di rossetto e cipria spessa che copriva a malapena le rughe più grosse.

Il suo bordello apriva alle tre del pomeriggio. Ma, a quell'ora, generalmente, più che qualche vecchio porco o qualche najone, non c'era mai nessuno: il vero traffico cominciava alle otto di sera.

Fu sorpresa quindi di trovarsi di fronte un bel giovanotto azzimato e lo accolse con quell'uscita.

«Ti va bene», aggiunse in tono di confidenza, «ho qui roba da farti fare indigestione.»

Cucco ringraziò.

«Vorrei la Drizzona», disse.

L'occhio clinico di madame cadde immediatamente sul cavallo di Ludovico.

«La Drizzona?» chiese poi. «E come mai?»

Dove doveva andarla a cercare una troia se non in un bordello, pensò Cucco.

«Lo so io», rispose.

Madame incrociò le braccia sul seno.

«Vorrei saperlo anch'io», disse.

«La voglio perché sì», ribatté Ludovico. «Cosa c'è di strano?»

Di strano non c'era niente, commentò la madama. O meglio, di strano c'era che lui non gli sembrava un cliente da Drizzona. E l'occhio tornò a correre al cavallo di Cucco. «In ogni caso, anche se te la volessi chiamare non potrei.»

«Come sarebbe a dire?» chiese Ludovico.

Era a dire che la Drizzona non lavorava più.

Non lavorava più?

Non lavorava più lì!

E dove allora?

«Dove...» aveva temporeggiato madame Plumette.

Era un segreto?

No. Ma s'era messa in proprio.

Va bene, per lui non faceva nessuna differenza: la voleva comunque, che fosse in proprio o no.

«Potete darmi voi l'indirizzo?»

Madame Plumette fece la misteriosa.

«Potrei...»

«Che cazzo sono tutti questi misteri?» sbottò Cucco.

«Giovanotto, calma!» lo redarguì madame.

Non c'era alcun mistero. Ma bisognava andarci piano.

La Drizzona lavorava in proprio, stava ancora in zona, dalle parti di Germanedo.

Riceveva, insomma.

Ma...

«Solo i suoi clienti!»

Quelli un po' particolari, insomma, e che aveva imparato a conoscere in anni di onorata attività.

«Giovanotto», disse madame passando al voi visto che si stava trattando un affare, «siete ben sicuro di essere stato un cliente della Drizzona?»

«Come no?» sparò Cucco, deciso, maschio, pur se non ricordava nemmeno che faccia avesse.

«Me lo garantite?» insisté madame Plumette.

A Cucco scappò una bestemmia, e buonanotte al Cesaretti.

«D'accordo», chiuse la madama.

Dopodiché gli diede l'indirizzo e l'avvisò che sarebbe stata sua cura, come da accordi, avvisare telefonicamente la Drizzona che stava arrivando un suo cliente.

28.

Smorta. Tirata. Prosciugata, che sembrava ballare dentro ai vestiti.

Filzina rientrò a casa poco dopo le sette. La sua unica preoccupazione: «Ludovico?».

E crollò su una sedia.

Tornerà fra poco, la rassicurò la signora Vittoria.

Era uscito a fare una passeggiata, le spiegò, fedele alla promessa di non dire niente alla sorella, per non rovinarle la sorpresa.

«Com'è andata al lavoro?» chiese.

Ma, c'era bisogno di farlo? Non era lì da vedere?

Povera anima! Povera ragazza!

Il Natale, gli stipendi, le gratifiche, i premi di produzione e chissà cos'altro!

Sembrava che avesse il verme solitario.

D'altronde il direttore non si fidava che di lei. E lei era incapace di dire no.

Da una settimana, ormai, saltava il pranzo in casa per mandare avanti il lavoro al cotonificio, sovrintendere a tutte le cose che andavano fatte in chiusura d'anno.

E alla sera, quando tornava a casa, eccola lì, uno straccetto.

Benedetto matrimonio, pensò la signora Vittoria.

Perché, una volta sposata, una volta uniti i due capitali, quello del Risto, ingente, e quello che spettava a sua figlia, che non era così grosso ma nemmeno faceva schifo, Filzina avrebbe potuto riconsiderare un po' la sua vita, forse smettere di lavorare, dedicarsi alla famiglia.

Fare la signora, come si meritava.

29.

Le sette.

Le otto.

Le nove.

Le nove e un quarto.

Era l'ora dell'ultimo treno che da Lecco partiva per Bellano.

Dopo aver mancato per due volte la maniglia della portiera, il controleur, con fare circospetto, gli si avvicinò.

«Serve una mano?» chiese.

Cucco Navacchi cercò di mettere a fuoco il viso dell'uomo. Lo intravide più che vederlo, uno sfocato ovale pietoso. Lo ostacolava il buio della notte ormai fatta. Ma soprattutto il gonfiore dell'occhio di destra.

Rispose con uno sputacchio, impacciato dal labbro superiore contuso e dal dolore che gli veniva dalle gengive, tenendo la mano premuta contro il naso, per paura che si rimettesse a sanguinare.

«Una sega», rispose.

Per fortuna il controleur capì «Buonasera.»

«Buonasera», rispose.

Buonasera e scusate.

30.

La Drizzona l'aveva ricevuto alle sei del pomeriggio. Era il quarto nella lista d'attesa. I tre davanti a lui – non aveva potuto fare a meno di notarlo – avevano pantaloni gonfi come se proprio lì dentro nascondessero qualcosa di grosso.

Cucco aveva osservato che nella casa della donna c'erano due entrate: una principale, la stessa per la quale era passato anche lui, e una di servizio, perché i clienti una volta finito non passavano più da quella specie di salottino dove aveva dovuto accomodarsi lui. Stando lì, peraltro, aveva avuto tutto il comodo di sentire i rumori, i grugniti, i sospiri, i rutti e le scoregge che venivano dalla camera dove operava la Drizzona.

I tre che stavano davanti a lui erano evidentemente clienti abituali. Da loro Cucco aveva appreso che, quando la porta che dava accesso alla camera si apriva di una spanna, voleva dire che la Drizzona era libera, pronta per il prossimo.

Senza fare parola uno dopo l'altro s'erano alzati. Alla fine era rimasto solo lui e quando, alle sei, la porta si era aperta della classica spanna, anche lui s'era avviato.

«E tu chi sei?» gli aveva subito chiesto la Drizzona, non appena fatto un passo nella stanza.

Quando se l'era trovata davanti, Ludovico s'era preso un mezzo spavento.

Diogrande se era brutta! Così repellente non se la ricordava.

Sembrava un uomo con le tette!

E un odore di bestia tutto in giro!

«Chi sei?» aveva gridato ancora.

Era stato evidente che la Drizzona era in giornata storta, tutt'altro che di buon umore.

Cristo! Non gli aveva concesso nemmeno il tempo per rimediare allo sconcerto di trovarsi davanti a un fenomeno da baraccone e alla nausea causata dall'odore di zoo che stagnava nella stanza.

«Sono...»

«Io non ti conosco», aveva sbraitato la Drizzona.

«Veramente...» aveva balbettato lui.

«Luìs!» aveva gridato quella.

Ostia, il Luìs!

Era entrato nella stanza.

Una Drizzona senza tette, forse era suo fratello.

«Se gh'è?» aveva chiesto.

«Questo qui forse ha voglia di prenderci in giro o di farc la spia», aveva detto la Drizzona.

«Ah sì?» aveva chiesto il Luìs.

«Credo di sì», aveva confermato lei. «Io non l'ho mai visto prima.»

«Va bene, cara», aveva detto il Luìs, morbido come un panino.

«Adesso ci faccio passare la voglia.»

31.

Non fosse stato per il sangue dal naso, Cucco sarebbe riuscito a prendere il treno delle otto, forse anche quello delle sette e venti.

Ma il fiotto sembrava che non volesse fermarsi più!

Cucco era sempre stato debole di naso e le sberle che gli aveva dato il Luìs non gli avevano certamente fatto bene: una pioggia di sganassoni accompagnata dalla promessa, aveva chiarito il Luìs, di dargliene altrettante, anzi di più, se gli fosse venuta la fantasia di andare in giro a dire che la Drizzona lavorava in casa.

Didattico, il Luìs non si era limitato a quel solo avvertimento.

Perché se invece, aveva continuato l'omaccione, il giovanotto era lì per conto terzi, se insomma era stato qualcun altro a mandarlo allo scopo di fare la spia e poi riferire, lui lo autorizzava a dargli, a nome suo e della Drizzona, lo stesso numero di sberle che aveva testé ricevuto. E gliene aveva mollate altre quattro o cinque, nel caso quelle appena ricevute gli fossero sembrate poche.

Il trattamento era avvenuto nello squallido salottino della casa, visto che per la Drizzona la giornata di lavoro era finita e non aspettava più nessuno.

L'uscita di scena di Ludovico era stata coronata da un poderoso calcio nel culo grazie al quale il giovanotto aveva perso l'equilibrio, franando sui gradini.

Rimettersi in piedi, riconquistare l'equilibrio, riappropriarsi di un minimo di lucidità gli aveva richiesto una buona mezz'ora.

Ma era a Germanedo, cazzo!, la stazione a un paio di chilometri almeno, era buio e perdeva sangue dal naso.

Vai di qua, vai di là, dov'era la strada giusta?

Era andato di là e per puro culo dopo cinque minuti che camminava come un ubriaco s'era trovato di fronte alla porta di una farmacia ed era entrato.

Non s'era ancora esaurito il suono del campanello della porta d'ingresso che nel locale s'era levato un grido di terrore. A emetterlo era stata una specie di mummia che stava dietro il bancone, tal dottoressa Cracchioli.

Ne aveva avuto ben donde di gridare.

Il Navacchi junior era una maschera di sangue.

Gli occhi della cariatide l'avevano fissato, sgranati.

Anche lui aveva avuto l'opportunità di darsi un'occhiata nello specchio della bilancia che stava nell'angolo di destra della farmacia.

Era conciato da far paura, s'era fatto impressione da sé.

Sangue dappertutto, sulla camicia, sulla giacca, nei capelli.

L'occhio gonfio, il labbro tumefatto.

«Via, via, all'ospedale!»

Il grido l'aveva fatto sobbalzare.

A emetterlo era stato un uomo, forse il marito della mummia, da lei richiamato al cospetto della visione infernale che era appena entrata in farmacia.

«Ma che ospedale del cazzo», aveva mormorato Cucco.

Ma quello: «Via, via, fuori di qui», aveva continuato a gridare, temendo evidentemente che il Navacchi avesse appena preso parte a una rissa e che la sua presenza lì dentro non potesse essere che l'inizio di un guaio.

Considerato però che il farmacista, o chiunque fosse, gridava e gridava ma gli stava alla larga come se lo temesse, Cucco s'era impuntato. Impacciato, faticando, aveva comunicato che se ne sarebbe andato solo dopo aver ottenuto delle garze, del cotone emostatico e qualcosa che lo aiutasse a far passare il dolore delle contusioni.

Il farmacista, o quello che era, aveva allora ordinato alla mummia di prendere tutto ciò che lui aveva chiesto.

«Sciò!» aveva infine ordinato dopo avergli allungato un sacchetto con le garze e il resto, ritenendosi ben pagato dal solo fatto di essere riuscito a sbarazzarsi di quel luciferino soggetto.

32.

Cucco s'era dato una ripulita a una fontanella pubblica. Grazie ai tappi di cotone emostatico il sangue dal naso s'era fermato. S'era stretta bene la giacca, per nascondere la camicia lorda di sangue e, specchiandosi nella vetrina di una pasticceria, s'era pettinato.

Aveva comunque un aspetto inquietante e lungo la strada verso la stazione aveva cercato di camminare sempre nelle zone buie, evitando lampioni o altre luci.

Era arrivato in stazione alle nove meno un quarto e solo lì, mentre, seduto su una panchina, s'era disposto ad attendere il treno per tornare a casa, frugandosi in una tasca della giacca s'era trovato tra le mani un flaconcino: quello che lui aveva chiesto al farmacista un'oretta prima, la medicina per combattere il dolore.

Al buio e con l'occhio tumefatto non gli era riuscito di leggere bene l'etichetta, sulla quale campeggiava la scritta «Farmacia Dottor Cracchioli», né la composizione del preparato, un galenico, che era scritta a lettere troppo piccole.

Era comunque un liquido, una sospensione. Gocce.

Forse proprio perché aveva per le mani qualcosa con cui combatterli, in quel momento tutti i dolori che sentiva si erano acuiti.

Ludovico non aveva perso tempo. Svitato il tappo, aveva ciucciato un po' del contenuto del flaconcino.

Insapore e inodore, una decina di minuti più tardi gli aveva dato una nuova assaggiata.

Poi, finalmente, il treno, il maledetto treno, era arrivato.

33.

Maledetto, sì!

Un localaccio.

Sedili di legno rigidi come le panche delle galere, spifferi di aria gelida, una puzza di carbone e di piscia che toglieva il fiato.

Lecco, Abbadia Lariana, Mandello del Lario, Lierna.

A Lierna, Cucco non ne aveva potuto più.

Gli scossoni, le frenate, i saltelli, le sbandate del convoglio sembrava che ce l'avessero con lui. Ogni volta evocavano un nuovo dolore o ne esacerbavano un altro.

Se, quando era salito a Lecco, gli era sembrato che grazie alla medicina del marito della mummia i dolori si stessero attenuando e, anzi, gli si stesse diffondendo nell'animo una sorta di senso di pace, di leggerezza, quasi di gioia, come se davvero avesse fatto per tutto il pomeriggio compere natalizie, all'altezza di Lierna gli era sembrato di essere appena uscito dalle mani del Luìs con le sue sberle terrificanti.

Non era stato lì a farne tante.

Non era né un santo né uno stoico.

Aveva preso il flaconcino delle gocce e gli aveva dato una bella, lunga cannata, dopodiché s'era predisposto a percepire i passi del dolore che abbandonavano le sue membra straziate.

E per fortuna che il controleur l'aveva tenuto d'occhio.

34.

Che quel passeggero fosse uno un po' strano il controleur l'aveva notato subito, a Lecco: quando, visto che aveva ciccato due o tre volte di fila la maniglia della portiera, gli si era avvicinato per dargli una mano. Pensando che fosse ubriaco, aveva evitato molto urbanamente di insistere nell'aiutarlo ma s'era fatto un dovere di non perderlo di vista.

Con la scusa di bucare il biglietto, sul treno era tornato a dargli un'occhiata e aveva preso nota del fatto che doveva scendere a Bellano. Quindi, visto che il convoglio era pressoché vuoto, s'era seduto a poca distanza, in modo da poter intervenire nel caso ve ne fosse stata la necessità.

Per fortuna.

Perché se il controleur non avesse agito così, Cucco sarebbe sceso al capolinea, cioè a Sondrio.

Quando il treno era sbucato dalla galleria ed era entrato nella stazione di Bellano, il ferroviere, notando che il passeggero non dava segno di volersi alzare e anzi sembrava profondamente addormentato, gli si era avvicinato e coi soliti modi urbani l'aveva avvisato che per lui s'era fatta l'ora di scendere.

Cucco era emerso da un sonno torbido, confuso. Aveva guardato oltre il finestrino e confusamente visto il cartello Bellano-Tartavalle Terme.

Era arrivato.

«Grazie», bofonchiò.

Doveva alzarsi.

Una parola!

Le gambe: sembrava che non le avesse più.

Aveva tentato di alzarsi dal sedile e ci era pesantemente ricaduto.

Il controleur, sempre gentilissimo, s'era offerto di aiutarlo. Cucco aveva rifiutato. Afferrandosi alla retina portabagagli con entrambe le mani s'era tirato in piedi e poi, un passo dopo l'altro, ma lentamente e ondeggiando, aveva raggiunto la porta.

Il controleur, che l'aveva seguito passo passo, era di nuovo intervenuto: temeva, giustamente, che i tre gradini per scendere fossero una vera e propria trappola per la condizione fisica dello strano passeggero.

«Faccio da solo», aveva bofonchiato Ludovico.

Cosa poteva farci a quel punto?, s'era detto il ferroviere.

Ci fosse stato almeno un posto di polizia ferroviaria, avrebbe potuto segnalare il caso: ma Bellano non ce l'aveva.

Aveva lasciato che la cosa seguisse la sua strada.

Così Cucco Navacchi era franato sul marciapiede della stazione sotto gli occhi del capostazione Massacotta e del maresciallo Maccadò.

35.

Il maresciallo Maccadò stava aspettando proprio il treno che riportava a casa il Navacchi junior. Ma mica lo sapeva che là sopra ci stava il giovanotto.

Era in attesa di tre parenti suoi e due della moglie che tutti insieme dalla profonda Calabria erano risaliti lungo lo stivale per trascorrere da lui le vacanze natalizie e prendere visione della cinquina che popolava la sua casa.

Gli ospiti erano di già sul marciapiede, disorientati e infreddoliti. Lui aveva appena aperto le braccia per accoglierli tutti in un unico gesto di benvenuto.

Fu allora che, con la coda dell'occhio, colse la scena di quel sacco, perché tale gli parve, un sacco delle Regie Poste, che cadeva giù dal treno.

Sennonché il controleur, che era persona dotata di illimitato senso del dovere, scese anche lui dal convoglio.

E: «Accorr'uomo!» gridò.

Con il che fu chiaro che c'era un fatto grave, necessitava aiuto.

36.

Filzina ormai dormiva sopra il piatto.

Suo padre, in piedi davanti alla finestra che dava su piazza Boldoni, scrutava il buio.

Da un'ora almeno.

Senza parlare.

Le mani dietro la schiena.

Mormorando un'intelligibile, lamentosa litania.

Sua moglie, invece, la signora Vittoria, non faceva altro che andare avanti e indietro dal gabinetto. Le succedeva sempre quando era agitata, nervosa. L'intestino cominciava a fare i rumori più strani dopodiché le veniva un po' di sciolta.

37.

Il capostazione Massacotta era a Bellano da non più di due settimane e conosceva solo il personale che lavorava in stazione.

Si gettò sul corpo del Cucco e poi, guardando il Maccadò, che non portava la divisa e che l'aveva seguito dopo aver ordinato ai parenti di attendere, disse: «Secondo me è meglio chiamare i carabinieri».

Al che il Maccadò, con un cosciente, supremo disprezzo della sintassi, rispose: «I carabinieri sono io», e quindi si presentò.

38.

Filzina dormiva davvero, adesso. Nel suo letto. Ma sopra. Vestita, pronta a ogni evenienza. E scossa, di tanto in tanto, da brevi sussulti.

Il Navacchi senior stava ancora davanti alla solita finestra. Seduto, però, perché aveva cominciato a dolergli la schiena.

Vide il buio fitto della piazza animarsi, rompersi.

Vide la figura deforme che veniva verso la piazza.

Cos'era?

Un gobbo?

Un mostro?

Uno scherzo dei suoi occhi ormai stanchi?

Man mano che si avvicinava, il Navacchi precisò meglio i contorni di quello che stava vedendo.

Non era un gobbo, un mostro o un'allucinazione.

Era un uomo, due uomini anzi, due ubriachi. Uno certamente ubriaco, incapace letteralmente di reggersi in piedi, l'altro un po' meno, sicuramente non sobrio ma non tanto ubriaco come il primo poiché cercava di tenerlo in piedi passandogli un braccio attorno alla vita, sostenendolo con la spalla, cercando anche di tenergli alta la testa. Quello, però, doveva essere pieno come un otre, non faceva che scivolare, afflosciarsi a terra così che l'altro, per impedirgli di sdraiarsi, perché era quella l'impressione che dava, che volesse sdraiarsi per terra e dormire lì, l'altro insomma doveva fare sforzi immani per tenerlo in piedi, abbracciarlo, confondersi con lui in un groppo che, da lontano, creava l'illusione di una specie animale a due teste e innumerevoli braccia.

Sconsolante visione che riportava il Navacchi senior ai pensieri di un anno prima, quando Cucco non voleva saperne di mettere giudizio – finché non era successo quello che tutto il paese sapeva.

E adesso, dov'era?

Perché non tornava?

Quale amara sorpresa gli stava ancora preparando?

Possibile che nell'aria del paese ci fosse qualcosa di maligno?

La signora Vittoria tirò l'acqua.

Nello stesso momento il maresciallo Maccadò suonò il campanello.

39.

«A parte le contusioni», disse il dottor Lesti – ed erano le undici della notte.

Notte difficile anche per lui che aveva dovuto assistere a un parto e, quando si era infilato a letto da non più di un quarto d'ora, era stato svegliato dal Navacchi senior: una maschera tragica il volto del droghiere, un filo di voce per dirgli che il loro Ludovico, forse, era in coma.

A parte le contusioni, le quali, pur essendo numerose, non erano gran cosa, chi aveva picchiato non l'aveva fatto per rompere ossa ma per lasciare il segno, disse il dottore.

A parte le contusioni, circa le quali solo il giovanotto avrebbe potuto dare spiegazioni esaustive, il dottor Lesti chiarì che Ludovico era tutt'altro che in coma.

«Piuttosto si trova in uno stato di sopore profondo, profondissimo anzi, dovuto all'ingestione di una considerevole quantità di laudano.»

Laudano?

«Oppio», chiarì il dottor Lesti, «se la cosa vi riesce più facile da comprendere.»

La signora Vittoria chiese scusa: sentiva che il suo intestino stava per essere nuovamente attaccato dall'agitazione.

«Ne siete sicuro?» chiese il Navacchi senior.

«Più che sicuro», rispose il dottor Lesti ed esibì il flaconcino, vuoto, che aveva reperito in una tasca della giacca del giovanotto.

«Ritengo che», aggiunse, «se vostro figlio ha ingerito

l'intero contenuto di questo flacone possa dormire beatamente per altre ventiquattr'ore e vi preavviso che, al risveglio, potrebbe avere più di una difficoltà a ricordare con precisione ciò che è accaduto.»

Pur non essendo curioso, proseguì il dottor Lesti, gli sarebbe però piaciuto sapere come avesse fatto Ludovico a procurarsi quel farmaco che, a rigor di legge, andava spacciato solo dietro esibizione di apposita ricetta medica e per il quale esisteva anche l'obbligo, da parte del farmacista, di tenere un registro di carico e scarico.

«Lo dico tanto per dire», concluse il dottore, «ben sapendo che la cosa non è di mia competenza ma piuttosto dei tutori dell'ordine che in ciò potrebbero ravvisare gli estremi di un reato e agire di conseguenza.»

A quell'uscita il droghiere sbiancò.

Si riferiva forse a quello...

40.

Si riferiva forse a quello, cioè a un possibile intervento dei carabinieri, il maresciallo Maccadò poco prima, quando, dopo aver scaricato in casa Ludovico, gli aveva detto: «Ci vediamo domani»?, pensò il Navacchi senior.

«Cosa facciamo?» chiese la signora Vittoria di ritorno dal cesso.

Severino Navacchi si schiarì la voce.

Era ora di prendere una decisione.

L'aveva già maturata in verità, prima, nel buio, guardando verso la piazza.

Nel silenzio, in cui gli era sembrato di percepire lo scorrere veloce del tempo, gli anni che volavano via, la prospettiva che si faceva sempre più stretta, vicina.

Aveva avuto anche un brivido, un gelo.

Che speranze poteva ancora avere, lui, ormai sessantenne?

Più che con una speranza si sentiva propenso a fare i conti con un tradimento.

Ludovico, il traditore.

E Filzina?

«Eh?» chiese la moglie.

Così non si poteva andare avanti.

C'era Natale, c'era il fidanzato...

C'era Filzina, adesso, alle spalle dei due che si guardavano.

Dio, se era smorta!

«Vieni in cucina», le disse il padre, «e ascoltami».

41.

«Ascolta Filzina», cominciò a dire Severino Navacchi.

Aveva capito infine cos'era Ludovico, chi era suo fratello?

La ragazza era stremata e stordita. Non aveva la minima idea di quello che era successo, avrebbe voluto sapere, capire.

Chiese perché.

«Perché non importa», la interruppe suo padre.

Perché veniva dopo, era una conseguenza, un effetto di quello che Ludovico era.

In una parola una sciagura.

Per loro, i genitori.

Che avevano investito su di lui e come erano stati ripagati? Era lì da vedere.

Ma passi, per loro.

Forse non erano immuni da colpe, forse... coi se e coi ma, però, si restava al palo.

«Ma è per te, è a te che pensiamo», disse il Navacchi.

Anche per lei era una sciagura.

Riflettesse su quello che una testa balzana come quella di suo fratello avrebbe potuto combinare: fra due giorni, magari, a Natale, durante la cena con la famiglia Sperati. O il giorno del matrimonio!

Chi lo sapeva cosa diavolo avesse in testa quel ragazzo, cosa si proponesse di fare, dove volesse arrivare.

In ogni caso, ormai importava poco saperlo.

«Non importa più, anzi», affermò il genitore.

A loro non importava nemmeno sapere cosa avesse

combinato quel pomeriggio per ridursi in quello stato di larva.

Affari suoi!

L'importante, da quel momento in avanti, era che non interferisse più con gli affari di famiglia. Tra i quali, il più prossimo, il più importante, era il suo matrimonio.

«E quindi?» chiese Filzina.

La decisione ormai era presa.

«Quindi...» cominciò a spiegare suo padre.

42.

Polso e pressione andavano bene, disse il dottor Lesti la mattina dell'antivigilia di Natale.

Anche il respiro era regolare.

«Tutto a posto, insomma.»

Ludovico stava solo smaltendo il carico di farmaco.

«Entro sera sarà sveglio», pronosticò.

Era già sveglio, invece.

Dopo aver ascoltato le parole del dottore gli toccò sentire quelle di sua madre che si lamentò del proprio intestino.

«Ma non c'è proprio niente da fare, qualche nuova cura?»

«Cara signora», sospirò il dottor Lesti, «dovrebbe stare più calma!»

«E come si fa!» sbottò lei.

Era evidente che ce l'aveva con lui. Lui, il finto addormentato, la causa della sua colite.

Che, stava ragionando, s'era messo in un bel guaio.

Nel frattempo teneva duro fingendo di dormire: ma il momento della resa dei conti sarebbe arrivato.

Che bugie avrebbe raccontato dopo l'inevitabile risveglio?

Come avrebbe giustificato l'ignominioso pomeriggio precedente?

Quando, verso sera, aprì gli occhi, per rispetto alla prognosi del dottor Lesti ma anche – anzi soprattutto – perché aveva una fame dell'accidente, non aveva ancora un'idea precisa su cosa dire: vagheggiava attorno al progetto di fingere una confusione totale. Forse così, pensava, l'aveva detto anche il dottore d'altronde che avrebbe potuto avere scarsi ricordi della giornata precedente, se la sarebbe cavata con onore.

Aprì gli occhi nel buio.

Qualcuno era nella stanza, sua madre.

«Ludovico?» chiamò.

Era solo la prima di una serie chissà quanto lunga di domande.

Sì, rispose lui.

«Come stai?»

La seconda.

«Bene.»

La signora Vittoria si avvicinò al letto.

Cucco cercò di metterne a fuoco la figura.

Adesso sarebbe cominciato il bello. Cosa avrebbe risposto, a lei, a suo padre, a Filzina?

«Hai fame?»

Non se l'aspettava. Probabilmente anche sua madre non sapeva come affrontare lo scabroso argomento, prendeva tempo.

«Sì», rispose. Certo che aveva fame.

Ma prima di mangiare gli sarebbe toccato spiegare, rispondere, convincere e...

«La cena è pronta», disse sua madre, dopodiché se ne andò.

43.

O cazzo, c'era un solo piatto in tavola!

Gli altri avevano già cenato?

Ma che ore erano?

Erano le otto, passate da qualche minuto.

Il rumore dello sciacquone giunse sino in cucina.

I passettini di sua sorella, strascicati lungo il corridoio, lo colsero alle spalle.

Suo padre entrò tossendo.

«Mangia», disse.

«Che poi parliamo.»

44.

Ci vediamo domani, aveva detto la sera prima il maresciallo Maccadò.

Così fu.

Entrò nella drogheria del Navacchi verso metà mattina.

C'erano un paio di clienti, un altro entrò dopo di lui. Il Maccadò lo lasciò passare. E a quale scopo, se non quello di restare solo con lui?

Il Navacchi si sentì sudare le mani.

Lo sapeva, lo sapeva...

«Dite maresciallo», pigolò.

Il Maccadò non partì in tromba come suo solito. Sembrava, addirittura, imbarazzato, come se non sapesse da che parte prendere.

Oltre al resto, come se lo facessero apposta, entrarono altri clienti. Pure a loro il maresciallo cedette il passo: facessero con comodo, lui non aveva fretta e poteva aspettare.

Al Navacchi cominciò a sembrare di essere su una graticola, come se il pavimento della drogheria fosse bollente. Aveva compreso, ormai, l'imbarazzo del signor maresciallo, e capiva le sue esitazioni: a rigor di logica quello che era successo la sera prima non era affar suo, era fuori dalle sue competenze. A voler guardare bene, non era successo niente che riguardasse i carabinieri o la legge in genere, a parte la faccenda della bottiglietta con le gocce di laudano: faccenda che, se il dottor Lesti non ne aveva fatto parola con alcuno, poteva ritenersi già bella e morta.

Ma il maresciallo Maccadò sapeva. Sapeva chi era il Cucco Navacchi, conosceva i suoi precedenti e quindi, rivedendolo nello stato in cui l'aveva raccolto la sera prima in stazione, se n'era giustamente preoccupato.

Ecco perché era lì.

Per sapere, ammonire, consigliare. Rinnovare il ricordo della promessa che gli aveva fatto l'anno precedente: alla prima che mi fai...

Magari pensava che Ludovico fosse tornato per restare in paese e ne temeva le conseguenze.

Al Navacchi tutti quei pensieri stavano ingolfando la mente.

Quando l'ultimo cliente uscì dalla drogheria e loro due si trovarono di nuovo e finalmente soli, il droghiere prese il coraggio a due mani.

«Maresciallo, non preoccupatevi. Domani stesso lo rispedisco a Roma.»

Il Maccadò sulle prime non aveva mica capito. Lui era lì per...

«Non mi interessa se domani è Natale», aveva continuato il Navacchi.

Natale o Pasqua, non lo voleva più avere davanti agli occhi quel traditore. Soprattutto adesso che sua figlia stava coronando il sogno di una vita, un marito, dei figli, una famiglia, e lui invece, per chissà quali ragioni, invidia gelosia o altro che fosse non gli interessava nemmeno saperlo, si permetteva di dissentire, tentava di mettere il bastone tra le ruote a quei due bravi giovani.

Via, sciò!

Il consiglio di famiglia aveva deciso: naturalmente con il beneplacito del Cesaretti che s'era detto d'accordo nel riprendersi Cucco prima del previsto.

«L'aria del paese non gli fa bene», aveva spiegato al telefono la signora Vittoria.

«Ho capito», aveva risposto lui, senza indagare oltre.

«Eh, caro maresciallo, i figli, che pensieri!»

In ogni caso, ribadì, di Ludovico non doveva assolutamente preoccuparsene.

«Domani mattina...»

E chi lo fermava più il Navacchi?, era stato il pensiero del maresciallo.

Lui era andato in drogheria per tutt'altra ragione ed era anche in licenza.

Se si sentiva un poco in imbarazzo, se aveva lasciato passare tutti i clienti, era solo perché non gli andava a genio l'idea che lo vedessero fare la spesa, lavoro da femmine.

Tuttavia sua moglie la marescialla, con i cinque marmocchi a cui badare e tutti quei parenti che le avevano invaso la casa, aveva ben altro da fare. Glielo aveva detto con la sua solita schiettezza: «Caro il mio maresciallo, se vuoi che i nostri parenti assaggino la mostarda per Natale te la vai a comperare da te. Io proprio non ne ho il tempo».

E così lui s'era armato di coraggio ed era uscito per compiere quella missione.

45.

«È un vero peccato», disse il Risto.

Peccato, peccato!, fecero eco, in coro, la signora Vittoria e Filzina.

Davvero un peccato che Ludovico avesse dovuto partire precipitosamente: era a Bellano da così pochi giorni! Non avevano nemmeno avuto il tempo di vedersi, scambiare quattro chiacchiere...

«D'altronde è così», saltò su a dire Severino Navacchi.

Il lavoro, quando c'è, va preso al volo. Certi lavori, poi...

Come quello!

Una fornitura di gioielli, anelli se al telefono non aveva capito male, per... e abbassò la voce.

«Per Sua Santità?» chiese il Risto.

Oddio, pensò la signora Vittoria: la manfrina di suo marito la stava mettendo in agitazione e quando le veniva il nervoso si sapeva come andava a finire.

Lì, però, in casa d'altri...

«Non lo so se è proprio per il Santo Padre», rispose Severino. «Certo è che l'ordine è arrivato direttamente dal Vaticano.»

In fondo era stato il Cesaretti a vantarsi che gli era capitato di lavorare per alti prelati vaticani: quindi quello che stava dicendo non era proprio tutto falso.

«Bene», approvò il Risto, «molto bene. Sono proprio contento per Ludovico. Anche se naturalmente mi dispiace che debba passare in viaggio il giorno più santo dell'anno.

«Vorrà dire che lo avviseremo per tempo circa la data delle nozze, in modo che...»

«Eh, le nozze!» intervenne ancora il Navacchi.

Una fitta secca colpì a tradimento l'intestino della signora Vittoria. Chiuse gli occhi, sperando che passasse via senza conseguenze.

Sapeva quello che stava per dire suo marito: cioè che, in considerazione dell'attività assai particolare di Ludovico, il quale, come dimostrava la repentina partenza di quella mattina, aveva regole e orari tutt'altro che fissi, soggetta com'era alla necessità di evadere gli ordini dei committenti – e che committenti! – forse era meglio sospendere l'idea che Cucco facesse da testimone alla sorella e se ne prendesse invece un altro.

Così, almeno, niente avrebbe turbato la cerimonia.

«Metti caso», spiegò il Navacchi, «che all'ultimo minuto non può venire. Cosa si fa, si va alla ricerca di un testimone di riserva?»

Rise mentre alla moglie sembrava di avere un topo in libertà nell'intestino.

Non sarebbe stato bello, non sarebbe stato carino.

Era cosa da tenere nella debita considerazione, rincarò Severino Navacchi, guardandosi bene dal dire che in famiglia avevano già preso la drastica decisione di non comunicare a Ludovico la data delle nozze della sorella.

Dopo, semmai.

Ma a cose fatte, in modo che non avrebbe più potuto fare danni.

Il Risto soppesò le parole del futuro suocero.

«Per me...» esitò, «se Filzina è d'accordo...»

«Siamo tutti d'accordo», proruppe la signora Vittoria, stringendo i denti.

Anche la vedova Sperati, completamente rintronata sulla poltrona a capo della tavola imbandita, sembrava d'accordo, visto che continuava a dondolare il capo mentre un filo di bava le scendeva all'angolo delle labbra.

Filzina scattò ad asciugarla.
«Vogliamo brindare al Natale?» chiese Risto.
Prima, però...
Fu la signora Vittoria a cinguettare.
«Posso andare un attimo in bagno?» chiese.

TERZA PARTE

1.

Rosa Maria Ancella Grigli, moglie del direttore dell'uffico delle Regie Poste, aveva sempre patito. Prima la presenza del figlio e della sua testa dispari, poi la sua assenza. Contrariamente al marito però non aveva mai fatto scene, dato in escandescenze. S'era chiusa in casa, pregando e sperando. Tuttavia la mattina del 12 gennaio 1938 decise di trasgredire alla regola che s'era data e si presentò in caserma al cospetto del maresciallo Maccadò.

Qualcuno, disse, la doveva aiutare.

Il maresciallo fiutò immediatamente odore di guai. Non se ne dispiacque. Qualcosa da fare, meglio se qualcosa di grosso, l'avrebbe distolto dal conto alla rovescia che occupava quotidianamente i suoi pensieri, terminato il quale, avrebbe messo in cantiere l'Ernesto, o Ernestina, fosse nata femmina.

«Mi dica», fece conciliante e rinunciando di proposito all'uso del voi che pure gli era sempre stato abituale: da quando una direttiva di Starace ne aveva imposto l'uso, il maresciallo non perdeva occasione per disobbedire.

«Vi farò perdere il minor tempo possibile», iniziò la donna dopo aver accettato di accomodarsi.

«Sono tutt'orecchie», la tranquillizzò bonariamente il maresciallo.

Orecchie che, un quarto d'ora più tardi, quando la moglie del Girabotti ebbe finito di parlare, erano diventate color rosso fuoco per la sorpresa.

2.

Quando lo vide entrare in drogheria, Severino Navacchi stava servendo un etto e mezzo di asabesi alla signorina Animata Bucchielli, titolare dell'omonima scuola di danza, ritmi classici e moderni. Signorina per modo di dire, perché aveva di già superato i quaranta. Ma tutta fru fru perché, come diceva lei, la danza manteneva giovani. L'Animata era una cliente fissa della drogheria. Quando si presentava in negozio, il Navacchi poteva essere certo che fossero le nove e trenta, nove e trentacinque al massimo. Né aveva bisogno di sentire la comanda: l'etto e mezzo di asabesi era il fabbisogno quotidiano della Bucchielli, con il quale cercava di vincere il graveolente alito.

Al vedere il maresciallo Maccadò, il droghiere dapprima si arrestò, pietrificato, il braccio a mezz'aria, la paletta già carica di liquirizie. Poi cominciò a tremare, gli asabesi a cadere un po' sul piatto della bilancia, un po' sul bancone e in terra.

«Ma cosa vi succede signor Navacchi?» danzò Animata.

Al maresciallo bastò un secondo per comprendere: il suo ingresso aveva scatenato la solita crisi di panico nel droghiere. Intervenne immediatamente.

«Niente», disse dapprima alla signorina Bucchielli che aveva assunto una tragica espressione di scena.

E: «Niente», ripeté rivolgendosi al Navacchi. Era lì solo perché aveva bisogno di parlargli, una faccenda che riguardava suo figlio.

Appunto. Proprio quello temeva Severino Navacchi, che Cucco fosse di nuovo in mezzo a qualche guaio.

«Non è un guaio!» abbaiò il maresciallo.

«No?» esalò il droghiere, incredulo.

«Sul mio onore, no.»

Però era lo stesso un bel casino, assicurò il maresciallo. E, se era lì, era solo perché il Navacchi poteva aiutarlo a risolverlo.

«Io?» fece il droghiere che stava recuperando colore.

«Sì, insomma, voi, vostro figlio.»

«Ludovico?»

'Ste domande!

Che lo stesse a sentire, disse il maresciallo, che lo lasciasse spiegare per bene, senza interromperlo.

Anche il droghiere dichiarò di essere tutto orecchie. Al maresciallo Maccadò, le orecchie ancora scottavano. Diede un'occhiata eloquente alla Animata che, curiosa come una scimmia, non s'era persa una battuta e solo dopo – quando il dlin dlin del campanellino risuonò nell'aria, segno che l'insegnante di danza se n'era andata – cominciò a spiegare.

3.

Era stata la prima cosa che gli era venuta in mente. L'unica, a essere sinceri. Per quella ragione il maresciallo s'era fiondato in drogheria. Altrimenti non avrebbe saputo come dare una mano alla moglie del Girabotti. Che di aiuto ne aveva davvero bisogno. Tanto, se era vero ciò che la donna gli aveva confessato, e il Maccadò non aveva motivi per dubitarne.

Cioè, che suo marito, il direttore dell'ufficio Regie Poste Melchiorre Girabotti, s'era messo in testa di partire volontario per la Spagna.

«Per fare che?» aveva chiesto il maresciallo.

Cercare nostro figlio, era stata la risposta.

Sul fatto che fosse vivo, il direttore non nutriva alcun dubbio. Pure, era certo che, dopo aver disertato, avesse trovato da nascondersi da qualche parte: lui l'avrebbe scovato.

Non c'era stato mezzo per farlo ragionare, aveva assicurato la donna.

«Dico, ma...» era sbottato il maresciallo. Lo sapeva o no che in Spagna volavano pallottole vere? Le aveva lette le cronache della recentissima battaglia di Teruel, combattuta con diciotto gradi sotto zero, con un metro di neve, senza che nessuna delle due parti potesse ricevere rifornimenti? Si rendeva conto di avere più di cinquant'anni sulle spalle e che quella era una follia bella e buona?

Se ne frega, aveva risposto la moglie del Girabotti. Sordo a ogni obiezione, il direttore non aveva ormai altro pensiero. Al punto che, aveva chiarito la donna, il marito aveva affermato che se la Milizia avesse rifiutato la sua domanda di arruolamento, ebbene...

«Ebbene?» aveva chiesto il maresciallo.

Sarebbe entrato nelle Brigate Internazionali, togliendosi così anche il gusto di sparare qualche fucilata contro quelli che, con l'imbroglio, gli avevano portato via il figlio.

Ossignore!, aveva mormorato il Maccadò.

Rosa Maria Ancella Grigli in Girabotti l'aveva guardato. Toccava a lui parlare adesso, lei aveva detto tutto.

Era stata la forza della disperazione a far brillare nella testa del maresciallo quell'idea.

4.

Severino Navacchi prese tra le dita un asabese. Glielo aveva detto il dottor Lesti, la liquirizia faceva bene agli individui con la pressione bassa come la sua. Si mise in bocca il quarto asabese e attese che il maresciallo Maccadò proseguisse: fino a quel momento non aveva capito granché.

«Capito?» chiese invece il Maccadò.

«Cosa?» ribatté il Navacchi.

«Ma via!» fece il carabiniere.

Il droghiere deglutì intero l'asabese.

«Se vostro figlio...»

«Ludovico?»

Il Maccadò scattò, spazientito.

«Signor Navacchi, di lui sto parlando!»

«Capisco. Ma cosa c'entra?»

«Dico», sospirò il maresciallo, «se ci mettesse una buona parola... In fondo si tratta di fare una buona azione, aiutare un vecchio amico e nel contempo una madre sofferente e un padre che con la testa non ci sta più tanto...»

Il Navacchi fu tentato di mettersi in bocca un quinto asabese. Non lo fece. Il dottor Lesti aveva anche detto che, esagerando, la pressione poi si alzava troppo.

«Cosa dovrebbe fare mio figlio?» chiese, faticosamente.

Il maresciallo tossicchiò.

«Badate», disse abbassando il volume della voce, «è un'idea che è venuta a me... Nessuno ne sa niente, insomma... Ma, mi sono detto, se magari quel ragazzo ne parlasse alla sua...»

Dlin, dlin, fece il campanello della porta. Due clienti in un colpo solo.

5.

Fidanzata!

Proprio fidanzata, ancora no.

Mancava l'ufficialità della cosa.

Ma gli occhi di mora di Carmen Inés Endellano Aragón, figlia del ministro plenipotenziario di prima classe dell'ambasciata spagnola presso la Santa Sede, avevano imbrigliato per bene il cuore di Cucco Navacchi. Altro che la scoppoletta passeggera, com'era sembrato al giovanotto durante i primi tempi! Quindi, una volta compreso che la Inés doveva essere sua e di nessun altro, pure lui era sceso in campo, tirando fuori il meglio di sé: fascino, gentilezza. Buone maniere anche, quelle con le quali era stato cresciuto.

Con il risultato che pure sul cuore della spagnola era calata, simile a una di quelle che si usavano per pescare le alborelle, una morbida rete.

Dichiaratisi il reciproco amore, però, la ragazza aveva chiesto a Cucco una settimana di tempo.

Per fare che?, aveva domandato il giovanotto.

Informare il genitore della sua relazione, aveva spiegato Inés, e ottenere da lui il permesso di proseguirla. Senza quell'assenso, infatti, avrebbero dovuto dirsi addio. Nella sua famiglia, aveva concluso, si usava così.

Ludovico non aveva potuto fare altro che accettare e mettersi alla fonda, in attesa. Senza minimamente immaginare che, mentre lui attendeva paziente il via libera dell'augusto diplomatico, sul tavolo di lavoro di quest'ultimo si andavano via via accumulando informazioni sul suo conto: cosa faceva, cos'aveva fatto, dove stava e da dove veniva.

Quando, sul finire dell'estate del 1937, il maresciallo Maccadò aveva ricevuto direttamente da Roma una richiesta di informazioni su Ludovico Navacchi, sulle prime aveva reagito come se fosse il droghiere, chiedendosi cosa diavolo avesse combinato.

Nulla era specificato nella richiesta.

E allora aveva ragionato.

Cioè, s'era detto: se il giovane era andato a combinare casini anche a Roma, significava che aveva davvero l'animo del delinquente e che era giunta l'ora di una bella lezione, visto che i precedenti non gli avevano insegnato niente.

Però, s'era anche obiettato, se la ragione di quelle note informative fosse un'altra, un nuovo lavoro per esempio, magari l'avvio di un'attività commerciale...

«Ecco, ecco!»

La signora Vittoria glielo aveva ben detto, se ne ricordava chiaramente, che il Cucco, a Roma, lavorava presso un laboratorio di oreficeria di proprietà di tal Cesaretti Gualtiero. E, anche, gli aveva raccontato che, se si fosse ben comportato, Cucco sarebbe stato l'erede di bottega e clientela.

Quindi prima di rispondere il Maccadò aveva svolto una sua personale indagine. Roba di pochi minuti, e al telefono.

Gli aveva risposto il Cesaretti in persona.

Anche a lui, aveva detto, i carabinieri avevano chiesto notizie circa la moralità del giovanotto.

«Ma cos'ha combinato?» aveva indagato il maresciallo.

«L'ha fatta grossa», aveva risposto, ma ridendo, il Cesaretti.

Ahi!, aveva pensato il maresciallo.

«Me lo potete dire?» aveva chiesto.

«Come no?» era scoppiata nella cornetta la voce dell'orafo.

S'era fidanzato!

«Cosa?» aveva chiesto il maresciallo, preso alla sprovvista.

«Proprio, fidanzato! Ma con la figlia di un diplomatico spagnolo!»

6.

«Io lo sapevo», disse la signora Vittoria.

Sul tavolino della sala di casa Navacchi, lustra come uno specchio e fredda come un sepolcro, fumavano due sole tazzine di caffè: una per il maresciallo, l'altra per la signora Vittoria.

Il Severino aveva rifiutato: era già nervoso abbastanza.

Che fidanzata?

Quando il Maccadò gli aveva soffiato nell'orecchio quella parola, un quarto d'ora prima, giù in negozio, s'era sentito inondare da un fuoco.

«Scusate», aveva detto alle due clienti che erano appena entrate, e le aveva accompagnate alla porta.

«Ma...» aveva tentato di opporsi una delle due.

«Sciò!» aveva ordinato lui seccamente.

Poi, altrettanto seccamente: «Venite di sopra», aveva detto al maresciallo, «perché qui non si può parlare».

Una volta in casa aveva guidato il Maccadò in cucina, dove sua moglie stava mondando dell'insalata invernale.

«Vittoria, ascolta un po' la bella novità!»

Il maresciallo l'aveva ripetuta.

La signora Vittoria aveva reagito con un misurato cenno del capo.

Poi: «Caffè maresciallo?» aveva chiesto.

Gli andava proprio, al Maccadò, un bel caffè. «Grazie.»

Allora, lei: «Fallo accomodare in sala, Severino», aveva ordinato.

Infine, quando era entrata in sala con il vassoio, dopo

aver deposto le due tazzine sul lustro tavolino: «Io lo sapevo», aveva detto.

Ma non aveva mai aperto bocca perché in quella casa di Gualtiero Cesaretti non si poteva parlare. Bastava il nome perché sul volto di suo marito si addensasse un temporale.

Lo vedeva il maresciallo, anche adesso?

Era bastato dire «Cesaretti» ed eccolo lì, gli veniva una faccia da agone in carpione, l'occhio sgranato, stupefatto, la mandibola spinta in avanti, le narici frementi!

Era possibile, dopo trent'anni di matrimonio?

«Eh?» insisté la signora Vittoria. «È possibile?»

«Mah!» cercò di cavarsela il Maccadò.

Ma se era lì da vedere, obiettò la Navacchi. Manco il Cesaretti fosse stato o fosse...

«Cosa?» interloquì il Navacchi.

«Ma sta' zitto!» lo fulminò la moglie.

Era ridicolo. Comico. Alla lunga insopportabile.

Lei cosa poteva farci?

Niente.

Tacere.

E quello aveva fatto.

Sapeva tutto perché il «Ce-sa-ret-ti!» le aveva scritto ogni cosa, sin dall'inizio.

Ma aveva taciuto per evitare ridicole scene di una gelosia fuori tempo.

Ludovico d'altronde era abbastanza grande per decidere come comportarsi.

«Anche per decidere quando comunicare alla sua famiglia di essersi fidanzato!» concluse la signora Vittoria.

È morta lì!

«D'accordo», disse il maresciallo Maccadò.

Però adesso il problema era diverso.

«Più che vostro figlio mi servirebbe la sua fidanzata», buttò lì.

«Cioè», corresse subito, «suo padre.»

E: «Voglio dire», aggiunse, e poi spiegò la faccenda.

Solo un apparato come quello diplomatico avrebbe potuto mettere in campo forze a sufficienza per capire che fine avesse fatto il povero Girabotti.

«Ho capito», annuì la signora Vittoria.

Il maresciallo, in sostanza, voleva che Ludovico chiedesse a Inés...

«Inés?» interloquì il droghiere.

«I-nés! Con l'accento sulla e», chiarì la signora Vittoria. «È il nome della sua fidanzata.»

Il maresciallo voleva che Cucco chiedesse a Inés di chiedere a suo padre...

«Esattamente», confermò il carabiniere.

Ma chi l'avrebbe fatto?

Loro due erano all'oscuro di tutto, mentre il maresciallo – e la scusasse – era la persona meno indicata per chiedere un favore a Ludovico.

Lo avrebbe fatto il Cesaretti!, concluse la signora Vittoria.

E che suo marito non si permettesse di dire be', perché a lui solo dovevano dire grazie se potevano pensare in tutta tranquillità alle prossime nozze di Filzina, povera anima che tra il lavoro e i preparativi del matrimonio era gravata da mille pensieri!

7.

Tra i tanti, quello.

Era stata colpa, o merito, del suo principale, il direttore Tirisaldi.

Era successo la mattina in cui le aveva dettato una lettera in francese. Poiché Filzina era digiuna di lingue straniere, affinché non commettesse errori il direttore s'era portato al suo fianco per seguire la battitura. Su una parola, lunga e piena di accenti, due stanghette si erano incrociate. Filzina era arrossita e per scusarsi s'era girata verso il direttore che era sempre lì di fianco, sorridente, la lettera in mano.

Era stato allora che aveva visto.

O meglio, che non aveva visto quello che invece aveva più volte notato nel Risto, all'altezza del cosiddetto cavallo dei pantaloni.

Il direttore Tirisaldi, lì, scivolava via piatto, a perpendicolo.

Il Risto, invece...

Aveva finito di battere la lettera con molta difficoltà, distratta dall'improvviso fiorire di quella nuova curiosità che mai, prima di allora, l'aveva sfiorata.

Come mai tanta differenza? Chi dei due era nel giusto?

8.

Il Girabotti senior era stato sistemato. Il ricorso alle vie diplomatiche, vaticane soprattutto, aveva spento le sue velleità di indagatore.

Merito del maresciallo, che aveva avuto l'idea, e del Cesaretti che l'aveva messa in pratica spacciandola per sua: aveva infatti raccontato a Ludovico di aver ricevuto una lettera in cui sua madre lo metteva al corrente della tragica situazione della famiglia Girabotti paragonandola invece alla fortuna che loro avevano avuto.

A lui, leggendo, era balenata la possibilità di battere quella strada.

«Certo», aveva aggiunto, «prima o poi dovrai dirlo ai tuoi di questa fidanzata.»

«Quando lo sarà ufficialmente», aveva ribattuto Cucco.

Superato l'esame di moralità, Cucco, come amava dire, era stato ammesso a corte: ma per il fidanzamento ufficiale doveva passare ancora del tempo.

«È solo perché manca il timbro?» aveva scherzato il Cesaretti.

O forse Cucco non aveva ancora digerito l'idea che, come lui, anche sua sorella aveva lo stesso diritto di sceglersi il fidanzato e il marito che meglio le pareva?

«Per adesso va bene così!» aveva risposto Cucco.

E che lassù a Bellano si arrangiassero. Lui non voleva più averci niente a che fare. Tanto che se avesse potuto escogitare una bella scusa per evitare di essere presente a quel nefasto matrimonio...

9.

«C'è il signor Novità», annunciò il carabiniere Malamonica.

Il maresciallo Maccadò guardò il soffitto, si alzò dalla sedia, si avvicinò alla finestra del suo ufficio, l'aprì e si sporse.

«Nessuna», disse. Poi restò lì fingendo di guardare il panorama - niente di che, febbraio era appena cominciato, la montagna aveva colori malsani, il lago un colore verde stagno, platani e ippocastani, nudi e nodosi, era meglio non guardarli - ma con l'intenzione di verificare che il signor Novità, alias Melchiorre Girabotti, se ne andasse.

Perché dal giorno successivo a quello in cui il maresciallo gli aveva comunicato che le ricerche di suo figlio avrebbero battuto niente meno che vie diplomatiche, quello aveva preso il vezzo di presentarsi in caserma tutte le mattine per chiedere se ci fossero novità.

Per qualche tempo il maresciallo Maccadò, partecipe delle ansie del Girabotti, l'aveva ricevuto nel suo ufficio e, con pazienza, l'aveva invitato a non avere troppa fretta: era come cercare un ago in un pagliaio e soprattutto in terra di Spagna continuavano a suonarsele di santa ragione.

Tuttavia il Girabotti, pur assentendo alle parole del Maccadò, non aveva minimamente modificato la sua abitudine. E ogni mattina, tra le nove e le dieci, aveva continuato a suonare al portone della caserma per chiedere se ci fossero novità. Così che, a malincuore, passate tre settimane il maresciallo aveva diramato un preciso ordine di servizio ai carabinieri Malamonica e Bottasana: vietato aprire la porta al signor Novità, a meno che non ne fossero arrivate davvero, nel qual caso sarebbe stata sua cura riceverlo nel suo ufficio e comunicargliele, nella speranza che fossero positive.

Così fu la mattina del 18 febbraio. Perché la novità, pur se piccola, c'era. E positiva.

Il maresciallo Maccadò non vedeva l'ora di sentir suonare il campanello.

Suonò, infatti, alle nove e venti.

«Fallo passare», disse al carabiniere Malamonica senza attendere il solito annuncio.

Due minuti dopo davanti a lui c'era il dottor Lesti.

Che aveva, disse, bisogno di lui.

10.

I

Erano esattamente trentacinque anni che Dilenia Settembrelli non sognava più sua sorella Euforbia. L'aveva sognata quella notte. Sempre nella bara, giovane, sorridente. E le aveva fatto un cenno di saluto con la mano.

Quando il podestà Bonaccorsi s'era alzato, aveva trovato la moglie, anziché in cucina, nel salotto, ancora in vestaglia, seduta in poltrona. Stava piangendo lacrime silenziose.

Cosa diavolo c'era ancora?, aveva pensato.

Dilenia gli aveva risposto, manco ne avesse letto il pensiero.

«L'Eufrasia è morta», aveva detto.

«L'Eufrasia?» era sbottato il podestà. «E chi te l'ha detto?»

«Nessuno», era stata la risposta della moglie.

Il Bonaccorsi aveva socchiuso gli occhi: cominciava sempre così, c'era una nuova crisi in arrivo, chissà cosa s'era inventata...

«Ma via», aveva tentato di blandirla.

No, l'aveva interrotto lei: era morta, ne era certa.

Se infatti, spiegò, aveva smesso di sognarla trentacinque anni prima quando s'era reincarnata nella Sofistrà, adesso, avendo ripreso a mostrarsi in sogno, poteva solo voler dire che era ritornata nel regno dei più.

«Ma se l'altro ieri era viva e vegeta!» era insorto il Bonaccorsi.

Proprio dietro suo ordine, la guardia municipale le aveva recapitato una specie di pacco viveri insieme con la raccomandazione di non dare, come suo solito, metà del contenuto ai gatti.

«Questo non vuol dire», aveva obiettato Dilenia.

Il Bonaccorsi s'era arreso. Era inutile, lo sapeva sin troppo bene, contrastare la moglie quando la pigliavano certe fantasie. In quell'occasione il Bonaccorsi s'era ritenuto fortunato: Dilenia non aveva tirato in ballo storie con angeli e demoni, comete e nubifragi, sarebbe bastato dimostrarle che la Sofistrà era viva e le ubbie sarebbero rientrate.

Aveva immediatamente telefonato in Comune incaricando la guardia municipale di recarsi con sollecitudine a casa della Sofistrà per verificarne lo stato di esistenza in vita.

Quando, un quarto d'ora più tardi, la guardia in persona aveva suonato alla porta di casa sua recando la notizia che secondo lui la Sofistrà era davvero trapassata, il Bonaccorsi aveva imprecato.

«Ne siete certo?» aveva chiesto.

«È ancora molle come una pelle di fico», aveva risposto, assai inelegantemente, la guardia. «Ma non parla né fa segni.»

Maledizione!

Però, in fin dei conti, cosa poteva capirne una guardia municipale? Forse la Sofistrà stava solo molto male!

«Immediatamente», aveva detto il podestà, «andate dal dottor Lesti e portatelo da quella donna.»

«Va bene», aveva obbedito la guardia partendo tutt'altro che di gran carriera.

II

Quando il dottor Lesti era entrato in quella casa dove mai aveva messo piede, per prima cosa aveva annusato l'aria.

A parte l'odore di gatti. C'erano felini dappertutto, uno addirittura acciambellato sul ventre della donna, sdraiata sul letto. Ma, a colpirlo, nauseandolo, era stato il sentore fortemente agliaceo che impregnava l'aria della stanzaccia.

S'era avvicinato al corpo della Sofistrà e, prima di darle un'occhiata, aveva mollato una sberla nervosa al gattaccio che non voleva saperne di andarsene. Poi, un'occhiata alla pupilla, una palpatina alla carotide, aveva compreso che lì, per lui, non c'era assolutamente niente da fare. La Sofistrà era morta, e da poche ore.

«Dite al signor podestà che confermo lo stato di morte di questa donna», aveva detto alla guardia municipale.

Ma, aveva aggiunto, prima di firmare il certificato di morte, aveva bisogno di conferire con il maresciallo Maccadò.

«Come mai?» s'era meravigliata la guardia.

Il dottor Lesti non aveva ritenuto opportuno dare spiegazioni a quell'uomo: ma non aveva affatto dimenticato quello che era successo un paio di anni prima, quando era morta la vedova Fioravanti, l'espressione di dubbio che il maresciallo aveva insinuato circa la sua professionalità, il piccione avvelenato e tutte quelle storie...

Quindi, una volta uscito da casa della Sofistrà, aveva diretto i suoi passi alla volta della caserma.

11.

«Odore d'aglio?» fece il Maccadò allargando le braccia.

Ma che minchiata gli stava raccontando il dottor Lesti?

Che però, con l'indice, gli fece segno di no, non aveva detto così.

«Odore agliaceo piuttosto», ripeté.

«E va bene, dottore, agliaceo...»

No, ribadì l'indice del medico.

Odore agliaceo poteva voler dire parecchie cose, avere altri significati, indicare anche la presenza di: «Arsenico».

«Arsenico?»

«Nel corpo di quella donna.»

Esalando nelle secrezioni, lacrime, sudore, saliva, l'arsenico produceva appunto quell'odore. «Agliaceo», confermò il dottor Lesti.

Quello stesso che lui aveva percepito nell'aria della casa della Sofistrà.

«Quindi, voi ritenete...» interloquì il maresciallo.

«No», troncò il dottore.

Non riteneva niente, per lui quella donna era morta per cause naturali.

«E allora?»

«Allora, onde evitare equivoci, prima di firmare il certificato di morte vi chiederei la cortesia di effettuare un'ispezione in quella specie di serraglio al fine di sgombrare il campo da qualunque malinteso, non so se mi spiego.»

Si spiegava, pensò il maresciallo, eccome! Ma gli sembrava tempo perso, lavoro inutile...

Cercò di essere conciliante.

«Via dottore, chi volete che abbia avuto intenzione di fare del male a quella poveretta?»

«Nessuno», rispose il dottor Lesti.

Ne era convinto. Così come lo era stato nel caso della vedova Fioravanti. Eppure il maresciallo non era stato della sua opinione e aveva creato un caso di cui in paese s'era parlato per settimane. Quindi...

«Ho capito», si arrese il Maccadò.

C'era di mezzo una dignità offesa che cercava riparazione.

«Provvederò!» disse. E l'avrebbe fatto di persona, per risolvere in privato la questione, se solo il Girabotti si fosse, come tutte le mattine, presentato in caserma.

Ma per l'appunto, quella mattina, sembrava che non ne avesse intenzione.

12.

Perché?

Perché diavolo il direttore delle poste non compariva come suo solito?

Il maresciallo Maccadò se lo chiese non appena il dottor Lesti uscì salutando e dicendo che, pure lui, restava in attesa di novità. Il maresciallo abbozzò: uno alla volta. Prima di mettere in pace l'orgoglio ferito del medico, non voleva mancare l'occasione di dire al Girabotti ciò che era venuto a sapere: un giovanotto corrispondente alle caratteristiche di suo figlio era stato ospitato presso un convento di frati trappisti a Quintamar de la Orden, piccola cittadina a sud di Guadalajara, da cui s'era allontanato, in compagnia di altri italiani, evidentemente disertori come lui, quando il fuoco della battaglia s'era spostato nella regione dell'Aragón.

Attese.

Si illuse quando, un'ora dopo l'uscita del Lesti, il campanello della caserma squillò. Ma era il carabiniere Malamonica che rientrava dopo essere stato alle poste, in municipio e a provvedere per la mensa.

A quel punto il maresciallo si arrese: se voleva continuare a stare in caserma in attesa del Girabotti doveva rinunciare all'ispezione in casa della Sofistrà. Chiamò quindi il carabiniere Bottasana. Gli spiegò sommariamente la situazione e quello che voleva facesse nella casa.

Il Bottasana continuò a far cenno di sì, mentre il superiore parlava, dando a vedere di capire.

Ma, al momento di partire, gli vennero dubbi. Improvvisamente capì di non aver capito. Si bloccò.

«Maresciallo, scusate...»

Cosa doveva fare, in fin dei conti, cosa c'era da cercare in quella casa?

«Ma cosa vuoi fare, cercare...» reagì il maresciallo. Teatrino doveva fare: entrare in quella casa, guardarsi in giro, fare atto di presenza insomma, e poi tornare in caserma per riferirgli che era tutto a posto.

Teatrino!, si illuminò il carabiniere.

«Eh! Cos'ho appena detto?» confermò il maresciallo.

«Agli ordini», rispose il carabiniere.

«Bravo. E se per caso ti capita di vedere in giro il signor Novità, digli che ho bisogno di parlargli».

13.

Teatrino.

«Ino!»

Cioè cosa breve, rapida, come il diminutivo specificava.

Ma il Bottasana se la stava pigliando comoda.

Che avesse in paese, da qualche tempo, una mezza morosa, era cosa risaputa dal maresciallo Maccadò. E se certi servizi duravano qualche minuto di troppo il maresciallo era disposto a chiudere anche entrambi gli occhi.

Ma non quella mattina, perdio!

Cinque minuti ancora, rifletté il Maccadò, guardando l'orologio. E se entro le dieci e quaranta il carabiniere non fosse rientrato sarebbe stata sua cura calmarne i bollenti spiriti.

Rientrò, il Bottasana, tre minuti oltre il termine fissato dal suo comandante. Ma non aveva la faccia di uno che ha appena visto la morosa.

«Maresciallo», disse infatti, «in quella casa c'è un casino.»

14.

I

«Morta, l'ha detto anche il dottore», aveva confermato la guardia municipale al podestà.

E adesso, aveva pensato il Bonaccorsi, chi l'avrebbe detto a sua moglie?

Chi, se non lui?

L'aveva fatto, subito. Tanto, crisi per crisi, non era quella la prima, non sarebbe stata l'ultima.

Però: «Te l'avevo detto», aveva risposto Dilenia, «ma tu non hai mai voluto credermi», un trillo nella voce, una luce vivace negli occhi.

«Mi vesto», aveva aggiunto subito dopo, «e vado.»

«Dove?» aveva chiesto il marito.

Ma come, dove? Da lei. Bisognava pensare alla veglia, al funerale...

«Al funerale penserà il Comune», aveva osservato il podestà: non aveva nemmeno i soldi per mangiare, la Sofistrà, figurarsi se poteva aver messo da parte quelli necessari per pagarsi l'ultimo viaggio.

Dilenia era insorta.

«Al funerale penserà la sua famiglia!»

Cioè lei.

Ossignore!, aveva mormorato il Bonaccorsi, e s'era lasciato cadere sulla poltrona dove un attimo prima era seduta sua moglie.

II

Quando il carabiniere Bottasana era arrivato in casa della Sofistrà, Dilenia Settembrelli era già lì. Ma non sola. Con lei era presente tutta la corte di amiche e clienti che nell'arco di un trentennio avevano frequentato per le ragioni più varie quella casa e quella donna.

C'erano Ada Lumàga, Isolina Resega, Desi Vannetti, Seconda Vitali, Eripranda Denti, Viola Venturi, Selina Olivendi, Itaca Croci, Ester Zecchinetti, Vera Carponi, Bernarda Scimiani, Estenuata Albini, Albina Colombera, Nuta Fasoli, Mercede Vitali, Mirandola Ortelli, le gemelle Rosalba e Rosanella Bellani. Pure la Maria Isnaghi era accorsa immediatamente dopo aver sentito la notizia.

Di fronte a quel gineceo, il carabiniere Bottasana aveva ragionato che non avrebbe potuto mettere in pratica l'ordine del superiore. Non poteva limitarsi a fingere un'ispezione: un poco di spettacolo avrebbe dovuto darlo. Tra l'altro c'era anche la moglie del signor podestà: proprio alla Settembrelli aveva chiesto il permesso di procedere.

«Dopo», aveva risposto Dilenia.

Dopo che il prevosto ne avesse benedetta la salma. E aveva incaricato la Maria Isnaghi di andare ad avvisare il sacerdote.

Il prevosto era arrivato.

Sbuffando, poiché ormai aveva la sua età e i tre piani di scale che portavano alla casa della Sofistrà erano discretamente ripidi. Una volta entrato in casa aveva smesso di sbuffare ma aveva cominciato a starnutire.

«Salute», gli avevano detto quasi in coro le donne presenti.

«Non è salute», aveva risposto lui scherzando. Piuttosto il pelo dei gatti – animali che peraltro lui amava – gli procurava un fastidiosissimo prurito al naso. E lì, aveva detto guardandosi in giro, sembrava che si fossero radunati tutti i gatti di Bellano e frazioni.

Non era possibile allontanarli in modo da lasciargli benedire la salma della Sofistrà senza starnutirle addosso?

Aveva risposto la Settembrelli per tutte.

Quei gatti erano l'unica, vera, grande famiglia della povera Eufrasia, lo ripeteva in continuazione quand'era in vita. Di solito, quando qualcuno entrava in quella casa, loro scappavano dalla finestrella verso i tetti, oppure si nascondevano sotto il letto. Il fatto che adesso, con lei morta, fossero lì significava che le volevano tenere compagnia, assisterla in quel momento estremo.

«Non pare anche a voi, signor prevosto?»

Il sacerdote, che conosceva le stranezze della Settembrelli, s'era sottratto alla risposta. Oltre al naso aveva cominciato a prudergli anche la gola, e aveva dunque ritenuto opportuno passare direttamente alla benedizione della salma.

Finito l'ufficio, si predisponeva finalmente ad andarsene, quando la solita Settembrelli gli aveva sbarrato il passo.

«Noi», aveva detto Dilenia indicando il circolo di donne che era lì, «avremmo una richiesta da farvi.»

«Va bene», aveva detto il sacerdote.

Ma facessero in fretta, perché anche gli occhi cominciavano a lacrimargli.

A quel punto il carabiniere Bottasana aveva cominciato a guardare l'orologio.

E, lasciati correre cinque minuti, aveva deciso che era meglio lasciar perdere la finta ispezione e correre piuttosto ad avvisare il signor maresciallo che in quella casa c'era un casino.

15.

«Che casino?» chiese il Maccadò.

Addirittura, forse, un reato, rispose il Bottasana.

«E dimmi che reato allora?»

«Sequestro», disse il carabiniere.

Sequestro di cosa?

Non di cosa, di persona.

Sequestro di persona, e nella persona del signor prevosto.

16.

Il fetore di aglio, di gatto e di sudore si oppose come un muro all'ingresso del Maccadò nella casa di Eufrasia Sofistrà. Il maresciallo si fermò sulla soglia. Guardò esterrefatto. La scena che si presentava sotto i suoi occhi aveva un che di infernale.

Il signor prevosto, infatti, boccheggiava. Rosso in viso, la bocca semiaperta, davanti a un semicerchio formato da sole donne, ciascuna delle quali stava parlando rivolgendosi a lui che, invece, non aveva più fiato per rispondere e tentava, con un movimento stracco della mano, di chiedere pietà e soprattutto aria, della quale aveva assolutamente bisogno.

I gatti, risvegliati dall'intenso chiacchiericcio, s'erano a loro volta messi a miagolare, rispondendosi l'un l'altro; alcuni lappavano piattini orfani di cibo, un paio erano andati a sdraiarsi accanto al corpo dell'Eufrasia, uno invece grattava con insistenza l'anta della credenza.

Nessuna delle donne s'era accorta dell'arrivo del maresciallo. Solo il signor prevosto, notandolo, sgranò gli occhi verso di lui, in un'estrema richiesta di aiuto.

Che avesse davvero ragione il Bottasana?, rifletté il maresciallo.

«Uè!» gridò.

Al suono di quella voce estranea, i gatti presero per la maggior parte la via della finestrella. Solo un paio si nascosero sotto il letto della defunta, mentre quello che stava grattando l'anta della credenza vi si acciambellò accanto. Pure le donne, udito il baritonale richiamo del

Maccadò, tacquero immediatamente, di modo che, nell'improvviso silenzio, si levò il sibilo fischiante del respiro del signor prevosto.

«Aria!» pietì il sacerdote.

Non era forse meglio chiamare anche il dottore?, ragionò il maresciallo.

Passò in rassegna il gruppo di donne, vide la Maria Isnaghi.

«Andate immediatamente a chiamare il dottore», le ordinò.

«Venite», disse poi al prevosto.

E dandogli il braccio lo accompagnò, scalino dopo scalino, sino al piano terra, dove il fornaio si offrì di ospitarli nel suo retrobottega in attesa che arrivasse il dottor Lesti.

17.

I gatti.

Fossero stati loro il problema, il signor prevosto se la sarebbe cavata da solo.

Invece dopo aver benedetto, tra uno starnuto e un colpo di tosse, la salma della Sofistrà, aveva dovuto, come promesso, ascoltare la richiesta della Settembrelli.

Sulle prime non aveva voluto credere alle proprie orecchie. Forse non aveva davvero capito bene: si sentiva come se avesse la testa in un secchio, o i tappi nelle orecchie. Le parole pareva facessero fatica a entrare. Aveva chiesto alla moglie del podestà di ripetere, magari alzando un poco il tono della voce.

Purtroppo, invece, non s'era sbagliato, e aveva reagito d'istinto.

«Non se ne parla neanche!»

Un po' brusco, forse, tenendo conto che quella che aveva di fronte, pur se svitata, era sempre la moglie del podestà: ma come si poteva pensare di portare al funerale della Sofistrà una delegazione di gatti!

La Settembrelli non s'era lasciata smontare dal suo rifiuto. Aveva cominciato, anzi, una tiritera sui gatti che erano la vera famiglia della Eufrasia. Lei lo diceva sempre a tutti quelli che entravano in casa sua, creature di Dio anche loro, dotate di sensibilità come stavano dimostrando in quel momento e via di seguito.

Non contenta, aveva invitato tutte le altre donne presenti a testimoniare che stava dicendo la verità e quelle, manco avessero delle molle al posto della lingua, avevano cominciato a dire ciascuna la propria, tutte insieme, sovrapponendosi l'una all'altra, stringendosi attorno al signor prevosto che allora, in quel momento, aveva cominciato a percepire una certa difficoltà anche a respirare, fischiando, tossendo, avvertendo un fuoco sulle gote ma anche un sudorino freddo freddo sulla fronte, una nebbia davanti agli occhi, la lingua di carta vetrata.

«Scusate se mi intrometto», disse il fornaio servendo un cordialino al sacerdote, «ma non ho potuto fare a meno di sentire.»

«Sì?» fece il maresciallo.

«No, volevo dire, a proposito dei gatti...»

Un rumore di passi proveniente dal negozio lo interruppe.

«Scusate, torno subito», disse.

Pochi istanti dopo era di nuovo lì, in compagnia del dottor Lesti, del podestà Bonaccorsi e di sua moglie Dilenia.

18.

I

Trafelata, rossa in viso, con su el scosàa col quale era uscita di casa, la Maria Isnaghi era entrata nello studio del podestà e, quasi balbettando per l'imbarazzo di trovarsi in quell'ambiente, aveva trasmesso l'ordine del maresciallo al dottor Lesti che si trovava lì poiché stava discutendo col Bonaccorsi l'opportunità di prendere un provvedimento che a suo giudizio si rendeva ormai necessario, cioè il ricovero coatto del direttore dell'ufficio Regie Poste Melchiorre Girabotti.

II

Era stata la moglie del direttore, Rosa Maria Ancella, a chiamare il medico quella mattina per mostrargli in che stato fosse suo marito e chiedergli cosa si potesse fare.

Dopo una notte passata a vagare da una stanza all'altra, il Melchiorre era tornato sulla decisione di partire per la Spagna alla ricerca del figlio. Aveva freneticamente cominciato a preparare il bagaglio perché, aveva affermato, non voleva perdere assolutamente tempo ed era ben deciso a partire in giornata.

Quando il dottor Lesti era entrato in casa del direttore, il Girabotti stava gridando come un ossesso poiché non gli riusciva di trovare un paio di mutandoni a tutta gamba, indispensabili per affrontare i rigori del freddo.

La presenza del medico non aveva minimamente distolto il Girabotti dalla preparazione del bagaglio.

Rosa Maria Ancella, distrutta e disorientata, gli aveva chiesto cosa si poteva fare per ricondurre il marito alla ragione.

«Per il bene suo soprattutto», aveva risposto il dottore, «l'unica cosa è ricoverarlo in ospedale.»

Contro la sua volontà, questo era evidente. Per farlo gli sarebbe servito l'appoggio del podestà e, naturalmente, quello dei carabinieri cui sarebbe toccato l'ingrato compito di imbrigliare l'energia del Girabotti e condurlo verso un letto d'ospedale.

III

«Vuoi vedere che...» era stato il pensiero del dottor Lesti quando la Maria Isnaghi aveva terminato la sua ambasciata.

Vuoi vedere che, niente niente, dietro la morte della Sofistrà c'era davvero un mistero?

«Scusate signor podestà...» aveva detto alzandosi dalla sedia.

«Figuratevi», aveva risposto il Bonaccorsi. «Anzi, se permettete vi seguo, perché anche mia moglie dovrebbe essere da quelle parti.»

Vuoi vedere che, aveva pensato pure lui, sua moglie aveva dato in escandescenze?

«Andiamo», aveva esclamato il dottore.

Ma dove?

Su!, aveva risposto la Maria Isnaghi. In casa della Sofistrà. Lì, infatti, aveva lasciato maresciallo, prevosto e il resto delle donne.

Invece no.

Giù, le dissero quando entrarono in casa dell'Eufrasia.

Di sotto, dal fornaio.

19.

Maresciallo!
Dottore!
Podestà!
Dilenia!
Signor prevosto!
Ermete!
Il respiro!
Il funerale!
La Spagna!
Che Spagna?
L'aglio!
Agliaceo!
La veglia!
Dilenia!
Ermete!
Il Girabotti!
E l'Eufrasia?
Dilenia!
L'ospedale!
Che ospedale?
L'asma, le donne, l'Eufrasia, i gatti...

«I gatti», disse il fornaio.

Anzi, lo gridò, per sovrastare quel casino che s'era animato nel suo retrobottega.

Tacquero tutti all'istante.

«I gatti», pigolò Dilenia, con tono d'invito, guardando il fornaio.

Chi, in fondo, meglio di lui, che era suo vicino di casa,

poteva dire quanto fossero importanti nella vita della povera Eufrasia? Chi meglio di lui poteva spiegare quanto quelle povere bestie avessero il diritto di partecipare al suo funerale?

«Al funerale?» sbottò il Bonaccorsi cercando con lo sguardo il signor prevosto che si coprì gli occhi con una mano.

«Ma certo Ermete», confermò Dilenia. «Al funerale!»

«Vero?» aggiunse, rivolgendosi al fornaio.

«Sicuramente», confermò il fornaio.

I gatti, disse, a suo giudizio avrebbero preso parte molto volentieri a quel funerale.

Chi, meglio di lui, poteva affermarlo?

Lui, che glieli cuoceva.

20.

Pallida, la Settembrelli.

Pallidissima, alla rivelazione.

Il podestà, corrucciato, non capiva ancora.

Invece il signor prevosto, tolta la mano dagli occhi, sorrideva.

Il dottor Lesti, che capiva, aveva un'espressione di sufficienza.

Il maresciallo di insofferenza.

«Come, cuoceva?» si levò la voce della Maria Isnaghi, che era ancora lì nonostante nessuno l'avesse invitata a trattenersi.

Tra un'infornata di pane e l'altra. Oppure alla fine della giornata, mentre il forno lentamente si spegneva, spiegò il fornaio.

Povera Eufrasia! Non si poteva dire che se la passasse troppo bene. In tasca di lirette gliene ballavano sempre poche. E quando era niente del tutto, allora ricorreva a quel sistema. Tra i tanti, sceglieva il gatto più grasso, lo accoppava: «Bravissima, neh!, un colpo secco e via!» lo spellava diligentemente e poi glielo portava.

Così, per due, anche tre giorni aveva qualcosa da mangiare.

«Lei», affermò il fornaio.

Ma anche gli altri gatti, perché ci pensavano loro a ripulire per bene le ossa del vecchio compare.

Lui, di suo, oltre al forno, ci metteva il condimento.

L'ultimo, per esempio, storia di quattro, cinque giorni prima, glielo aveva fatto andare con un sughetto di sua invenzione: olio, prezzemolo, un paio di olive e aglio. Tanto aglio. Forse troppo.

«L'odore ha impestato la casa per un paio di giorni.»

21.

Nessuno parlava più. Fu il dottor Lesti a rompere gli indugi.

«Visto», disse, «che sono stato chiamato per niente...»

«Scrupolo del maresciallo», interloquì il prevosto, «che pensava stessi morendo.»

«Di fatto siete vivo e vegeto», osservò il dottore.

«Pare anche a me», ribatté il sacerdote.

«Ecco. Quindi sarà meglio che torni a occuparmi del direttore Girabotti...»

«Il Girabotti?» saltò su il Maccadò. «E dov'è?»

Un sorrisetto, appena un taglio tra le labbra, comparve sul viso del dottor Lesti.

«Spero che sia ancora a casa sua e non, invece, già in viaggio per la Spagna!»

Il maresciallo scattò in piedi.

«Ancora con 'sta Spagna!» esclamò

«Sta preparando i bagagli», aggiunse il dottore.

«Madonna mia!»

«Non preoccupatevi maresciallo», fece il dottor Lesti, «sto predisponendo un ricovero urgente in modo che...»

«Macché ricovero!» sbottò il Maccadò.

Forse un po' troppo secco, troppo militare. Sul viso del medico passò una scossa elettrica: elettricità pura, che lo fece impallidire.

«Se voi, maresciallo, conoscete un sistema migliore...»

«Lo conosco», rispose il carabiniere.

Da pallido che era, il dottor Lesti si fece grigio.

«Maresciallo, scusate...»

Ma il Maccadò non lo teneva più nessuno.
«No, scusate voi, dottore.»
La medicina giusta per far passare al Girabotti la voglia di Spagna ce l'aveva lui e nessun altro.
«E sarebbe?» chiese il dottore, aspettandosi chissà che rivelazione.
«Vedrete», li zittì Maccadò partendo di gran carriera.
Vedremo!, masticò il dottor Lesti.
Poi, dopo aver dato un'occhiata al muto pubblico che aveva assistito alla disfida, uscì in silenzio, la testa piena di perché.
Perché il maresciallo aveva voluto sfidarlo sul suo terreno?
Che fosse ancora per la vecchia storia di sua moglie, e l'avesse fatto apposta?

22.

Apposta, no.

Filzina Navacchi non poteva dirlo, non sarebbe stato vero affermare che lo faceva apposta.

Piuttosto era ormai diventato un gesto automatico, istintivo, spontaneo.

Ogni volta che aveva di fronte un uomo, gli occhi le cadevano lì, al cavallo dei pantaloni.

Uno sguardo fugace, vergognoso, talmente rapido che nessuno mai se n'era accorto.

Nemmeno... sì, nemmeno suo padre, perché anche di fronte a lui Filzina non aveva saputo trattenere l'istinto.

E aveva così, giorno dopo giorno, messo assieme un bel campionario di, come chiamarli?, cavalli dei pantaloni.

Alcuni desolatamente piatti. Altri con un sospetto di presenza. Altri ancora decisamente farciti.

Ma nessuno, e ormai, tra operai, meccanici, personale impiegatizio, uomini incrociati per strada, negozianti ne aveva investigati una discreta quantità, nessuno poteva anche solo lontanamente avvicinarsi al cavallo dei pantaloni del suo Evaristo.

Ci fosse stato lì il suo adorato fratellino, forse avrebbe osato chiedere, avrebbe tentato di capire quelle differenze. Invece doveva tenere per sé quel pensiero, nascosto nel fondo più fondo del suo cuore di gattina innamorata.

23.

Pure gli altri gatti, quelli veri, s'erano innamorati. Compresi quelli della Sofistrà. Fiutavano aria di primavera. Solo loro, a dire il vero: infatti, benché fosse ormai la fine di febbraio, di notte il termometro lambiva i quattro, cinque gradi, mentre di giorno un pernicioso tivano gli impediva di salire oltre i dieci.

In ogni caso, primavera o no, il fornaio s'era rotto i coglioni, e lo disse al podestà.

Se fosse un problema di ordine pubblico, di igiene o di tutte e due le cose insieme, non toccava a lui stabilirlo. Ma che qualcuno si facesse carico della faccenda e provvedesse a liberare lo stabile dove aveva abitato la Sofistrà dal gregge di felini che lo avevano eletto a loro punto di ritrovo.

Perlamadonna, andavano e venivano come se fossero a casa loro! Lordavano dappertutto! Una puzza di piscia che non si respirava!

«Sono pronto a scommettere che sono anche aumentati di numero», disse il fornaio.

Lui, per qualche giorno dopo il funerale della Sofistrà, aveva tentato di liberarsene. A un certo punto aveva anche tappato la finestrella e inchiodato la porta d'entrata nella mansarda.

«Peggio!»

Se li era ritrovati per le scale, alcuni addirittura nel forno.

Infine, due notti prima, era cominciata quella solfa.

«Ve li immaginate cosa sono una trentina di gatti in

matogna, che litigano, sbuffano, miagolano e via di seguito?»

Il podestà Bonaccorsi disse che no, non riusciva ad averne un'idea.

«Se volete farvela», propose allora il fornaio, «vi invito a passare la notte da me.»

«Vi ringrazio», rispose il podestà congedando il fornaio e lasciandosi poi cadere sullo schienale della sedia.

Pure i gatti!

Non ne aveva già abbastanza di problemi lì, in Comune.

Per non parlare di quelli che lo aspettavano a casa. Uno solo in verità, sempre il solito: Dilenia.

Che, dal funerale della Sofistrà – ed erano passati ormai dieci giorni – non aveva più aperto bocca.

24.

Muta, manco le avessero strappato la lingua.

Lo sguardo fisso e perso nel vuoto.

Il volto come se fosse fatto di cera.

Il Bonaccorsi ne aveva parlato col dottor Lesti.

Non è che quel posto d'ospedale che aveva previsto per il Girabotti potesse essere assegnato a sua moglie?

Il medico aveva allargato le braccia.

«Sarebbe inutile», aveva detto. «Sappiamo bene tutti e due quanto significava quella donna per vostra moglie. Bisogna darle tempo, come se davvero fosse morta sua sorella.»

Belle parole, aveva pensato il Bonaccorsi, bella consolazione!

Toccava a lui, intanto sopportarla. Lei e i pietanzini insipidi che, svogliatamente, gli preparava per pranzo e cena.

25.

Tutt'altro che insipido fu invece il pranzo che Sua Eccellenza il prefetto di Como offrì al Bonaccorsi, come a tutti gli altri podestà del lago, presso l'Hotel Gallia il 1° marzo 1938, una volta terminata la riunione preparatoria della visita che Vittorio Emanuele di Savoia Aosta, conte di Torino e Ispettore Generale della cavalleria, avrebbe effettuato nel capoluogo il 24 del mese successivo.

Il Bonaccorsi era partito molto presto quella mattina, alle sei. E con il battello, preferendo quel mezzo al treno e alla macchina che guidava malvolentieri. Di quel suo impegno a Como aveva passato parola anche alla moglie, la quale aveva reagito come al solito, senza nemmeno batter ciglio. Per sua tranquillità aveva chiesto alla Mazzoli di restare con Dilenia a pranzo, eventualmente anche a cena, nel caso avesse ritardato.

Era partito tranquillo. E contento, non aveva potuto negarlo, di passare almeno una giornata lontano dall'opprimente ambiente domestico.

Era stata una giornata allegra per lui, spensierata addirittura, nonostante la noiosa relazione del prefetto, che aveva diramato precise direttive per organizzare la partecipazione dei vari comuni alla grande riunione che si sarebbe tenuta allo stadio Sinigaglia. Al pranzo che era seguito, alle varie domande su come stesse lui, come stesse la moglie, come andasse il lavoro, il Bonaccorsi aveva sempre risposto «bene», trovando la forza di mentire spudoratamente grazie a qualche bicchiere di vino. Alla fine del pranzo il podestà bellanese si sentiva lieve, prossimo all'euforia.

Poi però, risalito sul battello e presa la strada del ritorno, tutta quell'allegria era andata pian piano scemando. Uno scalo dopo l'altro, il podestà si era reso conto di aver goduto di una fittizia mezza giornata di benessere. Un sogno, un'illusione.

Il buio che sembrava salire dalle altrettanto buie acque del lago, anziché scendere dal cielo, aveva contribuito a incupirlo sempre più. Tanto che, una volta ritornato a Bellano, nonostante fossero le sei della sera, anziché dirigere i suoi passi verso casa, aveva fatto una scappatina in municipio. Non aveva niente da fare ma almeno avrebbe dilazionato di un altro po' il momento di tornare a casa e ricominciare a respirare quell'aria venefica.

Negli uffici comunali c'era il solo segretario Mastrozzi.

«Tutto bene a Como?» chiese.

«Sì, sì», rispose il podestà con una viva nota di rimpianto nella voce.

E lì?

Solite cose, rispose il Mastrozzi, nessuna novità. A meno che non si volesse considerare novità il fatto che il fornaio era passato verso metà pomeriggio cercando di lui.

«Ancora coi gatti?» chiese il Bonaccorsi.

Proprio.

Ci teneva a ringraziarlo di persona per essersi preso cura del suo problema, e in tempi così rapidi.

«Comunque ha detto che tornerà, perché si sente in debito con voi», informò il segretario.

«Va bene», disse il Bonaccorsi sorridendo amaro.

Dei gatti s'era completamente dimenticato. Niente di più facile che il fornaio fosse tornato alla carica e, non trovandolo, avesse recitato quella manfrina davanti al segretario, giocando la parte del cittadino trascurato.

Uscì dal municipio strascicando i piedi, la testa piena di gatti.

Come fare a risolvere quel problema? Boh!

Dormirci sopra intanto. La notte, si diceva, porta consiglio.

26.

Consigli, e sogni.

Quella notte Dilenia era tornata a sognare.

Non proprio sua sorella. La sua bara. Vuota. Ma con dentro un gatto vivo, che camminava su e giù.

Al risveglio aveva divinato il sogno. E ne avrebbe subito messo a parte il marito, se fosse stato in casa. Ma Ermete era già in viaggio alla volta di Como.

In ogni caso, una volta interpretato il sogno, aveva compreso di non avere tempo da perdere.

Quando Fratina Mazzoli era giunta, puntuale, alle otto della mattina, entrando quasi di soppiatto in casa del podestà che le aveva raccomandato di non fare rumore, lasciando che sua moglie dormisse sino a che ne aveva desiderio, s'era trovata davanti a una Dilenia frenetica, già vestita, pronta per uscire.

Fratina aveva in mano la solita bottiglia di latte fresco di mungitura.

«Dovrò dare ordine al lattaio di lasciarne cinque tutte le mattine da domani», aveva detto la Settembrelli notandola.

«Cinque litri di latte?» non era riuscita a frenarsi Fratina.

Ma Dilenia era già partita per andare incontro alla sua missione.

27.

Erano le sette della sera quando Ermete Bonaccorsi aveva messo piede in casa. Fratina Mazzoli gli andò incontro e gli prese il cappotto.

«Mia moglie?» chiese il podestà.

«Dorme», rispose la ragazza.

«Ti pareva», scappò detto all'uomo.

«Si è molto stancata oggi», comunicò la ragazza.

«Non mi dire», ironizzò lui.

«Se volete cenare...» fece Fratina.

Cenare?

Si sentiva ancora sazio per quello che aveva mangiato a mezzogiorno e un filino di mal di testa. Il vino bevuto... Magari, in un'altra atmosfera, una minestrina, una fettina di formaggio, una mela, chiacchierando un po', raccontando la giornata passata a Como...

Ma così, solo, no.

«No», disse, «andrò a dormire anch'io.»

Erano le otto quando si coricò.

Ma, alle dieci precise...

28.

Alle dieci precise il Bonaccorsi si svegliò di soprassalto. Gli bruciava lo stomaco. Ma non era quello che gli aveva interrotto il sonno.

Piuttosto, aveva avuto l'impressione che qualcuno l'avesse toccato.

Si girò a guardare la moglie nell'incerta luce di una lama di luna.

Dormiva tranquilla, girata dall'altra parte, sul fianco, immobile, ronfando, ron, ron...

Ron, ron?

Da quando...

Accese l'abat-jour.

Lo vide. Stava sognando? Acciambellato tra lui e sua moglie c'era un...

Nel momento in cui la finestra della camera da letto s'illuminò, un verso sgraziato, come se qualcuno in giardino suonasse un violino scordato, si levò nella notte, distraendo il podestà. Al verso rispose un soffio, un fischio, un altro verso come se al...

«Gatto?» realizzò il Bonaccorsi.

Cristo, c'era un gatto nel letto!

E non solo, anche in giardino!

Ma non uno solo, a giudicare dal concerto di versi che da lì stava salendo.

Gatti, in giardino, non ne avevano mai avuti. Non li aveva mai voluti, sporcavano troppo, cosa diavolo...

Si girò, spaventato. Qualcuno, ancora, l'aveva toccato.

Il gatto, quello che aveva visto poco prima, acciambellato nel letto tra lui e sua moglie, si stava strofinando tra le sue gambe. Gli diede un calcio, la bestia miagolò. Un altro verso che veniva dai visceri, infernale. L'animale scappò, andò verso la porta finestra che dava sul giardino, si mise a grattarla, mognando come un bambino noioso. Forse voleva unirsi al concerto diabolico che intanto, là fuori, aveva preso vita: versi che avevano dell'umano, lamenti protratti che andavano a finire in soffi di battaglia, grida brevi e cattive quando le unghie colpivano lasciando il segno.

Il podestà, dalla finestra, cercava di penetrare il buio del giardino per tentare di capire cosa stesse succedendo quando si sentì toccare e sussultò.

Qualcuno l'aveva sfiorato all'altezza della spalla.

Si girò.

Sua moglie era di fronte a lui, il viso votato a un'ineffabile espressione di gioia.

«Ermete», disse.

Era la prima parola che le sentiva pronunciare da due settimane a quella parte.

29.

Il sogno, l'esegesi.

La bara vuota, disse Dilenia, poteva significare una sola cosa.

Il Bonaccorsi tremò.

«Cosa?» chiese gocciolando sudore.

Che anche l'Eufrasia, come Euforbia, non gradiva la permanenza nell'aldilà!

Un tremito percorse l'ugola del podestà. Ne uscì un risolino.

«Quindi?» chiese.

Ma Dilenia non l'ascoltava.

«E il gatto!» esclamò.

Il gatto vivo! Che passeggiava su e giù, come se cercasse qualcosa!

«Cosa?»

Un padrone, scoccò Dilenia.

Era semplice, non lo pensava anche lui?, chiese al marito.

Prima Euforbia.

Poi l'Eufrasia.

«E adesso io!»

«Tu?»

Proprio lei, il terzo anello di quella specie di catena.

Voleva una prova del fatto che fosse nel giusto?

Andasse a chiedere al fornaio come, quella mattina, i gatti dell'Eufrasia l'avessero seguita.

«Gatto gatto, micio micio...»

Docili, quasi in fila, senza far versi o litigare tra loro.

Dietro di lei avevano attraversato il paese sino a casa, dove s'erano piazzati nel giardino.

«Veramente ce n'è uno qui in camera. L'ho visto prima, sul letto!» obiettò il podestà.

Niente, sorrise Dilenia.

Doveva essere quello che dormiva sempre acciambellato sulla pancia dell'Eufrasia, il suo preferito.

«Il mio preferito», corresse la donna.

«Dilenia», disse Ermete, voce fonda, persa. «Ti senti bene?»

La donna emise un risolino di piccole bolle.

«Bene?»

Era il caso di chiederlo?

Benissimo.

Ma ci pensava, suo marito?

Dentro di lei aveva, oltre che se stessa, anche Euforbia e l'Eufrasia.

«Una specie di trinità!»

«Per favore Dilenia!» esclamò il Bonaccorsi, sconcertato.

Mancava solo che girasse quella voce sul conto di sua moglie.

«Per favore, taci», mormorò portandosi un dito sulle labbra.

30.

«E tu parla piano», disse la signora Vittoria.

«Più piano di così!» ribatté Severino Navacchi.

Nel buio compatto della loro camera da letto i due non riuscivano a prendere sonno. C'erano problemi alle viste. Due.

Il matrimonio di Filzina, il primo.

«Il secondo è Ludovico», disse l'uomo.

«Shh!» ribadì la moglie. «Sottovoce!»

Possibile che suo marito non riuscisse a contenere il tono?

«Ma come vuoi che ci senta.»

«E dai!»

A venti giorni dalle nozze Filzina era tesa come una corda di violino, mangiava poco, dormiva ancora meno.

Era «tirattta!» che c'era da chiedersi come facesse a stare in piedi.

Non dovevano correre il rischio che le cadesse sulle spalle anche il secondo problema.

«Cioè Ludovico.»

«Appunto.»

«Quello là cosa diceva?» chiese il Navacchi.

Quello là era il Cesaretti. E non diceva niente, scriveva. Sempre le solite cose. Che Cucco, ogniqualvolta gli aveva accennato al matrimonio di sua sorella, aveva sempre reagito scappando dal discorso, storcendo il muso e alzando le spalle.

Pure nell'ultima lettera, dell'altro ieri, ribadiva il concetto.

«Quindi?» chiese Severino.
Cosa dovevano fare?
La signora Vittoria lo sapeva, ma che lo dicesse lui, decidesse lui una buona volta.
«Vuoi vedere che quello vien su il giorno del matrimonio e fa un colpo di testa», buttò lì.
«C'è tempo per pensarci», rispose il marito.
Mica tanto, rispose la signora Vittoria.
Il tempo passava, come passa il tempo.

31.

«Né!» disse la signora marescialla.

«Cosa c'è?» chiese il Maccadò.

«Guarda come brillano le stelle nel cielo.»

La finestra della loro camera da letto inquadrava un rettangolo di cielo e lago, sul quale la luna disegnava un sentiero luminoso.

«Bello», bofonchiò lui, senza poesia nella voce.

«Lo sai...»

«Che cosa?»

«Lo sai che i figli sono stelle del cielo che vengono sulla terra?»

«Chi te l'ha detto?»

«Lo dico io.»

«Ah!»

«E non ti viene in mente niente?»

Per dire la verità, no. Cosa doveva venirgli in mente?

Ma che nell'infinità di stelle che si vedevano in quel momento ce n'era una che ancora doveva scendere per entrare in casa loro.

Insomma, spiegò la signora Maccadò tralasciando il romanticismo, la quarantena era finita. Se lui voleva, quindi, si poteva passare a mettere in cantiere l'ultimo della serie.

«L'Ernesto.»

O Ernestina, se fosse nata femmina.

Il maresciallo guardò il soffitto. Aveva contato i giorni aspettando quel momento, uno per uno. E adesso che era arrivato...

«Un'altra volta Marè», disse solamente, e si girò sul fianco.

Aveva pensieri, pensieri grossi.

32.

Proprio poche ore prima, a metà pomeriggio, il segretario Negri era andato a trovarlo in caserma.

Non aveva però la solita faccia da ganassa. Anzi, un'espressione da quaresima. Segno, aveva pensato il maresciallo, che aveva bisogno di lui.

Infatti.

Il comando provinciale della Milizia Volontaria Sicurezza Nazionale gli aveva comunicato che Girabotti Giovanni Battista, erroneamente dato per disperso dopo la battaglia di Guadalajara, era stato invece ritrovato in un piccolo paese sul confine franco-spagnolo. Fermato dai miliziani, era stato consegnato a un reparto di camicie nere della divisione Littorio e quindi, secondo le leggi del codice militare in tempo di guerra, passato per le armi quale disertore.

Gli effetti personali del Girabotti sarebbero giunti l'indomani via lago, con il battello che faceva scalo a Bellano alle otto e trenta del mattino.

Si trattava di ritirarli. Ma soprattutto di portare al Girabotti padre la tragica notizia.

«Io», aveva detto il Negri, «da solo non me la sento.»

Il Maccadò aveva sorriso amaramente.

«Hic sunt leones, eh?» aveva detto.

«D'accordo», aveva poi aggiunto.

«Lei pensi a ritirare gli effetti del giovane poi venga qui in caserma», rinunciando ancora una volta, e di gusto, all'obbligatorio uso del voi.

33.

Nuvolaglia la sera dopo, e foschia a pelo d'acqua.

«Marè», disse il maresciallo, «va bene lo stesso anche se non si vedono stelle in cielo?»

«Cosa Né?» fece la donna.

«Per l'Ernesto...»

O Ernestina, se fosse nata femmina.

Maristella Capa in Maccadò si girò verso il marito: andava bene lo stesso, ma come mai la sera prima lui s'era voltato dall'altra parte e adesso invece...

«Lascia stare Marè», sbuffò il maresciallo.

Non voleva perdere altro tempo, il tempo passava, correva veloce. E perso, buttato nel cesso sarebbe stato quello che avrebbe dovuto impiegare per spiegare a sua moglie quello che era successo durante la giornata appena finita.

Cioè che dalle otto del mattino lui s'era piazzato alla finestra della caserma in attesa del ferale battello, l'aveva visto bucare la coltre di foschia come se uscisse da un fumo infernale. Alle otto e trenta all'attracco non c'era nessuno, nemmeno il Negri che avrebbe dovuto esserci, quel coglione. Era corso lui a ritirare la cassetta con gli effetti del povero Girabotti. E per fortuna! Perché quando, alle nove meno un quarto, il Negri era entrato in caserma masticando stupide scuse per giustificare il ritardo, lui, che aveva ingannato l'attesa frugando tra gli effetti del Girabotti, gli aveva messo sotto gli occhi il documento d'identità.

«Ma questo non è il Giovanni Battista!» aveva esclamato il Negri.

La foto era quella di una specie di scimmione prognatico dal naso camuso.

«E adesso?» aveva chiesto il Negri.

Adesso, aveva risposto il maresciallo usando di proposito il voi, informate i vostri alti comandi che hanno preso l'ennesimo abbaglio.

E sciò, via, che lo lasciasse lavorare, non aveva tempo da perdere. Ne aveva già perso troppo.

«Diamoci da fare, Marè», rise il maresciallo.

Chi ha tempo, aggiunse, non aspetti tempo.

Perché il tempo, appunto, correva veloce...

34.

«Uh, come corre!» disse la signora Vittoria.

Natale sembrava fosse ieri, quando Filzina e il Risto si erano ufficialmente fidanzati, ed ecco che era già il 24 marzo, antivigilia delle nozze.

Tutto era pronto.

Quasi.

Infatti: «Sarebbe ora...» disse al marito.

Severino Navacchi assentì con un gesto del capo.

Non si preoccupasse. D'altronde doveva sembrare una cosa improvvisa, un fulmine a ciel sereno. Per questo aveva aspettato sino all'ultimo momento.

Il momento adesso era arrivato.

Quindi, quel giorno stesso, nel primo pomeriggio, mentre sua moglie sarebbe stata dalla coiffeuse, lui si sarebbe recato a casa Sperati e avrebbe fatto l'ambasciata.

Il discorso l'aveva pronto da un pezzo, battuta per battuta.

35.

«Non l'avevo detto forse?» esclamò il Navacchi.

Il Risto lo guardò. Il suo futuro suocero era acceso in viso come se avesse corso o bevuto.

«Detto cosa?» chiese.

Che Ludovico non avrebbe potuto prendere parte alle nozze! rivelò il Navacchi.

«Ah no? E come mai?»

Il droghiere sventolò una mano nell'aria e inspirò, stringendo le labbra a culo di gallina.

Cose grosse, disse.

L'Evaristo sorrise, il riferimento gli mise allegria.

«Perché ridete?» chiese il Navacchi, «forse ne siete già al corrente?»

«Ma no» rispose il Risto, «ditemi.»

Il Navacchi si ricompose e abbassò il tono della voce: le cose importanti andavano comunicate bisbigliando.

Da quanto lo stesso Cesaretti, annunciò, gli aveva lasciato intendere al telefono, il suo laboratorio aveva appena ricevuto un ordine niente meno che da sua Eccellenza...

«Il Duce?» si meravigliò il Risto.

Il Navacchi scosse la testa.

No, non proprio Lui.

Quasi, però.

Ciano.

Galeazzo Ciano, il marito di sua figlia: un'Eccellenza, comunque, anche lui.

Quindi, per il Cucco, niente da fare.

«L'avevo detto», ribadì Severino Navacchi.

Ci pensava il Risto, adesso, se non gli avesse dato retta? Andare in giro, a due giorni dalle nozze, a cercare un testimone?

Invece, grazie alla sua lungimiranza era tutto a posto.

«Peccato», disse il Risto.

Gli dispiaceva, per Ludovico. L'avrebbe visto volentieri, anche non in veste di testimone.

Voleva dire...

«Sì?» chiese il Navacchi.

Insomma, spiegò l'Evaristo, lui sapeva bene quanto la sua futura moglie teneva a che il fratello fosse presente. Chissà come c'era rimasta male nell'apprendere la fatale notizia.

«Eh», mentì il Navacchi, «abbastanza!»

«Se la montagna non va a Maometto», affermò il Risto, «sarà Maometto che andrà alla montagna. Si dice così, no?»

Si diceva così, confermò il Navacchi.

«Ma a proposito di cosa?» chiese.

Ma del viaggio.

«Il viaggio di nozze.»

Prima tappa Firenze. Poi Siena e Lucca.

Che ci voleva, da Firenze, fare un salto a Roma?

Avrebbero fatto una bella sorpresa al Cucco.

E avrebbero goduto, anche se solo per qualche ora, della famosa primavera romana.

36.

Dolce, ineffabile primavera romana.

Per Ludovico Navacchi era solo la seconda ma gli pareva già di conoscerla come le sue tasche. L'aveva attesa, l'aveva sentita arrivare, pregustando la profondità dei cieli e il languore dei tramonti. Scrutando, negli angoli più belli della capitale, da piazza Navona al Pantheon, dalla fontana di Trevi al Colosseo, il mutare d'aspetto di quei marmi immortali sotto la nuova luce che avanzava giorno dopo giorno.

Ne aveva atteso i fasti scrutando anche gli occhi di Inés che ormai tutte le sere si accompagnava con lui, appesa al suo braccio, sorta di Cicerone dallo sguardo profondo, conturbante.

A ciò si aggiungeva la prospettiva, che proprio in quei giorni stava prendendo corpo, di affittare un quartierino tutto per lui, dove fare i propri comodi, stabilire comunque un'oasi di libertà dopo il lavoro; e l'altra soprattutto, quella del fidanzamento ufficiale che era stato fissato di lì a un mese, e in Spagna, a Peñarada de Bracamonte, dove la famiglia della ragazza aveva una villa e un'immensa fattoria. Inés gli aveva raccontato in ogni particolare come si sarebbe svolta la cerimonia: la cena nel salone delle feste, loro due che sarebbero scesi da uno scalone seguiti dai genitori, le presentazioni alla parentela, dieci tra zie e zii, quarantadue tra cugini e cugine, un rosario di conti, marchesi, eccellenze e cariatidi di ogni specie, il ballo e la festa dei dipendenti dell'azienda che sarebbe andata avanti per tre giorni e tre notti. Naturalmente, guerra civile permettendo.

Ecco, pensando a tutto ciò Ludovico capiva di non aver bisogno d'altro per stare bene, a conferma della sensazione che l'aveva invaso l'anno prima, quando, dopo poche settimane di permanenza nell'Urbe, aveva cominciato a sentirsi al centro di una nuova vita: la sua vita.

Il paese, Bellano?

Lontano.

Non solo geograficamente. Anche nei pensieri.

E che ci stesse, lontano: soprattutto da lui.

Stava bene senza.

Tanto che provava fastidio le rare volte in cui, quando non aveva da raccontare di monumenti o angoli famosi e onusti di storia, la mora si lasciava scappare qualche domanduccia sulla sua famiglia.

In quei frangenti Ludovico cercava di cavarsela con poche parole, ma non riusciva a nascondere una smorfia di disgusto: sapeva bene perché.

Questione di settimane, forse addirittura di giorni.

Poi sarebbe arrivato il momento in cui il Cesaretti l'avrebbe avvisato che gli toccava riprendere il treno per risalire mezza Italia e tornare sul lago, per festeggiare – ahilui! – le nozze di sua sorella. E pensava a quel momento con occhio schifato e una piega delle labbra come se avesse la nausea.

Non aveva nessuna voglia di tornare.

Non voleva presenziare a quell'incongrua unione.

Della quale, si chiedeva, poteva ritenersi responsabile per via del suo silenzio colpevole?

Colpevole...

Ma toccava a lui andare da suo padre e dirgli guarda che il Risto eccetera eccetera?

O a sua madre?

E perché non a Filzina, che pensava che frizione fosse una parolaccia e diventava rossa davanti alle fontane con i puttini che sparavano acqua dal pistolino?

No, no, no.

Che si arrangiassero.
Lui non voleva esserci.
Non voleva andarci a quel matrimonio.
E non ci sarebbe andato.
Ci voleva una scusa. Una bella scusa, inattaccabile, solida, convincente.
Così...

37.

Così quando Gualtiero Cesaretti la mattina del 25 marzo, prima che si mettessero al lavoro, lo convocò nel suo ufficio per dirgli: «Caro Ludovico, ti devo dare una notizia che forse non ti farà molto piacere», e lui, rifiutando di sedere come l'aveva invitato a fare il principale, rispose: «Preferisco restare in piedi», e: «Come vuoi», disse quello, e poi: «Ascolta», proseguì, «è inutile menare il can per l'aia, tanto la sostanza delle cose non cambierà. In poche parole tuo padre mi ha chiesto di comunicarti che ieri tua sorella si è sposata. Dice che tu capirai perché non ti hanno detto niente e che l'hanno fatto non certo con l'idea di farti un dispetto ma solo per il bene della ragazza», a lui per prima cosa venne fatto di tirare un sospiro di sollievo.

Non aveva più bisogno di balle o sotterfugi. Non avrebbe più dovuto scervellarsi per trovare una scusa idonea. Niente ritorno, niente matrimonio. Urrà!

Ma poi, subito dopo, rifletté che una notte era già passata.

Non una notte qualsiasi.

La prima notte di nozze.

Chiuse gli occhi.

Vide l'immensità, la mostruosità di quel chilo e due etti.

Comprese le olive, non poté fare a meno di pensare, alla maniera del Valenza.

38.

Anche Filzina aveva chiuso gli occhi.

Inutile, perché la loro camera da letto era immersa nel buio più buio.

Ma li aveva chiusi lo stesso, ascoltando i rumori del Risto – «Suo marito!» – che si stava spogliando.

La cravatta, la giacca, le scarpe...

Di lì a un po'...

Senza vergogna, nel buio, con gli occhi chiusi, Filzina aveva pensato al segreto che stava per scoprire.

I pantaloni...

Appunto, i pantaloni.

Il cavallo.

Di lì a un poco, aveva pensato, la raccolta, il catalogo di quei «cavalli», pazientemente messo assieme nel corso delle ultime settimane, avrebbe perduto ogni importanza.

Uno solo, adesso, contava.

La voce del Risto s'era levata, asciutta, nel buio.

«Filzina?»

«Sono qui», aveva risposto lei.

Chi lo sapeva quello che stava per accadere?

39.

Il ritaglio di giornale era tra la posta della mattina del 2 aprile. Sulle prime il maresciallo Maccadò pensò a un errore.

Ma la lettera che lo accompagnava, a firma di Ludovico Navacchi, gli chiarì il dubbio.

«Chi lo conosce?» significava la frase che campeggiava sopra una foto.

Foto in bianco e nero. Più nero che bianco in verità. Così che il soggetto ritratto sembrava che avesse la barba non fatta da più giorni e le occhiaie. Inoltre era rasato a zero.

Il naso, però, e gli occhi...

Era lui o no?, scriveva Ludovico.

Da venti giorni il soggetto ritratto nelle fotografia era ricoverato, dopo aver subito un'aggressione, nel reparto per alienati dell'ospedale di Omobon, sotto la diretta responsabilità del dottor Ermano Allero. Privo di documenti, disorientato nel tempo e nello spazio, senza memoria, non aveva saputo chiarire chi fosse, da dove venisse, che cosa facesse da quelle parti. Quindi lo stesso dottor Ermano Allero aveva pensato bene di mettere quell'annuncio su un foglio quotidiano che si intitolava «La Estrella de la Noche».

Era lui o no?

In ogni caso, scriveva Ludovico, che il maresciallo tenesse presente una cosa: il 15 di quel mese lui sarebbe partito alla volta della Spagna dove, nella immensa tenuta degli Aragón, si sarebbe finalmente fidanzato ufficialmente con Inés. Non gli sarebbe mancato il tempo per effettuare un sopralluogo in quell'ospedale e verificare se lo smemorato della fotografia fosse veramente il suo vecchio amico.

Se fosse opportuno informare il direttore delle Regie Poste di quel nuovo avvistamento, Cucco lo lasciava decidere alla discrezione del maresciallo.

Valeva la pena dirglielo, correndo il rischio di illuderlo?

E se poi, alla prova dei fatti, non era lui?

Per tutta la mattina il Maccadò non fece altro che guardare il ritaglio del giornale e rileggere la lettera di Cucco.

A mezzogiorno aveva preso la sua decisione.

Era lui.

Solo allora ripiegò il ritaglio e se lo infilò in tasca.

Era lui, ci avrebbe scommesso. Ci avrebbe giocato addirittura al lotto, un bel terno: lo smemorato, il fidanzamento, l'anziano genitore.

L'avrebbe fatto se la Sofistrà fosse stata ancora in vita, nonostante avesse proibito alla moglie di gettare soldi in quello stupido gioco.

40.

«Quello là!» disse Severino Navacchi.

Quello là, ovvero il Cesaretti, aveva scritto ancora. Il droghiere tese la lettera alla moglie.

La signora Vittoria aveva appena finito di asciugarsi le lacrime.

Per forza! Era la mattina del 2 aprile, Filzina e il Risto erano, da poco più di mezz'ora, in viaggio di nozze.

Firenze, la prima tappa. Poi Siena e Lucca. Ma prima, in mezzo, Roma.

Per vedere, salutare, fare la pace con Cucco.

Stringendo al seno la lettera, la signora Vittoria sentì che solo le parole del suo antico amico avrebbero potuto consolarla in quel momento di estrema malinconia.

Gli rivolse quindi un pensiero colmo di gratitudine. E di nuovo le si inumidirono gli occhi.

41.

Gli occhi. Che, poi, Filzina aveva aperto.

Quasi subito.

Nel buio, quando...

Avrebbe voluto accendere la luce.

Aveva rinunciato. Tanto, ormai, non avrebbe fatto differenza.

Non c'era differenza.

O, meglio, c'era. E tutta a suo vantaggio.

Chi era nel giusto, adesso lo sapeva. Il Risto, suo marito.

E, per conseguenza, lei.

Per fortuna non aveva acceso la luce, perché due lacrime di gioia le erano scese lungo le gote.

Cosa avrebbe pensato suo marito al vederla piangere, la prima notte di nozze?

42.

«Piangi ancora?» sbottò Severino Navacchi.

Non la sopportava più quella donna che, da qualche giorno, era una lacrima continua.

Aveva cominciato a piangere la sera della vigilia delle nozze.

Il giorno del matrimonio aveva pianto quando Filzina era uscita di casa, poi quando era entrata in chiesa, ancora al momento del sì, di nuovo all'uscita dalla chiesa, e al taglio della torta, quando gli sposi se n'erano andati.

Poi durante la notte, con singhiozzi sommessi che gli avevano impedito di dormire.

Il giorno dopo, perché sentiva la mancanza della figlia. La sera dello stesso giorno quando l'aveva vista felice, raggiante. Aveva pianto al pensiero che per quindici giorni non l'avrebbe più vista.

Lacrime, ancora, poco prima, in stazione, al momento dei saluti.

E lacrime ancora, adesso, con quella lettera non ancora aperta ma stretta al seno come se temesse che qualcuno gliela volesse rubare! Figurarsi, che le scrivesse pure, quell'imbecille!

Ma basta lacrime, per favore!

La signora Vittoria, silenziosa, si eclissò e raggiunse il bagno: si sapeva quale effetto producevano su di lei le emozioni violente. Poco dopo, con la colonna sonora dello sciacquone che ancora gorgogliava e tirando su col naso, ritornò in cucina e tese al marito la lettera del Cesaretti.

«Leggi!»
«Mai!»
Con quello là e con le sue cose non voleva averci niente a che fare.
«Non è di sé che parla», disse la signora Vittoria.
Del loro figlio piuttosto, di Cucco, dei suoi programmi futuri.
E che programmi!

43.

Preferiva così Filzina.

Vederlo per prima. E da sola.

Il Risto non se lo spiegava e avrebbe voluto capire.

«Perché?»

Perché sì, rispose lei, vezzosa.

Poteva forse dire al suo fresco marito che preferiva incontrare Ludovico a quattr'occhi per capire se fosse mutato, se tutte le misteriose ubbie che aveva palesato a Natale e di cui il Risto - «Mio marito!» - era oggetto, fossero finalmente dimenticate?

«Va bene», disse lui, arrendendosi. Però quella che la sua fresca mogliettina gli aveva dato non era una risposta.

Cosa significava «Perché sì»?

«Tre giorni che siamo sposati e già cominciamo con i segreti?»

«Ma no.»

«Ma sì!»

Litigio sfiorato.

44.

C'era una sorta di dolcezza anche nell'aver rischiato un litigio, pensò Filzina una volta rimasta sola.

Il primo litigio della sua vita di moglie.

Avrebbero fatto la pace più tardi, col buio. Sapeva come, ormai.

Filzina arrossì al pensiero e cercò di scacciarlo. Mica per niente. Adesso doveva concentrarsi, occuparsi di suo fratello, affrontarlo, sfruttare quel pomeriggio di completa libertà che suo marito, pur con molte obiezioni, le aveva concesso.

«Vorrà dire che me ne andrò a fare due passi», aveva infatti deciso alla fine Evaristo.

«Facciamo quattro», aveva proposto lei.

Si erano messi d'accordo per ritrovarsi in albergo alle sette.

Guardò le ore: le due. Tempo, ragionò Filzina, ne aveva in abbondanza. Ma doveva sbrigarsi.

Innanzitutto doveva decidere come agire.

Fare a Ludovico proprio una sorpresa con i fiocchi, cioè capitargli in bottega come se piovesse dal cielo?

Avrebbe potuto funzionare. Ma anche no. Prenderlo così, alla sprovvista... Con il caratterino che si trovava, Cucco avrebbe potuto reagire male, d'istinto, mandando a monte un'occasione d'oro per fare la pace.

Con lei, ma anche col resto della famiglia, con mamma e papà. Perché Filzina avrebbe agito per conto di tutti.

La mamma glielo aveva detto a chiare lettere, proprio il giorno delle nozze.

«Se vai a Roma cerca di parlargli, fallo ragionare. Digli che...»

Poi era scoppiata a piangere facendo stizzire suo padre. Ma lei aveva capito cosa intendesse.

Pure il papà le aveva fatto una raccomandazione.

Secca, secondo il suo stile, e che voleva sembrare formale.

«Se lo vedi, salutacelo.»

Chiaro il messaggio.

Filzina decise che sarebbe stato meglio avvisare il fratello della sua visita imminente.

Una telefonata, che ci voleva?

Così Cucco avrebbe avuto il tempo necessario a prepararsi.

Quando sollevò la cornetta per chiedere la linea al centralino dell'albergo erano le quattordici e trenta precise.

45.

Quando, alle quattordici e trenta precise, un fattorino delle Regie Poste entrò in albergo per consegnare il telegramma, l'addetto alla reception dell'albergo disse che la famiglia Sperati non era in camera.

Nonostante la confusione che c'era al banco – era appena arrivata una comitiva di pellegrini che faceva un baccano del diavolo – aveva visto, verso le due meno dieci, il marito uscire. L'aveva riconosciuto senza fallo perché il facchino, dopo essere salito al piano con le valigie della coppia, glielo aveva segnalato con un «Bono quello», a significare che il soggetto era piuttosto stretto di borsa e non aveva elargito mance.

Non aveva notato la moglie assieme a lui. Ma un figurino così, un'immaginetta, un canarino, una specie di riassunto di muscoli e ossa, si perdeva nella ressa che animava la reception.

«In ogni caso», disse al fattorino, «la camera è vuota.»

Firmò lui, quindi, la ricevuta del telegramma, e lo infilò nella cassetta della stanza numero 132, rendendosi conto in quel momento che il cliente non aveva riconsegnato le chiavi.

Alle quattordici e quaranta quando, rotti gli indugi, Filzina lo chiamò dalla camera perché gli passasse la comunicazione con suo fratello, l'uomo della reception comprese perché le chiavi non erano al loro posto.

Prese nota del numero, dopodiché, con un gesto del dito, chiamò un lift e gli consegnò il telegramma con l'ordine di recapitarlo alla stanza numero 132.

«E nun t'aspettà chissà che scialo», lo avvisò.

Con il che il ragazzo comprese che di mancia non ci sarebbe stata nemmeno l'ombra e di conseguenza se la prese con molto comodo.

46.

I

Tuu-tuu, faceva il telefono.

Toc toc, qualcuno bussò alla porta.

Filzina staccò un momento l'orecchio dalla cornetta.

Toc toc, sentì nuovamente.

Tuu-tuu, nessuno ancora aveva risposto all'altro capo del filo.

«Avanti!» disse allora.

Il fattorino, un ragazzetto imberbe ma con una voce profonda come se avesse, anche lui, due cosi così, fece un paio di passi nella stanza, reggendo un vassoio con il telegramma che porse a Filzina.

«Telegramma», annunciò, tenorile.

«Pronto», fece una voce al telefono.

Voce morbida, da prete.

Rassicurante.

Non era Ludovico.

«Bottega Orafa Cesaretti.»

Il fattorino dell'albergo stava lì, impalato davanti a lei.

Filzina si confuse un po'.

«Sì, sì, un istante», disse al Cesaretti

Con la sinistra prese il telegramma.

«Grazie», disse, facendo un cenno di scusa al fattorino. Ma vedeva bene anche lui che era impegnata con una telefonata.

«Ar cazzo», commentò il fattorino facendo dietro front. Tutte le scuse, rifletté, erano buone per non sganciare.

Filzina non lo sentì, avvertì solo il borborigmo di quella voce fonda mentre stava spiegando al Cesaretti chi fosse e cosa volesse
«Un istante», disse questi.
Il telegramma nel frattempo l'aveva messo in grembo.
Altri auguri?
Chissà!
La cornetta incastrata tra la testa e la spalla lesse l'indirizzo: era stato inviato all'albergo di Firenze e, da lì, girato a Roma.
Lo scartò, nell'attesa che Cucco giungesse all'apparecchio dal quale, per intanto, uscivano solo deboli suoni lontani, una specie di tintinnio.

II

«Mia sorella qui a Roma?» chiese Cucco.
«Non sarà uno scherzo?»
«No», disse il Cesaretti.
Che già sapeva.
Sapeva del viaggio di nozze, sapeva di quella puntata su Roma fatta apposta per lui. Per vederlo, parlargli, ricucire lo strappo.
«Non è ora di fare la pace?» gli chiese il padrone.
Ludovico, ancora stupito dalla notizia, si avviò verso il telefono.
«Pronto», disse.
La voce.
Armoniosa, gentile.
La voce di Cucco, del Cucco dei tempi più belli.
Del Cucco giovanotto.
La voce del tempo in cui sembrava che gli anni non sarebbero mai passati, niente sarebbe mai cambiato.
La voce con cui la prendeva in giro.
Con cui rispondeva scherzando a suo padre e a sua madre. Con cui li ingannava anche, raccontando balle.

Quella voce ancora non sapeva che tutto era rovinato, tutto era diventato brutto, all'improvviso, così, da un momento all'altro...

«Pronto!» ripeté Ludovico.

«Cucco», sospirò Filzina.

Poi furono solo singhiozzi.

47.

Un rumore violento scardinò la pace conventuale della Bottega Orafa Cesaretti: la cornetta che Ludovico lasciò cadere sulla forcella fece sobbalzare il Cesaretti in persona.

«Cosa c'è?» chiese questi.

Cosa c'è?, inveì Ludovico.

C'era che sua sorella non aveva fatto altro che singhiozzare al telefono, come una bambina, con un pianto convulso, inframmezzato dalla richiesta di andare da lei, subito, perché... e giù coi singhiozzi che gli avevano rintronato il timpano.

Il Cesaretti lo guardò, stupefatto.

Ludovico era tutto rosso, eccitato, l'occhio lustro.

«Ma cos'è successo?» chiese Gualtiero. «Non ti ha detto perché?»

Preoccupato anche lui.

Perché, disse Ludovico, non glielo aveva detto.

Ma c'era bisogno?

Lui sapeva. L'aveva sempre saputo.

Aveva anche tentato di farglielo capire.

A suo padre. A sua madre. Anche a lei, la sposina.

Che quel matrimonio...

Ma loro, tutti e tre, niente.

Era cambiato anche lui no?, gli avevano risposto.

E allora perché non poteva essere cambiato anche il Risto?

«Col cazzo», mormorò il giovanotto.

Il Cesaretti, che non tollerava parolacce e men che meno bestemmie, lo invitò alla calma.

«Prima di tutto bisognerebbe capire cos'è successo», disse. «E non mi sembra che il tuo sia lo stato d'animo giusto per affrontare la situazione. Tua sorella è venuta sin qui per una... diciamo così, una missione di pace, sappilo!»

«Pace?» esclamò Cucco.

Ma che pace e pace!

48.

«La mamma...» stava singhiozzando ancora Filzina nel ricevitore.

Ma: «Tuu-tuu», le rispondeva la cornetta.

Per forza, Ludovico aveva di già attaccato e stava sproloquiando con il Cesaretti che non capiva quello che Cucco diceva. Sembrava che il giovanotto vaneggiasse.

Altro che pace!, ripeté.

C'era la guerra in vista.

«Ma di che guerra stai parlando?» chiese il Cesaretti.

Calmo, come una colata di olio.

Sapeva lui, rispose Ludovico.

Prima di giudicare bisognava sapere!

La differenza, le misure, il peso.

«Parola mia non ti capisco», soffiò il Cesaretti prossimo alla resa.

Non era il solo, affermò il Navacchi junior.

Perché, per capire, bisognava aver visto.

E lui...

«Tu, cosa?»

«So io!»

Ludovico si zittì. Ormai era tardi, tanto per prevenire quanto per curare.

Cosa si poteva fare adesso al punto in cui le cose erano arrivate?

«Devo andare», disse.

«Dove?» chiese il Cesaretti.

49.

Dov'era il telegramma?

Filzina, dopo averlo letto, se l'era deposto in grembo.

Poi, quando suo fratello aveva risposto al telefono lei, benché squassata dai singhiozzi, s'era alzata in piedi: le era venuto istintivo così. La notizia, la pessima notizia che stava per dargli meritava il massimo rispetto, la massima deferenza. Andava data in piedi.

Del telegramma s'era momentaneamente dimenticata.

Dov'era?

La ragazza si asciugò gli occhi, appannati dalle lacrime.

Lo vide.

In terra, sul tappeto.

Si chinò per riprenderlo.

Così l'occhio le cadde sull'indirizzo.

Appunto, l'indirizzo!

50.

Due passi da granatiere fuori dalla bottega.
Ludovico si fermò, fulminato da un pensiero.
Si impalò, lo sguardo fisso a terra.
Soppesò l'idea.
Dietro-front, quattro passi da crocerossina. Era di nuovo in bottega.
«Se...» disse.
Il Cesaretti si sentì vagamente inquieto: mai aveva visto così quel ragazzo. Gli tornarono in mente tutte le cose che il padre gli aveva narrato per telefono circa le stranezze del carattere del figlio.
Che anche l'aria di Roma, si chiese, cominciasse a fargli male?
«Se mia sorella avesse bisogno di ospitalità per una, diciamo due notti?» chiese il Navacchi senza terminare la frase.
Il Cesaretti si strinse nelle spalle.
Sempre più strano il suo apprendista, sempre più misterioso...
Non gli riuscì di spiccicare una parola di risposta. Solo uno sguardo, indagatore.
«Va bene», tagliò corto Ludovico, «ne parleremo poi.»

51.

L'indirizzo!

Non famiglia Sperati.

Tanto meno Filzina Navacchi.

Egregio signore Evaristo Sperati, era scritto.

Il triste messaggio, la ferale notizia era per lui.

Per suo marito.

A rigor di logica non avrebbe dovuto gioire, era pur sempre una brutta, pessima notizia.

Ma gioì.

Si sentì invadere anzi dall'allegria. Da un riso, incontenibile, liberatorio.

Nuovi singhiozzi, ancora, le salirono dallo stomaco. Ma di contentezza questa volta.

Incontrollabili, continui, non poteva farci niente.

Baciò anche il telegramma, il nome di colui che l'aveva firmato, «Dottor Eligio Lesti», che: «Spiacente di dare tragica notizia stop», comunicava «morte mamma».

Filzina si strinse il telegramma sul cuore.

La mamma sua, però.

Di lui.

Per lei, la suocera.

52.

La vecchia matrona, la regina delle Americhe, la vedova Sperati insomma, era spirata nella camera privata dell'ospedale Umberto I di Bellano dove il dottor Lesti l'aveva fatta ricoverare in modo da permettere ai due sposi novelli di compiere in piena tranquillità il viaggio di nozze.

Stare in ospedale, stare a casa: ormai per lei non c'era la minima differenza. Non si accorgeva più di nulla: reagiva solo quando, sotto di sé, non sentiva la poltrona con tanto di comoda sulla quale passava la maggior parte della giornata.

Per questa ragione l'avevano trasportata in ospedale, seduta su quel trono, quattro vigili del fuoco.

E, probabilmente sempre per questa ragione, la vedova Sperati aveva esalato l'ultimo respiro due sere avanti, seduta sulla detta sedia ed era stata rinvenuta solo la mattina successiva già rigida, le forme del corpo perfettamente modellate dagli angoli del suo postremo sedile.

53.

Non gli sembrava il tipo della puttanella quella... come si chiamava?... Ah sì, Filzina, pensò l'addetto alla reception.

Tutt'altro che il tipo della puttanella d'albergo, quella. E men che meno il tipo del pappone, lui. Gli davano l'aria, piuttosto, di due bacucchi che chissà da che estreme periferie del Regno erano arrivati. Tipi, insomma, ai quali si sarebbe potuto vendere il Colosseo.

Ma quando vide entrare con fare circospetto nella hall dell'albergo Ludovico Navacchi che si avvicinò al banco e disse che doveva salire a visitare la signora della 132, un minimo di sospetto gli venne.

In fondo, non si sapeva mai, il mondo era strano, c'era dentro di tutto.

«Voi chi siete?» chiese.

Il fratello, fu la risposta.

Un altro, pensò l'addetto alla reception, che chissà su che alberi aveva vissuto sino a due ore prima!

«Il fratello?» chiese.

Ma se non avevano niente in comune: uno alto, ben disposto, bello, spigliato, e l'altra magra, un po' gobba, una faccia da suorina, una voce tutta pì-pì...

Ludovico comprese al volo i dubbi che si agitavano nella testa dell'uomo.

Esibì, per non fare discussioni, la carta d'identità.

Quello fu costretto a cedere.

Ma, subito dopo, avvisò il cameriere del piano di tenere le orecchie aperte.

Nel suo albergo puttane e puttanieri non erano clienti ben accetti.

54.

Piangere e ridere contemporaneamente.

Troppe emozioni per lei in quegli ultimi tempi. Quella, l'ultima. Dopo le nozze, la prima notte, il distacco dalla mamma e dal papà, la partenza per il viaggio, il pensiero del futuro...

Filzina si sentì sfinita. Si sdraiò sul letto e chiuse gli occhi.

Ma li riaprì subito perché quell'immagine, con gli occhi chiusi, ritornava sempre, immediatamente. E non le sembrava proprio il momento, adesso, di pensare a certe cose, adesso che la vedova Sperati, la mamma di suo marito, non c'era più.

Si rimise a piangere. Cos'altro poteva fare?

Sarebbe toccato a lei dirglielo, alle sette.

E questo cosa significava se non che il viaggio di nozze era irrimediabilmente rovinato?

Lo era già, da adesso, per lei, che ormai sapeva.

Evaristo aveva ancora qualche ora per illudersi che la vita fosse bella, dolce, leggera.

Qualche ora, poi la mazzata gli sarebbe calata addosso.

Sul più bello.

Tutto rovinato.

Quando Ludovico giunse davanti alla porta della camera 132, Filzina si sentiva talmente sfinita che, se suo fratello non avesse bussato, era certa che sarebbe caduta in una specie di sonno, vinta da quella serie secca di emozioni che non avevano conosciuto soluzione di continuità.

Ma Ludovico bussò.

Toc toc.

Vigoroso.

Entrò senza attendere risposta.

Fermo sulla porta, ne occupava quasi tutto il vano.

Era ancora più bello di come se lo ricordava, s'era anche un po' inciccito.

«Ludovico», mormorò Filzina, spremendo nuove lacrime.

Vederlo, finalmente, era consolante. Una presenza amica, famigliare. Nonostante non fosse passata che poco più di un'ora da quando Evaristo era uscito dall'albergo, a Filzina pareva di essere rimasta sola da una vita, in balia del destino.

Invece, con Ludovico lì era come se ci fossero anche la mamma, il papà, la casa, il paese lontano, i profumi, il lago, le ore scandite senza fretta, l'odore di cera, il campanello della drogheria: tutto lì, insieme a suo fratello, un mondo che era stato perfetto e che mai più sarebbe tornato...

«Scusami Cucco», singhiozzò.

C'era stato un equivoco...

55.

Equivoco un cazzo! fu il pensiero di Ludovico.

Agli equivoci si poteva sempre rimediare. Ai disastri no.

E quello era un disastro, un vero e proprio disastro.

Guarda lì!

La sua sorellina ridotta come una gelatina. Gli sembrava ancora più magra dell'ultima volta che l'aveva vista. Sbattuta. Il viso chiazzato. Le occhiaie, sotto gli occhi gonfi. Una specie di spavento dipinto sul viso. L'addome che sussultava sotto i singhiozzi.

Questo era il risultato di dieci giorni, giorni non anni!, di matrimonio.

E lui, il Risto, dov'era?

Salcazzo!

A cercarne una della sua misura forse!

Diobono, lo sapeva... E aveva anche cercato di fare il possibile per evitare il miserando spettacolo che adesso aveva sotto gli occhi.

Risultato degli avvertimenti, ancorché velati, che aveva dispensato a Natale?

Eccolo lì: Filzina che, agitando la mano come se fosse uno straccio, gli faceva segno di avvicinarsi al letto perché doveva dirgli una cosa e non aveva nemmeno più voce.

E adesso?

56.

«Ti sto facendo perdere tempo, tu dovrai tornare al lavoro», disse Filzina.

Vero.

Ma, con la rabbia che si sentiva in corpo, Ludovico avrebbe potuto solo pestare ferri da cavallo, non cesellare gioielli.

E poi, poteva lasciare sua sorella così?

«Mi sono preso mezza giornata di riposo», mentì.

Il Cesaretti avrebbe capito quella sera quando, con parole che ancora doveva trovare, gli avrebbe spiegato i termini della questione.

«Oh caro», squittì la ragazza in una pausa tra un singhiozzo e l'altro.

Allora poteva stare con lei quel pomeriggio?

Farle compagnia?

E soprattutto aiutarla, più tardi, alle sette, nel dirlo a lui?

Dirlo a lui?

Ludovico s'imbarazzò.

Sì, certo, però, cazzo...

«Cosa c'è?» mormorò Filzina.

Insomma, borbottò Ludovico, non era la cosa più facile...

Insinuarsi tra moglie e marito...

E poi, porca puttana, si poteva evitare di arrivare a quel punto!

«Evitare?» chiese Filzina.

Certo che sì. Lui aveva tentato.

A Natale...

«A Natale?»

A Natale, sì!

«Già a Natale sapevo che sarebbe finita così», affermò Ludovico.

E se lei, la mamma e il papà gli avessero dato retta...

Filzina si mise a sedere sul letto.

Ancora pallida.

Le girava anche un po' la testa.

«Ma Ludovico», disse in un soffio, «a Natale la mamma di Evaristo era ancora in buona salute!»

57.

La mamma del Risto?

«Cosa c'entra?» chiese Ludovico.

Ma come cosa c'entrava?

Era lei che era morta, comunicò Filzina.

Morta, come da telegramma.

Solo che lei, sciocca, forse per l'emozione di trovarsi a Roma, forse per la gioia del prossimo incontro con lui, quando le avevano portato il telegramma non aveva guardato l'indirizzo e aveva creduto...

«Ero al telefono», disse Filzina, «aspettavo che il signor Cesaretti venisse a chiamarti.»

Era in attesa della sua voce e, stupida che era stata!, sulle prime aveva creduto, s'era lasciata prendere da non sapeva che macabra fantasia e, insomma, aveva creduto che la mamma morta fosse la loro.

«La mamma?» si stupì Ludovico.

Sì, la loro cara mamma.

Poteva immaginare in che razza di disperazione era caduta quindi?

Passare dalla gioia di quella meravigliosa avventura che la vita le stava offrendo, un marito, il matrimonio...

Una sorta di tremito afferrò la testa di Cucco.

Toccava a lui adesso non capire o meglio intuire...

«Vuoi dire che...»

Certo, voleva dire che lei aveva frainteso, c'era stato un equivoco. Era la mamma del Risto che era morta. Sua suocera...

«Ma chi se ne frega della vecchia babbiona!» sbottò Cucco.

Piuttosto, sua sorella voleva dire che, per il resto, non era successo niente, andava tutto bene, insomma, gesucristo, tra lei e il Risto...

«Ti preoccupavi per me?» chiese Filzina soave.

Dopodiché afferrò una mano del fratello, chiuse gli occhi.

«Fino a questa mattina ero la donna più felice del mondo», dichiarò la ragazza.

Ma adesso avvertiva come un'ombra, un peso sul cuore.

Perché tutto si rovinava?

«Perché la gioia non può durare in eterno?» chiese Filzina guardando verso il soffitto.

Ludovico si sentiva strano.

Freddo.

Come un brivido addosso, come se avesse paura o fosse a disagio.

Ritrasse la mano che sua sorella gli aveva afferrato e tenuta stretta.

«La topina», mormorò.

E si allontanò di due passi da lei, andandosi ad accomodare su una poltroncina.

«Come hai detto?» chiese Filzina.

«Lascia perdere», rispose Cucco, la gola di carta vetrata.

Ma complimenti al Valenza.

QUARTA PARTE

1.

«Oggi chiamatela Euforbia», disse il podestà Bonaccorsi.
«Va bene signore», rispose Fratina Mazzoli.
Quindi il latte ai gatti avrebbe dovuto darlo lei.
«Sì», confermò il podestà.
Perché quando sua moglie si sentiva Euforbia, o quando rientrava nei panni di Dilenia, di gatti non ne voleva sapere. Solo quando dentro le ballava lo spirito dell'Eufrasia non faceva altro che parlare di gatti, correndo loro appresso, passando giornate intere in giardino: «Miciomicio... gattogatto...».
«E mi raccomando», aggiunse il Bonaccorsi.
«Non preoccupatevi, lo so», mormorò la Mazzoli.
Sapeva che quando la signora pensava di essere sua sorella credeva anche di avere l'età di quando quella era morta, diciannove anni, e si comportava di conseguenza, come una signorinella tutta frizzi e lazzi. Non più di due settimane prima si era presentata al signor prevosto, grottescamente truccata e vestita, chiedendo di essere ammessa alla Compagnia delle Figlie di Maria, che raccoglieva solo giovani ragazze non ancora sposate. Blandita dal sacerdote, la Settembrelli era rimasta nel suo studio in attesa che il marito andasse a riprendersela per riportarla a casa.
Quindi, se Dilenia avesse dato segni di voler mettere in atto qualche stranezza, che la Mazzoli lo avvisasse immediatamente.
«Non dubitate», assicurò questa.

Sospirando, dopo, quando il podestà se ne fu andato.

Perché per lei era un doppio lavoro, un doppio impegno quando la padrona credeva di essere sua sorella Euforbia, non poteva concedersi un attimo di disattenzione.

Meglio quando credeva di essere Eufrasia: al più doveva tralasciare per qualche ora i lavori di casa per andare in giardino ad ammirare con lei quanto fosse bello quel gatto o quanto docile quell'altro.

Meglio di tutto, però, quando la padrona tornava a essere quello che era, Dilenia: allora se ne stava giornate intere seduta sulla poltrona o addirittura a letto, a fissare con occhi sognanti chissà cosa. E lei poteva dedicarsi senza pensieri al lavoro per il quale veniva pagata.

Ma ormai era così, rifletté la Mazzoli cominciando a distribuire il latte ai gatti.

Così, e indietro non si tornava.

2.

L'aveva detto anche il dottor Lesti, qualche tempo prima, verso i primi di marzo, quando il podestà Bonaccorsi, tra mille esitazioni, gli aveva raccontato la novità.

Era toccato a lui infatti comprendere che qualcos'altro, nella testa di sua moglie, s'era incriccato: una mattina quando, chiamandola per avvisarla che doveva uscire prima del solito orario, lei non gli aveva risposto.

Lui, stante l'immobilità e il silenzio della donna, aveva fin pensato che fosse morta. Allora l'aveva scossa per le spalle.

«Come puoi pensare che ti risponda se non mi chiami col mio nome?» aveva risposto lei.

Il Bonaccorsi era rimasto qualche secondo senza parole.

«Scusa», aveva poi chiesto, «ma come ti dovrei chiamare?»

«Eufrasia», aveva chiarito lei come se fosse la cosa più naturale del mondo.

La mattina seguente Ermete aveva fatto la prova.

«Dilenia», l'aveva chiamata.

Nessuna risposta.

Eufrasia, aveva sillabato, incredulo.

«Dimmi», aveva risposto lei.

Per tre mattine era andata avanti così. La quarta il podestà aveva evitato la solita prova.

«Eufrasia», l'aveva chiamata subito.

La moglie, niente.

«Dilenia?» aveva tentato, speranzoso.

Niente ancora.

A quel punto gli era venuta l'ispirazione: ispirazione malvagia, alla quale avrebbe rinunciato volentieri. Però l'aveva seguita.

«Euforbia?» aveva spiccicato.

«Sì?» aveva risposto la moglie.

Al Bonaccorsi era venuto un attacco di nervi. Ma con chi poteva prendersela?

Così, vincendo la vergogna, s'era deciso a parlarne con il dottor Lesti.

Possibile che tutte le mattine dovesse tirare a indovinare come voleva essere chiamata sua moglie? Non c'era qualche medicina, qualche intruglio, qualche stregoneria...

«Non è tanto», l'aveva interrotto il Lesti, «questione di questo o quel nome. Il problema è un altro.»

La donna, aveva spiegato, era convinta di ospitare in sé due persone.

«E lo dimostra il fatto che reagisce, rispondendo, chiamandola a volte con il nome dell'una e a volte con il nome dell'altra.»

Ormai quello era un dato acquisito, imprescindibile. Indietro non si poteva tornare.

«L'importante...» aveva aggiunto il medico.

L'importante era che la cosa non progredisse.

Cioè, che con il passare del tempo altre personalità non si aggiungessero a quelle che già la abitavano.

«Ci mancherebbe anche questa!» era sbottato il Bonaccorsi.

Poteva capitare?

Tutto può succedere, aveva dichiarato il dottor Lesti.

E la stagione non li aiutava.

Cosa c'entrasse la stagione il Bonaccorsi proprio non l'aveva capito.

C'entrava, aveva risposto il dottor Lesti, glielo lasciasse dire, ne aveva esperienza.

«La primavera, con i suoi nuovi umori, vivifica il sangue di ciascuno di noi!»

Senza distinzione, normali e suonati.

3.

Tra i normali c'era il maresciallo maggiore Ernesto Maccadò. Che la primavera l'aveva annusata tra le carni di sua moglie, anche prima che scoccasse sul calendario.

Sera e mattina.

Di sera, non appena si spegneva nell'aria l'ultimo ruggito dei cinque, vinti dal sonno.

Di mattina, prima che si levasse il primo di cinque richiami.

Un ritmo che non poteva non produrre i suoi effetti.

La sera del 26 aprile il Maccadò entrò in casa fischiettando allegramente un'arietta popolare del paese suo anziché sbuffando sull'ennesima giornata di lavoro appena conclusa.

«Sei contento, Né?» chiese la moglie.

Che sapesse già?

Il Maccadò le rivolse uno sguardo radioso.

«Certo, Marè», rispose.

Sapeva, pensò lei.

«Per caso hai visto il dottor Lesti?»

«E tu come fai a saperlo?» chiese il maresciallo.

«Intuito femminile, Né.»

«Ah!»

Peccato, rifletté la marescialla, per la sorpresa rovinata.

«Allora...» fece lei.

«E ti dico una cosa Marè», la interruppe lui.

Per una volta, e lei lo sapeva quanto lui fosse modesto, quanto non amasse mettersi in mostra...

«Sì, Né?»

Ecco. Per una volta aveva voglia di farsi i complimenti. Sentiva di meritarseli.

«Perché solo io...»

«Come solo tu?»

Il maresciallo la guardò.

«Chi altri?»

Pure la marescialla lo guardò.

«Né, ma di cosa stai parlando?»

Il Maccadò cominciò a slacciarsi il nodo della cravatta.

«E tu?» chiese.

«Dillo tu prima», ordinò la donna.

Cosa s'erano detti lui e il dottor Lesti?

4.

Niente, a parte le solite cose. Era stato lui, però, ad andarlo a cercare per chiedergli la cortesia di accompagnarlo dal Girabotti perché, gli aveva spiegato, aveva per le mani un'altra dose di quella famosa medicina che lo teneva calmo, trattenendolo dal progetto di partire alla volta della Spagna.

Però, aveva spiegato il maresciallo, quella sera temeva che la medicina in oggetto fosse un po' troppo forte. Non voleva, insomma, che quella dose facesse ai due più male che bene. Quindi, se il dottore l'avesse accompagnato per affrontare eventuali emergenze, gli avrebbe fatto un piacere.

Il dottor Lesti aveva accettato ed era stata una bella fortuna perché mentre il Girabotti, una volta messo al corrente, aveva reagito saltellando come un capriolo, la sua signora invece si era lasciata andare sulla poltrona, obbligando il medico a intervenire.

Pienamente giustificati d'altronde, ragionò il maresciallo, sia i saltelli di quel vecchio pazzo sia il deliquio della signora, perché le notizie che aveva ricevuto direttamente dalla Spagna avevano dell'incredibile.

Innanzitutto il figlio era vivo e vegeto. Ma soprattutto stava bene, benissimo!

Ludovico Navacchi gliel'aveva descritta in ogni particolare la scenetta del ritrovamento e leggendola il Maccadò aveva sussultato.

«Perché io lo sapevo, l'avevo intuito», disse il maresciallo.

Ed era per quello che aveva voluto farsi i complimenti.

«Ma cosa, Né?» intervenne la moglie. «Dimmelo, non lasciarmi così...»

«Un momento», disse il Maccadò.

Ci voleva pazienza.

Insomma, la storia dell'aggressione era vera. Il Girabotti junior era stato aggredito da quella specie di primate quasi sicuramente al solo scopo di impadronirsi dei suoi documenti per ragioni facilmente immaginabili, ma che comunque esulavano dalla storia presente. Probabilmente il Giovanni Battista aveva subito anche un mezzo trauma, un colpo in testa, qualcosa del genere, ed era rimasto stordito.

«Ma...»

«Ma?»

Ma quando Ludovico Navacchi, finiti i tre giorni di festa per il fidanzamento con Inés, era andato in quell'ospedale ed era entrato nella stanza dove era ricoverato il Girabotti, questi, vedendolo, l'aveva subito riconosciuto e chiamato per nome!

«E allora?» chiese la marescialla.

«Ma è semplice, Marè!» disse il Maccadò. Lui l'aveva sempre saputo.

Che il Girabotti fingeva, la sua amnesia era fittizia! Se infatti avesse dichiarato le proprie generalità i sanitari l'avrebbero consegnato alle autorità militari, e allora sì che sarebbero cominciati i guai. Invece, continuando a fingersi smemorato, perlomeno se ne stava ricoverato: in una casa di matti d'accordo, ma protetto, e in attesa di tempi migliori. Che erano arrivati con l'apparizione di Cucco Navacchi.

«Ho capito», disse Marè.

Però, obiettò, adesso che il Navacchi l'aveva riconosciuto non l'aveva messo con le spalle al muro?

«Tutt'altro», comunicò il maresciallo.

Perché adesso veniva la parte straordinaria della storia. D'accordo con il suo futuro suocero, il Navacchi aveva dichiarato che Giovanni Battista era un suo cugino di primo grado e che la famiglia, cioè lui, era disposta a prenderselo in carico.

Per farla breve, adesso Giovanni Battista Girabotti si trovava, vivo e in perfetta salute, presso la fazenda degli Aragón e a quanto aveva scritto il Navacchi avrebbe potuto restarci sino a quando il futuro, suo e di tutta la Spagna, visto che lì continuavano a suonarsele di santa ragione, non si fosse schiarito.

«Meglio di così!» esclamò il maresciallo.

«Bravo», fece Marè.

«Quindi il dottor Lesti non ti ha detto niente?» aggiunse subito.

E cosa avrebbe dovuto dirgli?

«Quello che adesso ti dico io.»

C'era stata quello stesso pomeriggio: a lei quel medico, nonostante le paturnie di suo marito, piaceva, dava fiducia.

L'Ernesto – o Ernestina, se fosse nata femmina – era in viaggio.

5.

La mattina del 24 aprile, tre giorni dopo i festeggiamenti per il Natale di Roma, giorno della visita a Como di Vittorio Emanuele di Savoia Aosta, conte di Torino e Ispettore Generale di cavalleria, la moglie del podestà si svegliò sentendosi Eufrasia. La sera prima il Bonaccorsi, sapendo che l'indomani avrebbe dovuto star lontano da casa per l'intera giornata, aveva fatto voti perché sua moglie si svegliasse sentendosi Dilenia: si sarebbe sentito più tranquillo, sapendola a letto o al massimo seduta in una delle poltrone della sala.

Invece niente da fare: Eufrasia.

Va be', disse fra sé. Poteva andare peggio. Si fosse svegliata come Euforbia, sarebbe stato sulle spine per tutta la giornata, sapendo bene quali idee frullavano nella testa della donna quando era convinta di avere diciannove anni.

Fu d'accordo anche la Mazzoli, quando il Bonaccorsi glielo disse: piuttosto che Euforbia, meglio Eufrasia. Anche lei, quando la signora credeva di essere sua sorella, stava sulle spine, mai tranquilla, con l'insopportabile peso di non doverla mai perdere di vista.

Il Bonaccorsi scese a Como viaggiando insieme con la delegazione bellanese sul torpedone messo a disposizione dalla sezione del Fascio. Ebbe modo di pentirsene. Lo comprese subito, appena oltrepassato Varenna. Tardi, comunque, per rimediare. Perché il segretario Iginio Negri, che ovviamente non poteva mancare, aveva di già attaccato il tormentone con il quale gli tenne compagnia sino al capoluogo.

Si trattava di un bel problema, a suo dire, nel quale si trovava invischiato senza sapere come uscirne. Tutto perché nella cassetta contenente gli effetti personali del presunto Girabotti junior, cassetta che lui, una volta verificato l'equivoco, aveva prontamente rispedito al mittente, non era più stato trovato il documento d'identità. Il comando provinciale della Milizia lo aveva immediatamente avvisato di tale mancanza, facendogli presente che senza quell'importante traccia risultava difficile fare chiarezza sul caso: si desse da fare per ritrovarlo, visto che il materiale era stato sotto la sua responsabilità e non era pensabile che un segretario di partito si potesse macchiare di un simile atto di negligenza.

Secondo quelli del comando, quindi, lui l'aveva smarrito. E invece non ne sapeva niente. La cassetta, tale e quale, l'aveva presa dalle mani del maresciallo Maccadò e rispedita con urgenza.

«Chiedete al maresciallo», fu il consiglio che il Bonaccorsi, tanto per dire qualcosa, diede al segretario.

Ma: «Già fatto», rispose quello.

Purtroppo il Maccadò non aveva niente da dire.

E in ogni caso non l'avrebbe certamente detto a lui, che s'era preso la libertà di intascare il documento onde intralciare le inevitabili indagini e anche... sì, anche per mettere un po' in difficoltà il Negri.

«Sono a rischio di provvedimento disciplinare», esalò per l'ennesima volta il Negri mentre il torpedone entrava in Como.

Fu una sfarzosa giornata, come era stato negli auspici del prefetto. Un bel sole giovane illuminò la visita del conte di Torino, infondendo allegria in tutti i presenti. Tutti tranne il Bonaccorsi che, dopo le balle del Negri, assisté con sempre maggior inquietudine alle presentazioni, ai discorsi, alle esibizioni, ai saluti. Pure il momento del pranzo fu, per il podestà bellanese, un momento di noia infinita. Mangiò parcamente, con il pensiero rivolto ai componenti della delegazione, dispersi chissà dove, fra trani e osterie, a imbottirsi di vino e cibo.

Da Como, secondo il programma, il torpedone sarebbe dovuto ripartire alle quattro. Lo fece, invece, alle sei di sera. Ci vollero due ore buone infatti per riformare il gruppo: gli ultimi quattro della compagnia risposero all'appello alle sei meno venti, dopo essersi concessi una puntatina al casino.

Tuttavia non era ancora finita. Perché la strada del ritorno fu una sorta di via crucis con le continue richieste di fermate, gridate dalla maggior parte dei partecipanti alla spedizione, ogniqualvolta il torpedone sfilava davanti a un'osteria o fiaschetteria che fosse.

Stanco, intronato, con la sensazione di aver buttato via una giornata e un senso di pesantezza allo stomaco, benché avesse mangiato ben poco, il Bonaccorsi mollò finalmente la fastidiosa compagnia poco dopo le dieci della sera, sorridendo, per una volta, al pensiero di rimettere piede in casa propria e infilarsi nel letto per fare una bella dormita accanto a sua moglie che sicuramente di già ronfava.

Quando era Eufrasia, infatti, la donna andava a letto presto. E pazienza per il gatto che si teneva accanto.

6.

Invece no.

La vide subito, entrando in casa.

Dilenia - nella sua mente non l'aveva mai chiamata altrimenti - era seduta sulla poltrona del salotto, quella su cui a volte passava intere giornate.

Faceva così quando si svegliava sentendo di essere quello che in effetti era, cioè Dilenia Settembrelli.

Quindi...

Il sospetto si insinuò immediatamente nel pensiero del podestà.

Che nell'arco della giornata fosse successo qualcosa?

Un nuovo cambio di personalità, da Eufrasia a Dilenia, per esempio.

Fatto nuovo, fosse stato così, mai capitato in precedenza. Di cui informare quanto prima il dottor Lesti, per capire se fosse cosa buona o, come temeva, un male.

Avanzando verso di lei, il podestà la guardava.

Sua moglie aveva un'espressione indefinibile, i muscoli del viso atteggiati a un sorriso appena accennato. Pallida, ma forse era colpa della mezza luce che, da una lampada sistemata su un tavolino a lato della poltrona, riusciva stentatamente a vincere il buio della sala.

«Come mai ancora alzata?» chiese lui, tanto per rompere il silenzio.

«Volevo salutarti», rispose lei.

«Gentile da parte tua», disse Ermete.

Ma strano, pensò, davvero strano.

«È successo qualcosa?» indagò. «Ti senti bene?»

No, non era successo niente.
E sì, si sentiva bene.
Era rimasta lì perché voleva salutarlo.
Cosa che fece, prima di reclinare il capo.

7.

Un altro certificato da compilare in tutta fantasia. Il pensiero non abbandonava il dottor Lesti.

La sera prima, quando, verso le dieci e trenta, il Bonaccorsi, trafelato e con gli occhi fuori dalle orbite, era corso a chiamarlo, lui non aveva potuto fare altro che constatare la dipartita della sua signora.

Ma di cosa era morta?

Non aveva malattie note, almeno a lui. Sembrava sana. Ma era morta.

In un estremo tentativo di chiarirsi le idee, la mattina seguente tornò a casa del Bonaccorsi e, con i dovuti modi, chiese al podestà il permesso di parlare con Fratina Mazzoli. Magari, durante la giornata, la ragazza aveva avuto modo di notare qualcosa di strano.

No, fece lei.

Forse la signora si era lamentata di qualche dolore.

Nemmeno.

Magari aveva mangiato qualcosa di particolare o che le aveva fatto male.

Latte, rispose la Mazzoli: quando la signora pensava di essere Eufrasia Sofistrà, si nutriva di solo latte. E non le aveva mai fatto male.

Non l'aveva sentita tossire, starnutire, sbuffare, sbadigliare, ruttare anche o comunque emettere rumori di vario tipo?

No, niente di niente. Era stata una giornata come le altre.

«Intendiamoci», precisò la Mazzoli, «come le altre in cui la signora credeva di essere Eufrasia.»

Il dottor Lesti non aveva nessuna intenzione di arrendersi, temeva che troppi certificati di morte per «presunta sincope» avrebbero insospettito il medico provinciale, suo diretto superiore. Tuttavia, una volta strizzata per bene la Mazzoli senza estrarne alcun succo, capì che non aveva altra strada.

Fece un estremo tentativo con il podestà. Forzasse la memoria, nonostante il dolore, cercasse di ricordare se sua moglie non gli aveva detto qualcosa di particolare.

Il Bonaccorsi scosse la testa.

L'aveva solo salutato, disse.

«Ciao», precisò, mentendo.

Ma mai e poi mai, nemmeno sotto tortura, avrebbe confessato di essere sicuro al cento per cento che, anziché ciao, sua moglie l'aveva salutato dicendogli miao.

8.

Per una settimana dopo la morte di Dilenia il Bonaccorsi si chiuse in casa. Doveva prendere una decisione.

Invece ne prese due.

Per prima cosa si dimise dalla carica di podestà. Dimissioni irrevocabili. Giustificate dalla nuova, e drammatica, situazione famigliare in cui si trovava.

Davanti a tali parole il prefetto non ebbe nulla da eccepire. Incassò le dimissioni senza sospettare quello che invece aveva spinto il Bonaccorsi a quel grave passo.

La situazione famigliare, certo, aveva avuto il suo peso. Ma soprattutto aveva cominciato a sentirsi un po' estraneo al mondo che lo circondava e nel quale, sino a poco tempo prima, s'era trovato tutto sommato bene.

Invece, adesso...

Il passo dell'oca, il voi obbligatorio, l'abolizione della stretta di mano, l'amicizia sempre più vincolante coi tedeschi che si erano appena annessi l'Austria, la guerra, quella di Spagna che durava ancora e che aveva tutti i caratteri di un gigantesco e feroce campo di allenamento per guerre future...

Sentiva di appartenere ormai a un'altra epoca: di pace e serenità, anche se in vita, grazie alla moglie che s'era trovato, aveva avuto poco sia dell'una sia dell'altra.

Fu così, ragionando sulla sua nuova condizione, che il Bonaccorsi maturò la seconda decisione. Adesso infatti che, quale ex podestà, gli si apriva davanti un tempo che avrebbe dovuto occupare con qualcosa, decise che non sarebbe stata una cattiva idea mettere su carta le vicende della propria vita.

«Scrivere la storia di queste tre donne con le quali, a un certo punto, mi sono trovato sposato», si disse.

L'idea lo affascinava. Più ci pensava, più se ne sentiva intrigato. C'erano un sacco di cose da raccontare, fatti anche strani, divertenti, grotteschi.

Ci voleva un bel titolo, ragionò, che incuriosisse.

Chi va e chi viene, fu il primo che gli nacque nella mente.

9.

Lo disse, anziché pensarlo, l'Evaristo Sperati domenica mattina parlando con una pallidissima Filzina.

Erano davanti alla tomba dove riposava sua madre, per la rituale visita con posa di fiori freschi.

«Chi va...» disse toccando il marmo con una mano.

«...e chi viene», aggiunse subito dopo ponendo con delicatezza l'altra mano sul ventre di sua moglie, la quale rispose pregandolo di darle il braccio e riaccompagnarla immediatamente a casa, poiché sentiva che era in arrivo un attacco di nausea coi fiocchi.

Lo disse anche – ridendo però e non senza una certa soddisfazione – Amadio Bertaretti appena apprese di essere stato nominato segretario pro tempore della sezione bellanese del PNF al posto di Iginio Negri cui invece era stata comminata una sospensione cautelativa di sei mesi in attesa che si facesse chiarezza sulla sparizione del famoso documento di identità e sulle sue conseguenti responsabilità.

«Vaffanculo», fu la risposta del Negri. Se in quel momento avesse potuto avere tra le mani il Girabotti junior, causa prima e unica dei suoi guai, l'avrebbe fatto volentieri a pezzettini.

Ma purtroppo per lui quello era un desiderio destinato a restare tale. Due mesi più tardi, proprio pochi giorni dopo la vittoria della nazionale italiana nella finale di Parigi dei campionati del mondo di calcio, Giovanni Battista Girabotti si fece vivo con una lunga lettera. Spedita direttamente ai genitori, così che quella volta toccò al direttore delle Regie Poste recarsi in caserma per informare il maresciallo Maccadò che...

10.

«Mio figlio si sposa!»

Prima ancora di salutare, il Girabotti sparò la notizia sotto lo sguardo stranito del maresciallo Maccadò.

Che non capiva bene.

Quindi, prima di prendere posizione e rispondere al saluto, chiese al direttore delle Regie Poste se quella fosse cosa che dava felicità alla sua signora e a lui, oppure se, al contrario, si fosse catapultato in caserma con la lettera in mano al fine di chiedere nuova collaborazione.

Il Girabotti spazzò l'aria con la mano.

«Felicissimo!» disse.

Anzi, felicissimi tutti e due.

Ormai, disse, per suo figlio in Italia la terra scottava e non c'era nemmeno da pensare a un suo rientro in patria, almeno a breve.

Sposandosi, prima di tutto metteva la testa a posto, ma non solo quella.

Perché la ragazza, Maria Assunta, conosciuta nella tenuta degli Aragón, dove il Girabotti junior continuava a soggiornare sotto le mentite spoglie di primo cugino di Ludovico Navacchi, aveva due genitori.

«E questo non fa meraviglia, visto che li abbiamo avuti tutti», scherzò il Girabotti.

Ma i due genitori della Maria Assunta erano proprietari di una locanda. E in quello consisteva il vero colpo di fortuna di suo figlio. Anziché disfarsene come avevano in progetto di fare da un po', l'avevano proposta ai due quale regalo di nozze. Quindi, onde fare le cose per bene e vivere secondo le regole sotto lo stesso tetto, Maria Assunta e suo figlio avevano affrettato i tempi delle nozze.

«A fine mese», gridò il Girabotti.

E non era tutto. Il bello era che, così facendo, il Giovanni Battista in un domani avrebbe potuto aspirare a diventare cittadino spagnolo a tutti gli effetti.

«Con tanti saluti al Negri e a tutta la compagnia di cornacchioni come lui!»

Speriamo che non cada dalla padella nella brace, fu il pensiero del maresciallo che invece, a parole, espresse tutta la sua contentezza.

«Spiace solo», disse, «che voi due, stante la distanza, non possiate partecipare al matrimonio.»

Sì, ammise il direttore.

Ma la soddisfazione di sapere il figlio vivo, felice e lontano dai guai ripagava in gran parte quell'amarezza.

«E poi chissà», aggiunse, «nella vita non si sa mai.»

11.

La levatrice Zavacchi cominciò a stare sul chi vive il 3 dicembre. Aveva due gravide in ballo e sembrava che fossero in gara tra di loro, che si stessero sfidando a chi avrebbe partorito per prima: la moglie del maresciallo Maccadò e Filzina Navacchi.

«Purtroppo», disse al maresciallo Maccadò, «non ho il dono dell'ubiquità!»

Quindi gli spiegò il motivo per cui avrebbe seguito con particolare attenzione il parto della Navacchi.

«Magra com'è», disse, «e con un mappamondo nella pancia, potrebbe diventare un parto complicato.»

Da dover far intervenire il dottore addirittura.

«Mentre vostra moglie...» buttò lì senza aggiungere niente altro, ma volendo intendere che una donna giunta alla sua sesta gravidanza poteva essere in grado di partorire anche da sola.

Secondo quanto aveva previsto la Zavacchi le due donne iniziarono il travaglio il pomeriggio del 7 dicembre a distanza di due ore una dall'altra.

Attaccò prima la moglie del Maccadò. La levatrice fu da lei giusto per dare un'occhiata e assicurarsi che tutto procedesse normalmente. Ma quando, verso le sei, l'avvisarono che anche Filzina Navacchi aveva cominciato la tiritera delle doglie, partì di volata.

Non impiegò più di cinque minuti ad arrivare al capezzale della primipara.

Nell'arco di quel tempo, Filzina aveva scodellato il bambino: maschio, tre chili e due etti, bianco e rosso come una mela.

«Incredibile», commentò.

Non le pareva vero che un torello di quelle dimensioni avesse potuto prendere la via del mondo con tanta facilità.

Visto che lì, in casa Sperati, non aveva più niente da fare, ritornò dalla marescialla che, invece, era in difficoltà.

La visitò.

«Podalico», disse, «ancora!»

Su sei figli, quello era il terzo che si preparava a nascere coi piedi. Ma cosa aveva fatto, la marescialla, l'abbonamento?

Serviva, comunque, l'intervento del dottore.

«Il dottor Lesti?» chiese il maresciallo.

C'era ruggine tra di loro, non lo sapeva la Zavacchi.

«Se fosse possibile...»

Lo sapeva, lo interruppe la levatrice. Ma non le sembrava il caso di perdere tempo, rischiando, per andare a cercarne un altro. E dove poi? A Dervio? A Varenna?

«Vada per il dottor Lesti», accettò il maresciallo.

Che, per tutto il tempo in cui il medico armeggiò in camera di sua moglie, si costrinse a seminare di passi nervosi il giardinetto, nonostante il freddo.

Ci vollero due ore.

«D'altronde», spiegò il dottor Lesti seduto nella cucina di casa Maccadò, davanti al padrone di casa, «era podalica.»

«Come, podalica?» scattò il maresciallo.

La Zavacchi aveva detto podalico, con la «o», maschio!

«Mi dispiace», rispose il dottor Lesti, «ma le decisioni di madre natura non si possono cambiare.»

E, a proposito di madre natura, aggiunse, come consiglio spassionato, fosse stato in loro due, avrebbe chiuso il rubinetto.

«Una settima gravidanza, insomma, potrebbe presentare dei rischi, se mi spiego.»

Il maresciallo accennò di aver capito.

D'altronde, raccontò, avevano deciso di metterne al mondo sei e sei erano, con quell'ultimo che era arrivato.

«Ultima, anzi», si corresse immediatamente.

L'Ernestina.

Ernesto, se fosse stato maschio.

12.

Fu il Cesaretti, che si coricava sempre presto, a ricevere la telefonata. Non erano ancora le dieci di sera ma lui era già sotto le coperte a leggere un volume di certe meditazioni che lo accompagnavano sempre verso il sonno.

Il trillo del telefono lo fece sobbalzare. Ma soprattutto, visto che era raro che ricevesse telefonate notturne, gli fece temere che fosse successo qualcosa. Magari proprio a Ludovico che quella sera se n'era andato a fare una gita per i colli con la sua bella, e in macchina.

La voce rotta dall'emozione della signora Vittoria lo rese certo che di grave notizia si trattava.

«Vittoria», mormorò.

Morbido, suadente, signorile.

Come trent'anni prima, quando...

Lo donna non fu capace di dire molto, un groppo alla gola, una nostalgia, lacrime di malinconia...

«Diglielo tu», sussurrò al marito, tendendogli la cornetta.

«È Ludovico?» chiese questi.

No, fece segno con la testa la signora Vittoria.

Sul viso del droghiere si diffuse un rossore congesto.

Se all'altro capo del filo non c'era suo figlio, voleva dire che c'era quello là. E non bastava! L'improvviso imbarazzo, l'incapacità di parlare di sua moglie... ecco!, significava che lui aveva ragione di essere geloso, aveva sempre avuto ragione!

Dalla cornetta, sospesa a metà strada tra lui e la signora Vittoria, usciva la voce lontana del Cesaretti.

«Pronto, pronto!»

Il Navacchi ne afferrò il manico come se fosse il collo di quello là, e strinse.

«Qui casa Navacchi», disse serissimo.

«Buonase...»

«Avrei necessità di parlare con mio figlio!»

Alla risposta, la fronte del droghiere si aggrottò. Appoggiò una mano sulla cornetta.

«Non c'è!» disse alla moglie.

Poi, riprendendo la conversazione con l'orafo:

«Allora», disse, «dovrebbe usarmi la cortesia di informarlo, non appena lo vede, che quest'oggi è diventato zio poiché sua sorella ha partorito poche ore fa un figlio maschio!».

Il Cesaretti si profuse in rallegramenti. Poi fece un'ultima domanda.

«Vuole sapere il nome», disse Severino alla moglie in un soffio.

«Diglielo», vibrò la signora Vittoria.

«Hanno proprio deciso per quello?»

«Ha deciso», puntualizzò la donna.

Filzina aveva deciso. S'erano accordati così, i due sposi. Se fosse nato maschio il nome l'avrebbe scelto lei. Viceversa, la scelta sarebbe toccata farla al Risto.

Il Navacchi senior diede il nome.

«Bene», disse poi, deponendo la cornetta.

Anche quella era fatta.

13.

Mezzanotte quando Cucco rientrò.

Fischiettando.

Smise subito però quando vide la luce dell'abat-jour ancora accesa nella camera del Cesaretti. Fatto strano. Di solito a quell'ora dormiva, e senza fare il minimo rumore.

Il Gualtiero aveva fatto apposta. Sapeva che non avrebbe resistito troppo a lungo al sonno. Ma anche che, se Ludovico avesse vista accesa la luce in camera sua, ci sarebbe entrato per vedere se stesse male, se avesse bisogno di qualcosa.

Fu proprio così.

«Buonanotte, zio Ludovico», esordì il Cesaretti rispondendo al richiamo di Ludovico.

Cucco lo guardò come se lo vedesse per la prima volta.

Il Cesaretti sorrise.

S'era fatto bagnare il naso da sua sorella, aggiunse.

D'altronde, visto che per le sue, di nozze, i genitori di Inés avevano deciso di attendere la fine della guerra in Spagna, non si poteva chiedere a Filzina di fare altrettanto.

«Così per Natale vi aspetta una bella sorpresa.»

«Vi», sottolineò il Cesaretti: perché era deciso che, durante le festività ormai prossime, Cucco con Inés e il futuro suocero sarebbero saliti sino a Bellano per conoscere finalmente la famiglia dello sposo.

Che era cresciuta, da poche ore, di un'unità.

Un nipotino!

«Un nipotino?» fece Cucco.

Era ben di quello che stava parlando da un po', disse il Cesaretti, e s'era anche divertito a prenderlo in giro.

«Così mia sorella sarebbe anche riuscita a partorire», fece Cucco tra il serio e il faceto.

«E ha messo al mondo, a quanto mi hanno detto, un bel bambino, che si chiamerà...»

«Come?» fece Cucco dopo aver sentito il nome del nipote.

«Cosa c'è che non va?» si allarmò il Cesaretti.

«Come lo vogliono chiamare?»

Il Cesaretti, notando lo sconcerto del giovanotto, gli spiegò che quel nome apparteneva a un gran santo, il cui nome derivava etimologicamente da libero - «Ah», commentò il Cesaretti, «che grande parola» - la cui memoria liturgica ricorre il 1° luglio, santo noto per il coraggio, l'energia, l'intelligenza, la cultura, martirizzato appunto il 1° luglio 1681 e beatificato il 23 maggio 1920 da papa Benedetto XV.

Ludovico ascoltò la lezioncina sino alla fine.

«Ho capito», disse poi.

Aveva capito, suo nipote prendeva il nome di un grand'uomo.

Ma con tutti i santi che c'erano sul calendario, con tutti quelli che c'erano in paradiso, rispose, proprio quello dovevano andare a scegliere!

«Oliviero!»

SETTEMBRE 1949
EPILOGO

La giornata era fresca, ideale per esumare morti.

Lavoraccio, pensò il seppellitore Carcassa. Che gli sarebbe toccato fare da solo perché, nonostante la promessa del sindaco di affiancargli un aiuto, alla fine l'aiuto non era arrivato, comandato dallo stesso sindaco ad altro servizio.

Il Carcassa ricontò le tombe, anche se sapeva perfettamente che erano dieci: quaranta metri quadrati di terra.

Nuovi lotti da mettere in vendita per tombe di famiglia. Morti freschi da mettere lì sotto e soldi freschi per le casse del Comune.

Si sputò sulle mani e si chinò, afferrando la lapide di Dilenia Settembrelli che venne via con poca fatica. Aveva deciso di cominciare da lì, da lei.

Prima di tutto perché era l'unica donna in mezzo a nove uomini: un gesto di cortesia, quindi. Ma anche perché la sera prima quel brav'uomo dell'ex podestà Bonaccorsi l'aveva fatto chiamare per dirgli che non se la sentiva di presenziare. Temeva di non reggere all'emozione. E poi il diabete, l'artrosi...

Che gli facesse la cortesia di raccogliere lui i resti della sua povera Dilenia e li ricomponesse nella cassettina per metterla nel loculo che aveva acquistato da poco.

Alla fine di tutto il lavoro non sarebbe mancata una buona mancia.

La terra era morbida, la lama del badile ci entrava con un rumore di fischio e, nonostante il luogo e il lavoro, il Carcassa godeva nel sentirsi pieno di forza.

Quando capì di essere arrivato al dunque, piantò il badile e si armò di una scopa di saggina. Saggiò la consistenza della cassa picchiandola col manico della scopa. Con pochi colpi, sfasciò la cassa e ciò che restava della Settembrelli comparve sotto i suoi occhi.

Ossa, nient'altro.

Al Carcassa non facevano nessun effetto, c'era abituato e, se non fosse stato per un preciso ordine di servizio del sindaco, non avrebbe nemmeno usato i guanti per riunirle nelle cassette.

Cominciò da quelle più grandi: il cranio con qualche capello ancora attaccato, i femori, le tibie, le ossa del braccio e poi via via vertebre, coste, le piccole ossa del piede e della mano...

Le metteva una dopo l'altra su un lenzuolo che aveva steso sul prato del cimitero.

A un certo punto si sollevò, stringendo tra l'indice e il pollice un piccolo osso. Lo guardò per bene, alzando la mano che lo teneva verso il sole.

Oddio, non che pretendesse di conoscere lo scheletro umano meglio dei dottori. Di ossa, però, in vita sua, ne aveva viste.

Ma, come quello...

Eppure...

Si chinò di nuovo, ispezionando il fondo della tomba, spazzolandola leggermente con la scopa di saggina e...

Un'altro!, mormorò.

Simile a quello di prima.

Non era, ci avrebbe scommesso lo stipendio, un osso umano.

Piuttosto...

«Non è possibile», disse.

Eppure, dopo che ne ebbe ritrovati altri tre o quattro, sentiva che lo era. Prima di procedere, doveva informare l'ex podestà Ermete Bonaccorsi.

Quando il Carcassa bussò alla porta del Bonaccorsi,

attorno alle undici della mattina, questi stava accarezzando un pensiero affascinante.

Era nel suo studio, il locale dove passava ormai da anni la maggior parte delle giornate. Sul piano della scrivania, davanti ai suoi occhi, aveva il manoscritto della storia di famiglia che finalmente aveva terminato. Gli ci erano voluti anni per prendere la decisione di scriverla, e anni per portarla a termine: una decina, occhio e croce. Ottocento pagine, scritte a mano, fittamente. Dopo averle lette e rilette, si poteva sentire soddisfatto. Non fosse che per una cosa, il titolo.

A partire da quello che per primo aveva immaginato, *Chi va e chi viene*, e che aveva cassato quasi subito, ne aveva immaginati e scartati a decine. Nessuno aveva la capacità di esprimere tutto quello che era riuscito a dire.

E adesso che aveva finito, a parte la faccenda del titolo, si stava chiedendo se non valesse la pena di continuare. Continuare a scrivere storie, l'idea lo intrigava. Storie altrui, naturalmente, da quel momento in avanti.

Il materiale non gli mancava. Non era bella, per esempio, la storia dell'ex segretario Iginio Negri che era tornato un po' tocco dalla campagna di Russia e adesso, se per caso incontrava un turista tedesco che gli chiedeva informazioni, ma anche olandese o belga, visto che non distingueva la lingua, rispondeva sputando per terra?

Niente male anche la vicenda della famiglia Girabotti, le traversie del figlio, il suo matrimonio in Spagna. C'era pure un incredibile lieto fine, volendo raccontare come i due vecchi, subito dopo la liberazione, avevano fatto i bagagli e s'erano trasferiti definitivamente laggiù, e di tanto in tanto mandavano cartoline cariche di entusiasmo a lui e a pochi altri vecchi amici.

C'era pure la vicenda del figlio dei Navacchi, la sua giovinezza scapestrata, per finire sposo alla figlia di un diplomatico spagnolo e, adesso, addirittura, orafo e primo fornitore del Vaticano, proprietario di un laboratorio dove lavoravano dieci dipendenti.

L'arrivo del Carcassa ne interruppe le riflessioni.

Lo fece accomodare, benché quello dichiarasse che preferiva stare in piedi.

«Tutto bene?» chiese il Bonaccorsi.

«Be', ecco...» esordì il Carcassa.

Si mise una mano in tasca e la estrasse stretta a pugno.

«Qui dentro...» esitò.

«Sì?»

«Avanti», lo invitò il Bonaccorsi.

Insomma, si era permesso di disturbarlo perché facendo... esumando...

«Esumando mia moglie», concluse il Bonaccorsi.

Appunto, tra i resti, aveva trovato quelle... quelle cose che stringeva nel pugno.

«E cosa sono?» chiese l'ex podestà.

«Ossa», fece il Carcassa.

Gli sembrava normale, osservò il Bonaccorsi.

«No!» disse il seppellitore.

Perché a suo giudizio non erano ossa umane.

«E di cosa sarebbero allora?» chiese il padrone di casa.

Anziché rispondere il seppellitore aprì il pugno mostrandone il contenuto. Il Bonaccorsi guardò avvicinandosi, ma senza toccare.

Era vero, il Carcassa aveva ragione. Non potevano essere ossa umane, troppo piccole...

«Ma allora?» fece.

Il Carcassa tossicchiò.

«Un'idea», disse, «ce l'avrei.»

«E sarebbe?»

Senza offesa, eh! Ma per lui quelle erano ossa di coniglio, vertebre.

«O di gatto, anche», aggiunse.

Di gatto?

Un sorriso triste comparve sulla faccia del seppellitore. Non voleva offendere ma erano lì da vedere.

«Non saprei dire come abbiano fatto a finire dentro la cassa», disse.

Quando c'era stato il funerale della Settembrelli, lui aveva solo quindici anni e faceva il bocia: solo nel 1948 era diventato dipendente dell'amministrazione comunale. Non sapeva quindi come spiegare il fatto né poteva avere responsabilità di sorta.

«Quindi...»

Il Bonaccorsi lo fermò con un gesto della mano.

«Datemi quelle ossa», disse, ritrovando il voi dei tempi andati.

E, dopo aver liquidato il seppellitore con una mancia più che generosa, ritornò nello studio ponendo sulla scrivania le quattro vertebre, una in fila all'altra.

Passò la maggior parte del pomeriggio fissandole.

Pensando all'ultimo pasto della Sofistrà, oltre dieci anni prima, l'ultimo gatto cucinatole dal fornaio, quello col sugo alle olive e aglio...

A un certo punto gli ritornò alla memoria quel che gli aveva detto l'Eufrasia poco dopo il suo arrivo a Bellano, quando era il giovane sposo di una Dilenia che già cominciava a dare i numeri.

«E se non fossero tutte ubbie?»

Già, si disse.

E se non fossero tutte ubbie?

Forse aveva trovato il titolo perfetto per il suo romanzo.

RINGRAZIAMENTI

Per l'aneddoto senza il quale questa storia non sarebbe nata, grazie all'Ermelinda.

Per l'aiuto, il supporto, i consigli e i caffè grazie a: Paolo Balbiani, Andrea Baldissera, Fiorangela e Miro Colombo, Nicola Gerace, Gianandrea Piccioli, Anna Vitali.

Per la musica che mi ha accompagnato grazie a: Francesco Nadir Giamba Michele Andrea, in una parola i SulutumanA.

Per quelle chiacchiere, che ritorneranno, grazie a Ercole Nogara.